Xinjiang Discovery Series
新疆探索发现系列丛书

总主编 / 李翠玲
主　编 / 巫新华

新疆新观察

储安平　浦熙修 / 著

新疆人民出版社
（新疆少数民族出版基地）

图书在版编目(CIP)数据

新疆新观察/储安平,浦熙修著.--乌鲁木齐:
新疆人民出版社,2023.5
(新疆探索发现系列丛书)
ISBN 978-7-228-21121-0

Ⅰ.①新… Ⅱ.①储…②浦… Ⅲ.①新闻报道—作
品集—中国—当代 Ⅳ.①I253

中国国家版本馆CIP数据核字(2023)第088214号

新疆新观察
XINJIANG XINGUANCHA

总 策 划 李翠玲
执行策划 范聪卓 罗卫华
邢建刚 高 珊
责任编辑 高 珊
封面绘画 张永和
设　　计 张永和 赵 磊
刘堪海
技术编辑 杨 爽

出　　版	新疆人民出版社 (新疆少数民族出版基地)
地　　址	乌鲁木齐市解放南路348号 830001
电　　话	0991-2825887
网　　址	www.xjrmcbs.com
购书服务热线	0991-2837939
印　　刷	上海雅昌艺术印刷有限公司
开　　本	710 mm × 1000 mm 1/16
印　　张	14.75
字　　数	230千字
版　　次	2023年5月第1版
印　　次	2023年5月第1次印刷
定　　价	116.00元

总序

党的二十大报告指出，全面建设社会主义现代化国家，必须坚持中国特色社会主义文化发展道路，增强文化自信，增强中华文明传播力影响力。坚守中华文化立场，提炼展示中华文明的精神标识和文化精髓，加快构建中国话语和中国叙事体系，讲好中国故事、传播好中国声音，展现可信、可爱、可敬的中国形象。第三次中央新疆工作座谈会上，习近平总书记强调，要以铸牢中华民族共同体意识为主线，将中华民族共同体意识根植于心灵深处。

新疆地处亚欧大陆腹地，是东西方文化和世界文明的十字路口。清代、民国治西域史学者归纳西域历史地位就一句话——“总万国之要道”。

亚欧大陆的地理条件决定了帕米尔高原和昆仑山脉、喀喇昆仑山脉以南高原、激流、雨林等的天然险阻，制约了较大规模的东西方向人类迁徙与商贸活动。只有昆仑山、天山和阿尔泰山这三大东西向山脉地带，成为亚欧大陆中部可以进行大规模人力、畜力交通活动的唯一天然通道。

如此，古代亚欧大陆其他文明区域与东亚中国文明区域的文化交流必然要取道西域，因而形成了西域在中国乃至世界文明史上的显赫地位。中华文明优秀成果向世界其他地区传播，中国汲取其他文明成果的重要通道就是西域，这也是中国没有再出现“东域”“北域”“南域”等并列名称的原因。

新疆作为中华文明发展、繁荣、壮大历史过程中与外界文明交流的通道，很早就是中国核心文化要素的覆盖区域，并因此成为中国历史上令人瞩目的亮点。

新疆曾经发生过无数影响亚欧大陆文明进程和地缘政治格局的重大历史事件，曾经运输过各个文明区域的无数奇珍异宝。新疆沙漠、绿洲、草原上各类遗址中仍然保留有古代文明的印迹，仍然镌刻着无数改变世界的部族迁移、交流、交融的记忆。正是缘于丝绸之路重要的十字路口作用与地位，人类文明丰富且独一无二的文化遗产才得以保存于新疆的大漠、山川和草原。19世纪末20世纪初，中国西部地区历史文化、地理、自然宝藏引起世纪性的探险考察热潮，形成世界性的持续关注。

今日新疆作为“一带一路”关键核心区依然魅力无限。新疆人民出版社（新疆少数民族出版基地）策划出版“新疆探索发现系列丛书”，以新疆历史为背景，以丝绸之路上的沙漠戈壁和天山腹地路线为地理依托，以著名历史人物和重大历史事件为主线索，以世界级物质文化珍品和多元文化底蕴的古代遗址为内涵，用多学科协作的考古发掘、研究手段与方法，从厚重的历史尘埃中重新发掘出这些失落的丝绸之路文化内涵，向世界展示中国新疆作为世界文明十字路口的昨日精彩与今日辉煌。

丛书选收19世纪末至21世纪初中外探险家、学者在新疆探险考察的经历、考古成果、个人行记等经典著述，以及现当代中国学者经典的历史地理探险考察、历史考古探险著述等形成系列以飨读者，为读者了解新疆历史提供重要的参考依据；借鉴古今中外关于新疆考古探险与历史探察的重要成果，为研究新疆历史文化提供更加开阔的视野和翔实的基础资料。

丛书收录的探险家考古发掘、个人游记等著述，大多带有明显的时代印记与特定意识形态倾向，表现出多方面的时代局限性、政治局限性和社会局限性。对此，在出版过程中，我们按照“取其精华、去其糟粕”的原则，对某些内容做出必要的技术处理。

需要说明的是，“西域探险考察大系”曾由新疆人民出版社出版，杨镰先生为其出版倾注了辛劳与心血，“新疆探索发现系列丛书”沿用了其部分内容。本套丛书的付梓出版，得到了有关部门和专家学者的大力支持和帮助，在此一并致谢。

虽然全力以赴，但是挂一漏万、失于偏颇之处在所难免。希望图书梓行之后，广大读者多多批评指正。

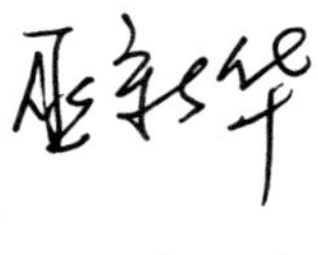

2023年2月

目录

新疆新面貌

新疆纪行

新疆新面貌

储安平 著

新疆好地方

一提起新疆，人们便会有各种不同的想法。天山、昆仑山、阿尔泰山这些巍峨的名字，给人们一种无限高大、无限雄伟的感觉；古尔班通古特沙漠、塔克拉玛干沙漠以及苇湖碱滩这些字眼，又使人们产生一种荒野冷峻的情绪。这一年多，我在这一大片土地上漫游，看到那积雪亘古不化的雪峰、葱郁深邃的林色、水天相接的湖景，以及远远看来永远像一片浩瀚的海洋似的平原，心胸开阔，意气豪迈。就在这土地上、山岭间、湖滩边、森林里，出现这金黄色的麦浪、雪山似的棉堆以及那数也数不清的肥壮的牛羊，使人深切感到我们的祖国辽阔而又伟大、美丽而又富庶。

很多人总以为新疆这地方很冷，这不是一句话可以笼统解释得了的问题。新疆的面积有16个浙江省大。在这样一个大面积上，气温不可能一无差别。有些地方，例如阿尔泰山一带，冬天一般要比较冷些，但有些地方，如喀什、和田一带，冬天就很温暖。我在南疆住过一个冬天。那里冬天不仅不用穿棉鞋，甚至不用穿大衣，比北京还暖和。冬季在郊外旅行比较冷，在城市里住着就比较暖和。寒流来时，当然要冷些，没有寒流的时候就不一定很冷。所以新疆冷或不冷不能用一句话

博格达山北麓的高山草原一角

来概括。1954年11月底，我在伊犁的察布查尔锡伯自治县，正巧寒流侵袭，气温降低到零下40摄氏度，但我依然去郊外踏雪，欣赏祖国西北边陲的美丽风景。有一天，在零下16摄氏度的天气里，我坐了一辆轻便马车，在满天的好太阳下，从察布查尔驶回伊宁时，那带着冰凌的马车，在雪地上一路疾驰，发出轻微的金属似的响声，这样的旅行对于我来说是一次难忘的享受。乌鲁木齐冬天户外的温度一般在零下20摄氏度左右，但即使最冷的日子，人们照样在街上来来往往，孩子们也照样提着书包上学。

人们又以为新疆这地方很荒凉。新疆的确是山岭多、戈壁多、草湖多、荒地多。总的说来是土地辽阔、人烟稀少。假如你萎靡不振，目光如鼠，满足于株守斗室之内，那么你到了新疆这样的地方，看到大漠连天，自然会兴起荒凉之感。假如你不是这样一个人，你劳动的热情很高，创造的精神很旺，满怀斗志，想为祖国做一番事业，那你就会感到何幸而生在这样一个伟大的国家，更何幸而又生在这样一个伟大的时代！那迤逦千里、峰峦叠嶂的群山之间，不知道埋藏着多少宝贵的财富，正需要数以万计的青年男女经年累月地去勘测钻探。那浩瀚的一望无际的肥沃的原野，也正等待着十万百万的人们去开垦经营，让这些土地从多年的沉睡中苏醒过来，使它们得到河水的滋润，恢复生机，开始为增强国家的力量而服务。意志坚强的人们，看了这些辽阔的原野，绝不会产生荒凉的感觉，他们生发的感情只能是兴奋、骄傲和跃跃欲试。

过去人们对新疆的许多看法和印象，今天需要从根本上扭转过来。例如，自来论新疆的人都说新疆缺水，但在今天，可以说新疆不缺水。新疆缺的不是水，而是对水的工程建设和科学管理。假如能开挖水渠，把河水引到田里，修筑水库，把不用的水积储起来，那么水的利用率就可以大大提高。一面开辟水源，一面减少水的渗漏浪费，在一个可以预见的未来的日子里，新疆的水对农业生产的发展基本上是够用的。新中国成立以后，在新疆的哈密、焉耆、阿克苏以及玛纳斯河流域各地，都兴建了很多的水利工程，在生产上产生了很大的作用。现在政府一面继续进行各种水利建设，一面又教导人民合理用水。新疆缺水的旧观念今天应该完全改变过来。

过去人们以为新疆少雨少水，好多地方又都是沙漠，因而连带产生了许多片面的不正确的印象。有人以为新疆既然缺水，因而也就没有什么河流，殊不知新疆的大河多得很。不仅河流很多，而且还有很多湖

一位维吾尔族农民拿着毛主席的照片给儿子看

沼(当地人统称为“海子”)。这些河流一向都是人们生活的命脉,不仅广大的农田靠它灌溉,将来还可以利用水力发电,以供工业动力和市民照明之用;有一部分河道将来整理以后还可以通航。有些人以为新疆既然少雨缺水,树木一定不多,其实不然。天山山脉,在中国境内东起哈密,西迄伊犁,迤逦千里,长着繁茂的云杉,这是目前新疆基本建设的主要木材来源。另外阿尔泰山也有着丰富的森林资源。在一般城市和农村里,树木也很茂盛,尤其在南疆。南疆农村树木之盛,只能用“多得像头发一样”那样略带夸张来形容,才能把实际的情况衬托出来。在新疆,各民族大都有种树的习惯,而且他们种起树来,都是一种十几里,或者一种几千株,既多且密。无论在牧区或农村,凡是有水的地方就一定有树。尤其在戈壁滩上,要是你老远老远看到前面有树了,那地方也一定有水,有人家。在南疆和伊犁各地,很多人家里都栽种果树。在新疆,人们能明显地感受到种树的好处:取荫、架屋、烧柴和吃果子。当我在新疆各地旅行时,常常一路浓荫夹道,林色不绝。而伊宁的树木之盛,一色白杨,又是这个祖国西北边陲名城的一大特色。

同样,当有些人听我谈到新疆多鱼的时候,也都表示惊奇。他们以为新疆既是一片沙漠,哪儿还会有鱼?可是事实上,新疆的一些主要河

天池是新疆著名的游览胜地

天山达坂城区的羊群

流大都产鱼。这一年多，我就先后吃过伊犁河、玛纳斯河、开都河、孔雀河、塔里木河、阿克苏河、喀什河、叶尔羌河、玉龙喀什河以及阿尔泰山下的额尔齐斯河等河里的鱼。新疆几乎所有的河流里都有鱼，不仅有，而且还多。当我经过布尔津时，看到有人在额尔齐斯河畔钓鱼，把鱼钩往河里一撒，随手一拉，钩上就已有鱼。在乌鲁木齐，鱼摊上还有活鲫鱼卖。

人们总以为新疆这地方穷苦，实际上，新疆这地方不仅不穷，而且富得很。新疆地下的资源虽然还没有进行大规模的勘测，还不能估计这些资源的数量，但是，新疆物藏之富是可以肯定的事实。石油、煤、铁都有很大的蕴藏量，此外还有很多珍贵的有色金属。在农业方面，新疆的土地也是出奇地肥沃。今天，中国好几种主要农产品单位面积产量最高的纪录都是在新疆创造的。新疆的小麦产量最高达到每亩1373斤，水稻最高每亩2205斤，棉花最高每亩1677斤，玉米最高每亩1925斤。[1]（棉花和玉米两项都是1956年的新纪录）这些高额丰产纪录虽然还只是在一些小面积上创造的，但是已经足够说明新疆土地的肥沃和它在农业生产上的潜力。在瓜果的生产方面，除了内地熟知的哈密瓜和吐鲁番葡萄以外，其他如梨、桃、杏、苹果、石榴、樱桃、无花果、西瓜

① 本书相关数据均尊重原文，保留原文数据。

等，也无不既多且好。1954年夏天我在伊犁时，一角钱可以买到5个苹果；1955年初夏我在库车、阿克苏一带时，一角钱可以买到30个杏子，这些还都是从市场上小贩的手里购买的，要是直接到果园里买还要便宜。

新疆是我国的主要牧区之一，这儿有很多天然的优美牧场。1954年我在伊犁的尼勒克、新源、巩留、特克斯、昭苏一带旅行，双目所及非绿即青。那像地毯一样的绿草，无穷无尽地铺盖在所有的草原上和山坡上。一片青翠，一片碧绿；碧绿青翠以外，几乎再见不到第二种颜色，甚至连人们所呼吸的空气也仿佛是“青色的空气”似的，特别清新舒爽。天山北麓巴音郭楞蒙古自治州的巴音布鲁克和阿尔泰山一带，都是美好的牧区。那些勤劳的牧民，就在这些高山草原上放牧着他们的牛羊。蒙古包、马奶、冬不拉（乐器），再加上那无限美丽的牧区山色和清新舒爽的高山气候，构成了新疆那种充满着丰富的民族特色和地方特色的像诗一样的难忘生活。这一年多，我在新疆走了大大小小三十多个地方。每到一个地方，在当地工作的同志总是对我盛称当地如何

农民以喜悦的心情收拣丰收的葡萄

新疆首府乌鲁木齐的街道。远方白雪皑皑的雪山是天山的主峰——博格达峰

如何地好——物产如何富饶、风景如何美丽，只要劳动就能创造幸福的生活，等等。这实际上反映了这样一种情况：没有来过新疆的人，受了旧时不正确的看法的影响，以为新疆这地方比较荒凉，没有什么引人之处，但是到了新疆、在新疆住定下来的人们，又细细体会到新疆自有它的可爱可取之处，并深切感到这地方具有无限创造开发的前途。特别在新中国成立以后这几年来，新疆在各方面都有很多新的改进和成就。在党和政府的积极领导和帮助下，农业生产在改良种子上、推广新式农具和新的耕作方法上，都取得了相当不错的成绩。驻新疆部队所建造的水利工程和所开展的生产劳动，更给当地各族老乡以很大的帮助和启发。1954年吐鲁番农民种的棉花，在3.6万亩的大面积上达到每亩生产籽棉331斤的纪录，这是一件了不起的事情。牧业方面也有新的改进。牧民认识到政府推广的“新疆羊”，毛、肉、乳都比原来的土种羊好。在人工授精、接羔育羔以及割草搭棚等各方面，牧民也得到了政府给予的各种必要的帮助。农牧生产的积极发展，再加上农牧产品价格的提高和工业产品价格的降低，就必然使新疆各族人民的生活得到很大的改善。各地的学校和入学人数普遍增加。医疗卫生事业和电影的放映发展迅速，不仅到达了较小的城市，而且已经深入到较小的农

村和偏僻的牧区，这在新疆历史上都是前所未有的事情。

城市的面貌也有变化。就以新疆的首府乌鲁木齐来说，直到快解放的时候，依然是一个“马路不平、电灯不明、电话不灵”的烂摊子。再没有比乌鲁木齐这样一个城市更容易让人明显地看出新旧时代的对比了。在这个城市里，凡是旧社会遗留下来的，几乎都是破烂的；凡是你现在所看到的一些新的、整齐的建筑，都是新中国成立以后这几年建造起来的，新造的建筑大都装有现代化的卫生设备和暖气设备。道路和市容也有很大的改进。目前，乌鲁木齐的主要街道都已铺了沥青，并有了几条行驶公共汽车的市内交通干线。西郊明园一带，过去是一片荒滩，现在已经建设成为乌鲁木齐一个相当现代化的新的市区。医院和剧场都有增加，它们的规模和设备都是头等的。更重要的是乌鲁木齐这个城市在新中国成立以后已经从一个消费城市转变为一个生产城市，新疆历史上第一次有了现代工业：钢铁工业、机器制造工业、电力工业以及纺织工业等。这些现代工业正为新疆发展生产和提高人民的生活水平做出巨大的贡献。最近，很多到达乌鲁木齐的外宾，看到在中国的西北边陲上有着这样一座相当现代化的城市，都表示惊奇。

为支援边疆的建设，这几年来，很多爱国青年男女不断从祖国各个

为了推广新羊种，农业部把细毛羊从新疆空运到沈阳

地方来到新疆。在部队里、工厂里、矿山上以及城市里，我们经常会遇见很多说话时带有山东口音、湖南口音和上海口音的年轻姑娘。她们的出现，标志着祖国各地人民对新疆和新疆各项建设的关怀和支援；标志着新一代年轻人不畏艰苦、献身边陲的英豪作风。我们的国家有着巨大的力量和决心来开发边疆、创造新的历史，把祖国的每一个角落都推进幸福的社会主义社会。

毛主席的平等团结友爱互助的民族政策，这几年来在新疆取得了巨大的成就。汉族和各兄弟民族，大家相处融洽，互信互助，像生活在一个大家庭中一样。这一年多，无论我到什么地方去，甚至到最偏僻的小村庄，当地的兄弟民族都以无比的热情接待我，在工作上和生活上给予我充分的帮助和照顾，说说笑笑，毫不生疏。他们把我看作是一个来自祖国的首都、来自党中央和毛主席所在地的可敬的远客。

1955年8月，乌鲁木齐

石河子新城

当我在北京的时候，曾听人说过在新疆的戈壁滩上盖了一座新城的事情，但是我们的国家是这样大，而这几年来各地所发生的新鲜事物又这样多，因而像在戈壁滩上平地盖城这样一件具有丰富启发性的事情，也只粗听几句，没有细问下去。当我到了新疆，再向人问起这件事情的时候，人们就不假思索地用手一指："噢，那是石河子新城！"

石河子在乌鲁木齐的西面约150公里，坐吉普车3个小时就到。从乌鲁木齐一直往西到精河，南面是巍峨的天山群峰，北面则是浩瀚无边的平原。那迤逦千里的高山，那高山上亘古不化的积雪；那广袤千里的大地，那大地极边轻烟似的远色，这一切构成了一幅雄峻深远的大视界，奔驰在这样一个大视界里，使人胸襟开阔、意气豪放。

从乌鲁木齐到石河子这一路，庄稼和树木都很茂盛。过了玛纳斯河，大约又走了20公里，就远远地看到了一幅动人的秀丽景色。在那衬着豪壮山色的背景下，在那比平地稍稍高一些的山麓旁，在那疏疏密密的墨青色的树林里，隐现着很多红顶白墙的新的建筑。那是多么广阔的一片，又是多么深邃的一片！它整个的色调鲜艳柔和、健康明朗。用不着驾驶员指点就可以料到那就是石河子新城，那就是劳动人民凭

中国人民解放军驻新疆部队在玛纳斯河上修坝

着双手在这个荒滩上修盖起来的一座美丽的新城了！

石河子新城的建立，很多人都把它看成为一种奇迹。那些住在石河子附近数十里地以内、平时不大出门的农民，最初听到石河子建了一座新城时是完全不相信的。他们说，一年以前，两年以前，从来没有看到也从来没有听到石河子有个什么新城的事。然而，当有的人在什么顺便的机会来到石河子，亲眼看到这个巨大的改变时，一下子就愣住了，摸摸自己的脑袋说："这干得好，这干得好！共产党有办法！"

石河子这一带以前是怎样一个地方呢？清末民初经过这一带的人说，这一带多是泥淖草湖、茂木深林。就是当部队初到这儿时，这一带也还是满生着茂密的有着一人高的苇子和野生的青蒿杂木。几十年，几百年，甚至自有这片土地以来，这也许一直就是这样一片干干湿湿、高高低低的苇湖碱滩。一年复一年，一代复一代，历史没有变化，土地也没有变化，没有人注意它、亲近它、器重它。只有那些梅花鹿、狼、野猪，以及野鸡、老鸦等长年地成为这片大地的主人，逍遥自在，毫无顾忌。当1950年部队进入这片荒地进行斩草、开路、测量，夜晚住在临时挖的地窝子里时，狼群还悄悄地拜访过他们。

在战士们创造性的忘我劳动中，这片土地的面貌一天一天地发生着历史性的变化。这一座新城的建筑，正如新中国其他地方的建设事业一样，都是劳动人民无限智慧和血汗的结晶。所有的施工力量——木工、瓦工、铁工，都是生产建设部队自己培养训练出来的。所有的建筑材料，除了五金、玻璃和油漆以外，木料、石灰、砖头、沙子都是就地自给自足，自伐自运自制的。

这座城一开始就是社会主义性质的按着一个制订的计划进行建设的，行政、工业、商业、文教、保健、住宅各区以及公园、林带等，都有一定的范围。全城的中心是行政区，那儿目前已经建起了一座办公楼，这是一座2层“凸”形的具有相当规模的建筑，办公楼的中间部分则突高为4层。这突出为4层的高楼，仿佛成为全城的一座司令台，无论从东南西北，老远老远就能看到它；自然它也更能看到四面八方更远的地方。除此之外，这座4层大厦在石河子还有它特殊的令人骄傲的意义。因为这样一座高的建筑，是完全由初学建筑的战士们在创造性的劳动热情下完成的。办公楼的前面是一个大广场，再往南是文娱区，将来的戏院、电影院都将在这一带建设。最南是商业区，城东和城西都是工业区。不过新城的外区将如何配合整个玛纳斯河流域规划的生产需要，还没有最后定案。目前，已经建设的一些工厂大都设在城西，大部分的住宅区则都围绕在行政区及广场的东西北三面。现在已经盖了很多玲珑有致的小住宅。另外有一部分住宅区

石河子新城一角

维吾尔族农民骑马来参观中国人民解放军用拖拉机耕地

则临近着工业区，以便利工人的上工往返。在邻近工业区的住宅区和工业区之间铺植了一条宽阔的林带，借以阻隔来自工业区的烦嚣的声音和混浊的空气。文教区则夹在住宅区中间，以便利孩子们的上学下学。医院和运动场则在城的东部。

城里的主要道路都是上下行的两条单行车道。两条单行车道之间则是种植花草的路台。车行道的两旁是上下人行道。车行道与人行道之间以及人行道的最外端都种植了树木。树木一般已经高过屋顶，再过三五年，萧萧白杨都将夹道成林，道路占了20%，绿地则占了26%。在明天的社会主义新社会里，人们将得到更多的空地和更新鲜的空气。富余的空地将使每个住家都能养鸡种菜又栽花，而新鲜的空气和足够的阳光将使人们更健康、更活泼，在劳动时有更充沛的精力。

当我在石河子访问的时候，这座新城已经大大小小盖了400多幢房屋。假如把这些房屋集中起来，就足够形成一个适当的“市容”了，但正因为是按照计划建设的，所以目前已经建造的房子就不能不比较分散，然而这毫不影响我们对它的概念和对它的前途所怀有的信心。一个城市本不是一夜之间就能建成的，正如一棵麦子不是一夜之间就能长熟一样。

我参观了新城的医院，这是一个较大的建筑。病房部分一律朝南，一字排过去就有45间房，全部可容纳400张床位。将来还打算在病房前面布置一个花园，全部建筑都设置了地震隔离缝，在地震隔离缝处安装了防火门。楼上的地板和楼下的天花板之间都用锯木屑和泥做成隔音层。此外,在医院的后面及侧面,还分别建有产科病房和隔离病房。

我曾经访问了这个医院的一个胃病病房和一个外科女病房。当我参观着这些病房时,心中的确怀有一种混合着感激、喜悦和安慰的复杂的感情。在共产党的领导下,人们的生活将逐渐得到改善,这已经不是一种宣传,甚或是一种理想。这已经是切切实实地实现了的事情,当你想到不久以前这还是一片荒地,而现在却出现了这样一座医院时,你怎能抑制住心头的激动!

我又访问了那儿的新华书店,它是在1954年1月新开设的。每天下班以后,特别是星期天,书店里总是挤满了人。据说,在1954年1至6月间,平均一个月销书5000册左右,其中,理论书和文艺书占三分之二,技术书籍和通俗读物占三分之一。购书的对象主要是干部,通俗读物的读者则主要是战士。《斯大林全集》在这儿每卷都要销200多册,上千册的《宪法草案》一到,一两小时内就销售一空。由于建设新城又修建水库,扩大垦区又大量植棉,所以对农业技术、建筑工程以及企业管理这类书籍都迫切需要。

此外,我又参观了一些工厂,它们都在新城的西南角上。木工厂刚

新华书店的门市部出售各民族的书刊

战士们采摘自己种植的豆角

创建的时候，既没有人又没有工具。没有人，就临时从部队里抽出来一些战士；不会做，就边教边学，边学边做；没有工具，就买一些，自己再凑一些。现在这个木工厂里已有6个车间，近500名工人。其中一个锯木车间，有好几部锯木机，工人日夜分三班干，即使这样还是赶不上工地的需要。面粉厂是目前石河子许多工厂中规模比较大的一个，一天可出1700～2000袋面粉，供应着玛纳斯、沙湾、昌吉、米泉和呼图壁5个县。铁工厂的规模不大，它的主要任务是修理农具，但也自制一些洋犁及中耕器。我参观了铁工厂的宿舍，那是一幢幢的家庭式宿舍。一幢8间，分两头进出。间架要比北京的间架大，窗子也大，空气、光线都好。要是夫妇，就分给一间；要是单身，两个人合住一间。每个工人都由公家发了一顶蚊帐，有些工人床上还折叠着绣花被头。有一个工人床边凳子上放了很多龙门书店出版的有关机械原理的书籍。人们给我介绍，说这是一位技术工人，从上海来的。

晚上，我参加了他们的晚会。在新疆，文娱工作是一项重要工作，它的重要性要比内地更高些。据说这里的文娱生活不算差，在夏季，几乎每个人每个星期都可以看一次电影。一部片子来了以后，总要演上好几天，每个人都有机会看到，就在办公大楼后面的空场上架上一个银幕，露天放映，观众自己带小凳或马扎儿。冬天虽然没有那样方便，不能每个星期都有，但也经常有的看。

晚会在小礼堂举行。小礼堂在办公大楼的后边，这是一座既玲珑又漂亮的建筑，米黄色的墙，衬着灰色的嵌条，门口有6根通直的圆柱子，建筑面积不大，估计可以坐七八百人。当我们走进小礼堂时，楼上

新疆各族各界的代表前来观看中国人民解放军使用拖拉机犁地

楼下都是热烘烘地挤得那样满满的人。仅仅是三四年以前，这儿还是一片荒滩。然而现在，在那一块小小的舞台上面，将进行一种属于文化活动的艺术表演。我从座位上回过头去看着黑黢黢的四周。伟大的中国人民是具有丰富的生命力量来开辟并进行他们的社会主义建设事业的。他们既能顽强劳动，又能愉快生活。

当我住在石河子的时候，我的窗子正面对天山，只要一抬头，就看到那白雪皑皑的山峰；薄暮西天的晚霞，又红又赤、又艳又烈；夜晚，月色皎洁，大地如洗，这些大概都是亘古不变的，千年以前是这样，千年以后还是这样。然而有些事物就大大改变了。我所住的那样一间舒适的房间，以前是没有的；前面那一幢一幢美观的小住宅以及住宅外面的小花圃，以前是没有的；夜晚，四处通明，电灯厂的马达发着咚咚的有节奏的声响，这光和这声响以前都是没有的。这儿本来是一片苇湖，然而现在却出现了一座新城，有了房子，有了花草，有了电灯。正如在那广阔的玛纳斯河流域大平原上，过去是一片荒滩，没有生命也没有财富，然而现在，在那片大平原上，开始生产金黄色的粮食和雪一样白的棉花。河水唤醒了长睡的泥土，拖拉机冲破了原野的寂静。这是一个巨大的变化，这是一个要永远记载在人类活动史册上的巨大变化。然而为什么同是一片苇湖，同是一片荒原，千百年来一直没有任何建设，而今天竟然出现了一座新城？过去一直荒芜连年，而今天却开始成为国家的一处重要的粮仓和棉田？这历史究竟是怎样解释？这里面的关键究竟何在？这一切不因为别的，只因为我们有了一个伟大的正确的党，它教育并组织人民和自然进行斗争，发展生产，改变历史面貌，把人们的生活、思想和社会的秩序、制度都推前了一百步。

1955年1月，乌鲁木齐

新疆大棉区的创造

新疆是我们祖国最好、最大、最有发展前途的产棉基地之一。但是,新疆成为我们国家的主要棉区,是在新中国成立以后才开发创造出来的。

新疆被奠定为我国巨大的国家棉区的关键是1953年天山北麓玛纳斯河流域垦区的戏剧性的棉花大丰收。新疆很早就产棉花,不过过去都在南疆;习俗认为北疆地寒,不宜植棉。1950年,生产部队在玛纳斯河垦区试种了一些棉花,但产量都很低,个别单位每亩的平均产量还不满20斤(籽棉,下同)。到1952年,全垦区的每亩平均产量也还只有120.4斤。就在这一年冬天,苏联农学专家提托夫教授应聘到达新疆。根据他的丰富的植棉经验,他认为玛纳斯河垦区的棉花产量完全有可能大大提高。他提出了一个1953年在玛纳斯河垦区植棉两万亩、每亩平均产籽棉400斤的计划。他在技术上保证达到这个丰产的目标。

提托夫教授提出的这个丰产计划,是完全以他的科学依据和丰富经验做基础的。但是,对于我们刚刚踏上大规模农业生产的边缘、技术落后、经验不足的部队来说,提出这样一个生产指标,在当时确是一件

“骇人听闻”的事情。这个丰产计划就像一个猛烈的炸弹一样，在整个玛纳斯河垦区的部队里普遍地激起了掺杂着怀疑和焦愁的混合情绪。在整个生产过程中，从制订计划起，一直到各项具体生产操作，处处遭遇到群众性的顽强的思想抗拒。一开始，各个连在制订生产计划时，思想就打不通，制订不下去。有些单位在讨论棉花的生产计划时，大家都不敢发言。有些人说，就是把棉花秆子也一起算在里面，恐怕一亩还收不到400斤。

党从来都是正确的。党支持了提托夫的棉花增产计划。党在干部和战士中间反复进行动员、教育。党教育战士说，毛主席一再叫我们向苏联学习，学习苏联先进的科学技术，现在苏联派了专家到中国来帮助我们，正是我们诚诚恳恳学习苏联先进科学技术的最好机会。党具体指出：学习提托夫教授所教导的各项生产技术就是学习苏联先进的科学技术。党指示：提托夫提出的各项技术措施必须坚决执行。

我不打算在这儿详细地介绍提托夫的一套完整的科学植棉方法，但我要说一说他的先进技术和群众的落后经验相抵触的一些主要情况。因为1953年新疆玛纳斯河垦区的棉花生产过程，是我国发展农业生产中先进技术和落后技术、进步思想和保守思想激烈斗争的一个典型例子。按照提托夫的办法，要使棉花丰产必须实行密植。他提出每亩一般应密植6000株。棉株多了，结的棉桃自然就相对增加，棉花的产量也就因此提高。这本是十分通达的情理，但是战士们最初思想搞

新疆玛纳斯河畔的棉区

附近的少数民族群众来学习植棉经验

不通，有些种过棉花的战士说："我们过去种了几十年棉花，没有见过这样密。这样密，保险不结桃。"他们过去的经验是此枝不碰彼枝。他们有这样的谚语："不稀不稠，棉花地里卧条牛。"又说："不稠不稀，两千六七。"也就是说，一亩棉田大概植两千六七百株。现在听说一亩要植6000株，思想上总是通不过。植棉时，刘学佛小组原规定行距是65厘米，株距是14厘米，每亩密植6500株，定苗时一律要用定苗尺。可是有些战士却把定苗尺插在腰带里不用，问他们时，他们就说手和眼睛就是尺，没错儿。当领导用定苗尺复量时，那些没有用定苗尺的，每亩只植了4000多株，实质上是战士们不相信密植。他们中很多都有这样的想法：太密了出不了桃。1955年9月，提托夫教授在新乡、石家庄、南京等地考察当地的植棉工作，觉得内地棉花的产量相当低。新乡、石家庄那些地方过去每亩只植1500～1800株，现在虽然号召每亩植3000～3500株，但实际上只植了2000多株。有些地方，过去每亩不到2000株，现在增至2500～3000株便认为很好了。提托夫教授考察后的意见是：密植才能丰产，棉株的密度一定要大大提高。他认为不同的地区可有不同的标准。目前，在内地推广新疆的株数虽然较早，但有的地方可以不少于5000株，有的地方可以不少于6000株。玛纳斯河垦区在提托夫教授的指导下，1953年，大田一般是每亩植6000株，刘学佛的丰产田每亩植

7236株、高额丰产田每亩植到7687株。1954年,大田一般是每亩植7000株,丰产田每亩植8500~9000株。提托夫教授总结这几年在玛纳斯河垦区植棉的经验时说:“可以断言,要丰产,每亩至少保苗7000株。”他在1955年11月回国以前,建议玛纳斯河垦区自1956年开始,在一部分棉田上,行距改为55厘米,这样每亩可植8000株,1957年行距改为50厘米,这样,每亩可植8500株,单位面积产量可更为提高。

在棉花的灌溉问题上,先进的科学方法更受到保守的经验主义的强烈而复杂的思想抵抗。提托夫对棉花的灌溉是反对大水漫灌,主张实行沟灌,1954年又更提高一步,要求实行细流灌溉。在新疆,过去都是大水漫灌,把田垄开一个口,让大股的水冲进来,把地都浸满了水。先进的科学方法反对漫灌,要求实行沟灌。所谓沟灌,就是要在行与行之间,开一道沟,水由沟里流进,再渗入土中。这个方法最初受到群众的强烈反对,他们认为:第一,沟灌就要开沟,不只是一亩地或一块地开一道沟,而是行与行之间都要开一道沟,很麻烦,要花费很多人工。第二,棉苗还小,假如用开沟机开,把土翻动,容易把两旁的棉苗压死。第三,水从沟中流过,渗不到两旁所植的棉株的根里去。

但是提托夫指出,事实和大家所担忧的恰恰相反。首先,大家最担忧的是沟灌比漫灌慢,以为实行沟灌要费很多人工,而事实上,沟灌比漫灌快,实行沟灌反而比大水漫灌还节省劳动力,棉花在生长中的要求是“上顶太阳脚踏水”。棉花要水,但是不需要大水或过多的水。实行沟灌,水从沟中漫流,正可细细潜入棉株的脚根。棉株与棉株之间一般不需浸水,假如大水漫灌,棉株与棉株之间的土壤势将因为浸水而发生板结,这样要花费人工在株与株之间松土。这种松土的工作非常费时,因为必须十分小心,以免损伤棉株。通常一个人一天只能松三分或四分地。但是实行沟灌之后,不许水漫过沟顶,这样可使土壤保持疏松,松土的人工就可完全节省。再说,实行沟灌既节省了水,也可减轻土地的碱化程度。此外,大水漫灌时,由于水势大,常常容易把进水口一带的棉苗冲坏,实行沟灌以后,这种现象也可避免。

沟灌的好处是解释清楚了,但很多人一方面因为没有把握,一方面因为费工夫、怕麻烦,所以在思想上总是有抵触。有些人说,沟灌的方法虽然好,但是在苏联适用在中国未必适用。有些实际领导田间工作

中国人民解放军生产部队

的干部,表面上虽然不好再反对,却强调客观困难,例如说地势南高北低、坡度大、开沟困难等。在刘学佛小组里,有些人说,300多亩地,每一垄里都要开沟,要开多少沟呀!大家不乐意。在领导坚持之下,那个小组第一天用马开沟,开了5亩,他们就用开了沟的5亩和另外没有开沟的1亩来试一试,究竟是漫灌快还是沟灌快。结果那5亩沟灌的都灌好了,那1亩漫灌的还没有灌完,因为那没有开沟的1亩,地有高有低,低的地方已涝,高的地方还没有到水。这样,大家才同意实行沟灌。在另外一个单位里也证明了沟灌比漫灌快。那个单位在1951年的1112亩棉田上采用大水漫灌,18天才浇完;1953年在1180亩棉田上,改用沟灌,只花了6天时间就浇完了。

上面是谈浇水的方式。在浇水的时间上,也遭遇到保守思想的抵抗。先进的浇水思想是以作物的需要为中心,作物要水就给它水。但在保守的经验里,则习惯按照过去的老办法办事。过去的老办法是对幼苗不给水,有意要"旱它一下"。"旱它一下"的目的是:幼苗既然不能从上面得到水分,它为了自己的生存,就很自然地要把根往下伸长,以争取地下的水分,这样可以使得棉苗的根扎得深一些,长得牢一些。这个办法用术语表达叫"蹲苗"。河北有这样的谚语:"有钱难买5月旱,6月连阴吃饱饭。”意思就是说棉花6月需水，水足丰产，但是5月里，即正在幼苗时期，却要“旱它一下”。在先进的方法里可没有“蹲苗”这一套，要水就给水。所以第一次给棉花浇水，比老习惯要提早半个月。很多战士对此不习惯。按照老规矩，棉花立秋以后不能再浇水，认为这时浇水会影响棉桃的成熟，使棉桃不吐絮。1953年9月8日，提托夫到刘学佛小组棉田上检查，建议他们在某一部分棉田里再浇一次水，可以帮助棉桃发得更大些。但是战士们按照立秋后不浇水的旧习惯，认为现在已9月初了，怎还能浇水？党为了教育群众，决定在刘学佛小组的大田和丰产田里都再浇一次水，但特别留出3亩不浇水。结果，没有再浇一次水的那3亩，一些小桃都干瘪了下去，而浇了水的，小桃都变成了大桃，丰产田的棉花更加大开。在另外一个单位里，也有同样的情况。有一个连的棉田在9月上旬，最后还可以再浇一次水的时候，由于保守的经验主义作祟，那个连无论如何不肯再浇，结果发生了落花落桃现象。另外一个连最后一次浇了水，不但落花落桃现象减少，而且所有的棉桃都成熟了。

群众对于每亩产棉400斤的怀疑和顾虑，在进入生产过程的后期已经完全消除了。当棉株开始结桃，结得又多又大的时候，大家开始有了信心，并感到“事情真能这样”。1953年，玛纳斯河垦区的棉田在党的正确领导下，在苏联专家提托夫的认真无私的指导帮助下，在全体干

准备出发的播种大队

部和战士的忘我劳动下，终于实现了2万亩大面积每亩平均生产籽棉402斤的辉煌大胜利。其中刘学佛小组的高额丰产田中，有1.61亩每亩产棉1349斤，创造了全国棉花单位面积产量的最高纪录。

这个大胜利说明了些什么？产生了些什么影响呢？

首先，这是为人人所能看到的，这次玛纳斯河垦区的棉花大丰产是先进科学技术对落后保守思想的大胜利，是对苏联的先进经验从不完全相信到绝对相信的大胜利，是党的正确领导的大胜利。棉花丰产之后，很多人自觉地检查了保守思想和经验主义，说要是没有苏联专家的帮助指导，单靠自己摸索，可能再摸5年也还摸不到这样的成绩。经过了这一次教育，大家对苏联的先进经验完全相信了。自此以后，提托夫教授说什么，大家就照着做什么。

提托夫教授所介绍的一整套的苏联植棉方法，不仅在技术上是先进的，而且还包含了先进的科学思想。提托夫教授不仅教会了我们这些先进的栽培方法，而且通过对这些先进的栽培方法的学习，使我们很多干部和战士在耕作思想上也得到进一步的启发。提托夫所介绍的苏联先进的科学方法和科学思想，不仅已经应用到棉花作物上，就是在其他作物方面，这种深刻的教育也产生了显著的影响。冬麦就是一个很好的例子。在种植冬麦上，过去也是素来主张大垄，反对密植的。过去每亩株数，从16万到24万株，一般在20万株左右。在棉花丰产的影响下，玛纳斯河垦区在1953年冬麦播种时，就普遍改为密植，有些单位采用了每亩35万株的标准。1953年，全新疆部队农场的丰产面积只有2万亩，丰产作物只有棉花一项。但1954年，全新疆部队农场的丰产面积就扩大到5.6万多亩，丰产作物除了棉花以外，还增加了小麦、玉米、大豆、高粱和水稻5种作物。1955年，仅玛纳斯河流域及乌鲁木齐两地的部队农场的丰产面积就扩大到13.2万多亩。1955年，玛纳斯河垦区的棉花又丰收了，在8万多亩的大棉田上，有1.1万多亩平均产量在600斤以上，其中刘学佛小组的高额丰产田1.05亩平均每亩产棉1392.86斤，打破了他们自己在两年前创造的全国纪录。

1953年，虽然玛纳斯河垦区棉花丰产的杰出成就是部队创造的，但这毕竟是发生在新疆土地上的事情。因而这个成就又刺激了新疆各民族的生产情绪，同时肯定了新疆在全国农业生产上的经济价值和重要地位。毫无疑问，新疆将永远是我们祖国的一个优秀的棉粮作业区，新疆植棉的前途尤其远大。棉花生长的理想环境是无霜期要在150天以上，生育期的平均温度为25摄氏度，日照要长，成熟时水分不宜过多，而新疆的各种天然条件都很理想。灌溉地区是最宝贵的农业区，因为它的水量完全可以由人控制，而在新疆，现有耕地的95%都是属于灌溉区，水量全部可以受人控制。我们国家现在需要更多的棉花，但是在内地，假如再增加棉田的面积，就会相对地影响到粮田的面积。同时，在内地也不能像在新疆那样容易找到这样大的大棉区。玛纳斯河垦区肯定将以植棉为主。提托夫最近又建议从玛纳斯河垦区西北角的车排子一带，再向北推进50~100公里。假如那些地区可以植棉，则将来还可以再在更北的地区试种，以逐步扩大北疆的棉田面积。至于在南疆，吐鲁番盆地是一个突出的植棉地区，按照提托夫的意见，将来吐鲁番应以棉花、无核白葡萄和苜蓿3种作物为主；在棉花种植上，主要是种长绒棉。在南疆的库尔勒、库车、阿克苏、喀什、麦盖提、莎车、巴楚、墨玉、和田等地，都很适宜植棉。按照提托夫的建议，凡能种棉花的地区可多种棉花；新开荒的土地在头两年不宜植棉，正好用以栽种粮食。新疆以后每年新开的荒地很多，因此粮食的播种面积是不会因扩大棉田而受影响的。照现在的估计，到第三个五年计划末，新疆的棉田

中国人民解放军生产部队种植的棉花

将扩大到一千几百万亩。

生产部队在新疆进行农业生产，对当地少数民族群众的农业生产，在耕作面积、耕作技术以及单位产量上，都产生了积极的有利的影响。1954年，吐鲁番农民在3.6万亩的棉田上，平均每亩产棉331.15斤，这是一件了不起的事情。我在吐鲁番访问时，曾经思索：1953年玛纳斯河垦区的棉花丰产对于1954年吐鲁番农民的棉花丰产有没有什么影响？当然是有影响的。除了在植棉的耕作技术上介绍了一些新的经验以外，更重要的是1953年玛纳斯河垦区棉花的大丰产使领导农民植棉的干部消除了一部分保守思想，提高了增产的情绪和信心。1955年，吐鲁番15个农业生产合作社的棉花每亩平均产量是350斤。位于玛纳斯河流域的沙湾、玛纳斯、乌苏3个县里的15个农业生产合作社，每亩平均产量也提高到300斤以上，其中最高的丰产纪录为每亩717斤。1954年冬，乌鲁木齐的八一农学院派出了一个南疆工作组，在南疆地区先后给1.5万多名少数民族农民做了技术指导。南疆地带的耕作方法，过去一向是比较粗放的，但1955年南疆几个重点植棉县的棉花产量也得到提高，其中巴楚县在2.5万多亩的棉田上平均每亩产棉312斤，最高的丰产纪录为每亩800斤。

最近中央农业部决定：1956年，以河南安阳、江苏大丰、山东临清、山西运城、河北石家庄及陕西泾渭等地的农场为重点，进行棉花大面积丰产的示范性试验，积极推广新疆部队棉花大面积丰产的经验。新疆军区生产建设兵团也已抽派全国植棉能手刘学佛等8人在上述部分地区协助这项推广工作。将来八一农学院将抽派教师轮回到内地的一些农场去做指导。全国各个棉区以及试验机关、教育机关和大农场，也将派人到玛纳斯河棉区学习丰产技术。正如提托夫专家回国以前在某一次报告中所说的："新疆过去在农业上是落后的，现在由于各种作物的大面积丰产，它已成为中国农业生产先进的地方了。"而这一个巨大的成绩，又是和苏联对我国真诚无私的帮助，以及生产部队全心全意学习苏联先进的科学技术是分不开的。

1956年1月，乌鲁木齐

访前景壮阔的克拉玛依[1]油区

1956年5月11日,石油工业部负责人在北京宣布:新疆准噶尔盆地的克拉玛依地区已经证实是一个很有希望的大油田。就在这同一天,我从乌鲁木齐赶了400多公里路,专程访问了克拉玛依。

先循乌伊公路到独山子。从独山子有一条新修的公路向北直达克拉玛依。这条长达160公里,在几个月以前才开辟的公路,就像一柄利剑似的笔直地刺入了准噶尔盆地。当我们快要到达天山、阿尔泰山之间的中心地带的时候,就远远看到那条被称为成吉思汗山的山岭从西向东蜿蜒在准噶尔盆地的西沿。这条青色的、不很高的、山脊齐整得就像一排城墙一样的山岭,给准噶尔盆地增添了不少妩媚。而这新近发现的振奋人心的克拉玛依大油田,就铺展在成吉思汗山的南麓。

我们在这条新辟的公路上行驶,除了一片戈壁和万里云天以外,什么都看不到。没有树木,没有水,没有村庄人家。直到快接近成吉思汗山山角,我们陡然看到了威严地竖立在那旷远的原野上的景象。它们

[1] “克拉玛依”,维吾尔语意为“黑油”。

的出现向人们预报:在这片酣睡千年的大地上,就要掀起历史性的变化,使祖国出现空前壮阔的石油工业。

我们终于驶进了矿区临时办公的地点,那儿拥挤着很多卡车、帐篷、地窝子以及一排一排可以移动的小木房子。井钻得这样快速,油喷得这样汹涌,使一切思想上的和设备上的准备都跟不上去。兴奋、紧张、局促,交织成一片像火一样炽烈的情绪,弥漫着整个矿区。人们都以无限饱满的精神,克服一切困难,坚定地、夜以继日地在那儿战斗,并且满腔热情地期待着全国范围的人力、物力、技术的大支援。

中苏石油公司(今新疆石油公司的前身)成立以后,在苏联专家的指导下,曾经在克拉玛依地区进行勘探,初步探明了几个储油构造。1955年7月,新疆石油公司从独山子矿区组织了一支顽强的青年钻井队,在克拉玛依开钻了第一口井。那时,克拉玛依的工作条件是异常艰难的。首先是没有水,水要到60多公里以外的地方去拉。拉一次水往返要7个小时。有一次,拉水汽车走到一半,由于天气太热,水箱里的水干了,车抛锚在戈壁上,等了好久,还是没有等到一个过往的人或一辆过往的车。最后,那两个拉水工人只得冒着戈壁上灼热的太阳走回克拉玛依报信求援,司机则困守在车座上守着汽车。那两个工人走了6小时才走回克拉玛依,可是一到克拉玛依,两个人就干渴得昏倒在地上。那时克拉玛依也没有一间房子,睡就睡在露天里,蚊子和牛虻咬得人睡不着。没有伙房,就用3块石头架着一个锅烧饭。柴要到十几公里以外的地方去打,那儿又常常刮大风。大风一来,井架都被刮得摇摇晃晃。有时钻杆起了上来以后,被风刮得东摇西摆,对不准口,放不下去。人在风里睁不开眼,要是两手不攀住什么东西就会站不住脚。然而,这样艰难的环境也没有压倒那些勇敢的青年钻井队员,他们到达克拉玛依以前都做了充分的思想准备,并写了坚决的保证书。1955年10月30日,这第一口井喷出油来了,这使那些青年钻井队员的勇敢行为获得了最大的回报。那天本应该夜晚12点下班的工人,下班以后都不肯回去休息,他们在井架不远的地方烤起火来。大家围着火,兴奋地谈着祖国如何需要更多的石油和克拉玛依油田的光明远景,一直谈到凌晨4点才回去睡觉。

这第一口井出油的消息立刻震动了所有关切着这一块地区命运的

油区第一口井开钻

人们。从今年起，新的井架一个接一个地在这荒漠大地上竖了起来。4月23日，第二口井又自动喷出了油。5月7日，又有第三口井出了油。第二口井的出油量比第一口井多4倍，而第三口井的出油量又比第二口井多2.4倍。我在克拉玛依访问的时候，参观了几天前才出油的那口7号井，那深褐色的浑厚的原油正一股一股猛烈地从管子里自动喷射出来。

从石油工业的角度来说，克拉玛依是一个具有很多有利条件的石油地区。它的地质情况比较简单，钻探条件也较优越。在克拉玛依钻井，很少发生“卡钻”或井壁塌陷的事故，也很少遇到高压气水层，泥浆的比重也较小，而且大都是浅井。到6月5日，克拉玛依已经有9口井出了油，其中有一口井，从开钻到出油还不满1个月，4口井从开钻到出油还不满2个月，另外2口井从开钻到出油不满3个月。井浅，井钻得快，油出得快，因而也就使国家的投资相对比较少。同时,这一地区的油量也非常丰富。截至6月5日,已经出油的9口井中的7口井所占的27平方公里面积(这一带被称为“南黑油山”)的储油量来说,就已经大大超过了第一个五年计划中国家所给予新疆石油公司的全部可采储量的任务了。

在南黑油山东北约8公里的南小石油沟和东北约13公里的深地沟,也开钻了2口井,这2口井现在都出了油。另外,在南黑油山的东南角上,正在钻一口较深的井。目前,这口井虽然还没有钻完,但是根据岩心及电测的结果,已经证实地下有油砂。在这样的情况下,储油面积将进一步扩大。正如石油工业部负责人所宣布的:“如果以今年(克拉玛依)的勘探地区计算,那么(克拉玛依)储油量就将超过玉门老君庙油田好几倍。”

不仅如此,在克拉玛依东北约100公里的乌尔禾,也已发现了长达30公里的露头油苗,同时经过浅钻也探明那一带有油砂。在克拉玛依和乌尔禾之间的一些地带,也钻探到相当厚的油层。在这样的情况下,南北长达100多公里、东西宽三四十公里,整个油区的工作面积可能扩展到4000平方公里。

钻好了一口井,将机器搬去钻另一口井

工人化冰取水，保证钻机一刻也不停止

目前整个的形势是：在从克拉玛依南头偏西到北头偏东的乌尔禾这一条直线上，像数箭齐发地分几条线向东南方向钻探。以上都在玛纳斯河的西岸，现在还计划在大拐和中拐之间的玛纳斯河东岸也钻一口井。假如在玛纳斯河东岸也能钻到油层的话，那就将逐步伸入整个准噶尔盆地，那时规模之大就更难想象了。

以上就是新近被证实的克拉玛依地区的石油资源的前景。在这样一个大面积的油区中，将来可能找出不是一个而是几个油田。同样，在这个大面积上，将来可能出现不是一个而是几个新兴的石油工业城市。克拉玛依有希望成为一个可以满足国家需要的大油区。

就当前克拉玛依地区最迫切的问题来说：第一是水的问题。矿区已经打了一口水井，但只能供应工业用水的需要，人吃的水附近没有，而眼看人又将在很短的日子内像潮水一样地汹涌而来。1955年底，在克拉玛依工作的不过几十个人，而现在已经接近一千人。在两三个月以内，估计会增加到四五千人，水的问题急切需要解决。目前计划从克拉玛依西南50公里的青柳沟铺设钢管，把水引过来。将来还要从东北70多公里的地方铺设钢管把艾里克湖的水引过来。第二，是公路问题。从独山子到克拉玛依的160公里的这条新公路，路面还只铺了一半，其余一半还是土路。鉴于运输任务的日益繁重，不仅迫切要把公路修好，而且要把公路的修筑水平提高到相当高级的水平上去。此外，从克拉玛依到乌尔禾大约100公里的公路也需要加快修筑起来。第三，是房子问题。目前计划先修3.5万平方米的宿舍和3万平方米供发电、修理、库房等用的建筑物。这三个问题的解决对克拉玛依加速开发有决定性的影响。

新疆维吾尔自治区用很大的力量来支援克拉玛依地区的开发工作，他们拨了一支建筑部队到克拉玛依去修路盖房。几万平方米的建筑工程要限三四个月内完成，而绝大部分的建筑器材又都要从外面运去，这个任务是相当紧急沉重的。此外，自治区又拨了500多辆卡车，以加强开发克拉玛依地区的运输力量，克拉玛依当地已经尽了最大的努力，但是这些力量还只能解决当前一部分的紧急需要。克拉玛依的开发规模太大了，就以今明两年来说，要有几十万吨的器材运进去。他们所需要的运输车辆不是以百计，而是以千计。不仅要车子，还要配备司机。他们明年至少要修建几十万平方米的工业性和非工业性的建筑，这就需要庞大的建筑队伍和数量巨大的建筑器材。他们需要具备新的，大型的炼油厂的设计力量和承造力量，也需要长达几百公里的输油、输水管线的设计力量和铺设力量。在机械方面，他们需要数量很多的浅钻机、内燃机、各式储油罐以及各种锅炉等，还需要一个机器修理厂；既需要有跟工作规模相适应的设备，还要配备好足够的工人。他们需要巨量的钢板、钢管和其他各种钢材，他们需要地质、钻探、采油、炼油和运输

油区的汽车运输队

各方面的技术力量，还需要巨大数量的行政干部。而这一切都不是新疆石油公司或新疆维吾尔自治区所能解决得了的。

当我离开克拉玛依的时候，那儿的同志们紧紧地握着我的手说："我们在这儿动员一切力量，尽我们一切努力坚持下去。但是我们更迫切地期待全国人力、物力、技术的巨大支援。必须依靠全国的力量，才能把这样规模巨大、前景壮阔的克拉玛依油区加速开发出来。"

1956年5月于乌鲁木齐，6月增补

阿尔泰山一带

1955年秋天，我在阿尔泰山一带旅行了一个多月。这一带是祖国西北角上最靠北的地带。过去人们把这一带看成一个荒寒可怕的地方，实际上，这儿却是一个十分富庶的地方。我一到阿勒泰，就登上了阿尔泰山的一个主峰。那天云多，我们看远远的阿尔泰山，山云相接，分不清哪儿是山，哪儿是云。秋天游山，本来最美。山间一路都是树木，下面大都是杨树、桦树和云杉，高处则是原始的落叶松。在这秋末冬初、已冷未寒的时候，山上到处是瑰丽的彩色：有闪着光亮的葱绿，还有嫩黄、鹅黄、绛红、赭红和枫叶红。有时，那满山长着的小灌木冻得发紫，远看就像整个山头都铺着玫瑰花似的。在阿尔泰山，不仅林色美，而且岩石也美。一路经常看到巨大的岩石，奇形怪状。岩石上大都长着多年的斑斓的赭红、雪青或草黄色的苔藓。林色和石色相交，使人们远远眺望，高低远近的山峰都成为色彩奇丽的花台。当我登达山巅，纵目四望，我就看到那条我从小时候起就听到的远不可及、高不可攀，被人神奇地称为“金山”的阿尔泰山，那样桀骜不驯地，也那样和平安静地蹲伏在一望无际的最靠北的国境边缘上。真是峰峦重叠，山连着山！再没有比在高山看万山那种壮阔雄伟的气势使人感到心胸开阔、意气

阿尔泰山的原始森林

豪迈了。当阳光好时，人们在这山顶上还可以看到从福海海子里泛出的月白色的水光。

去阿尔泰山一带旅行，最好是在7月、8月的夏季。我去时已经迟了一步，但是仍然看到了阿尔泰山迷人的山色。这种美丽的山色不仅仅在阿勒泰一带是如此，后来我到富蕴、青河一带时，所见的景色也都是一样的迷人。我在青河时，遇到一位曾经在富蕴、青河一带山里穿行多次的同志，他说从青河到阿勒泰，一路都是绵延不绝的大森林。在天山，只有山阴生长树木，但在阿尔泰山，山阴、山阳都是树木。森林是这一地区的富源之一。只是到目前为止，人们还没有开始很好地利用这一个富源，而且也还说不清楚阿尔泰山的森林面积究竟有多大。阿尔泰山的森林有70%都是红松，又称落叶松。阿尔泰山的红松和别地的红松还不一样，特别坚硬，阿勒泰的木匠拿到红松，常常要把它先在水里泡一下才能刨，干的刨不动。这种红松做铁路上的枕木或者建筑上的木材最好，因为它不怕水，不容易腐烂。此外就是云杉、桦木、杨树、柳树和沙枣。桦木也是一种名贵的木材，这一带很多，但受交通的限制，不能外运。这儿有些哈萨克族和蒙古族喜欢把桦木镂成碗，碗刨得薄薄的，使桦木的花纹极其动人地显示出来。有钱的人还用银子把这种木碗包起来，夏天用以盛马奶喝，真漂亮。此外还有一种榛树，俗称黑柳，木性坚韧，最适宜做一些工具的把手。在布尔津的喀纳斯，还有一种果松，专门结可吃的松子。

阿尔泰山是有名的出金子的地方，据说，阿尔泰山就是“金山”的意思。在旧社会里，黄金被人们看成最珍贵的东西，你要是看过卓别林的《淘金记》，对此大概会有更多的、荒诞的想象。阿尔泰山产金确是名不虚传。不仅在阿勒泰，就是在富蕴，过去也有很多人采金。除了私人开采以外，在盛世才统治时期，还在阿勒泰（那时叫承化）开办过金矿局。金子虽然值钱，淘金可并不是轻快的生活。淘金的工人天一亮就要下沟，一直干到天上有星星出现才收工，整天站在有水的金沟里，不管刮风、落雨、下雪，即使全身淋湿，也不能休息。老板雇着工头，永远扬着鞭子在金沟边来回巡逻。很多初干淘金的工人，身体吃不消，干了几天就倒下了。淘金工人一个月的工资不过三钱金子，然而即使这样，老板还要在工地上开着小铺子，把靴子、袜子、衬衫这些东西卖给工人，先记账，再从工资里扣，既可少拿金子出去，又可从中多进行一次剥削。他们还在工地上开设赌局，引诱工人入赌。不过根据几个从前的淘金工人说，那些想发横财的金客后来没有一个有好下场。他们这次挖金可能暴赚一次，但下次挖金也可能亏赔一空，因为他们找寻“金线”全凭经验，没有科学根据，所以常常开了个空。

在阿尔泰山一带，现在展开了一种“挖宝石”的工业。这种“挖宝石”的活动已有10年历史。最近三四年来，这种生产逐渐在扩大。在富蕴，摊开新疆地图看，那是位置很偏僻、交通很不便的一个角落，正是由于这项生产，已经出现了一个新生的工业城市。新建筑之现代化和集中化，在新疆除了乌鲁木齐和独山子以外，就要轮到富蕴了。当我一到富蕴，就立刻感到这地方充满着活力和紧张。那喋喋不休的风镐声、粗犷的拖拉机声、震人心弦的爆炸声以及那仿佛有着一肚子怒气的从水电站里汹涌而出的激流声，这一切声音都回荡在这四周是山的可爱的城市中。夜晚，灯火通明。我初到时，那远远山头上的电灯，使我几乎疑为天边的星星，简直不能相信：在那荒凉的戈壁边缘上的山窝里，竟然创造出了这样一个有声有色的新城市。

这种生产虽然主要由国家开采，但同时也鼓励民工（私人）开采。这项生产不仅吸收了很多边疆各族劳动人民，使他们得到了新的工作，而且在阿勒泰、富蕴、青河各地，“挖宝石”也成为一部分牧民和农民的重要的副业。特别是在青河，民工采矿的工作很普遍，对于改善劳动人民的生活起着很大的作用，甚至当地政府对某些较富的矿，安排人轮流去采,借以调剂一部分贫苦牧民的生活。民工开矿对国家是具有一定的作用的:一方面,在生产上他们是国家的助手;另一方面,在矿藏的普查上,他们也成了国家的义务勘察员。山深岭高,国家的勘察力量有限,不可能处处跑到,但熟悉本地地形的、吃苦耐劳的、英勇善骑的哈萨克族牧民,他们只要带上十天到半个月的干粮,就可以单骑入山,寻觅矿苗。民工采矿的发展,从另一个意义上说也等于为国家培养更多的熟练的采矿工人。他们对怎样就可断定有矿、矿脉是如何走的,以及分辨矿石种类等,有些人已经很有经验了。再说有些小矿产量不多,还不够条件由国家来开采,在这种情况下,鼓励民工开采对帮助国家完成生产也是有利的。

阿尔泰山一带是我国有名的牧区之一。全专区11万人口中,论民族是哈萨克族最多,论职业是牧业最多。我从塔城经过和布克赛尔到阿勒泰,后来又从阿勒泰去富蕴、青河一带,一路上经常看到大批的羊群、马群和骆驼群。一群羊有五六百只简直太普通了,有时甚至一群就有上千只羊。当羊群听到远远的汽车声音时,就乱哄哄地抢着跑开去,这时你就会看到那肥壮的群羊和那又圆又胀的羊尾巴,那种臃肿的样子让你忍不住要发笑。一只肥羊单单它那尾巴上面的那一块油有时就有25斤甚至30斤重。据说还有这样的事:有些羊太肥了,以致伏在地上以后站不起来了,要人们扶它一下才能站起来。阿尔泰山一带的骆驼也特别多。我在伊犁牧区看到牧民搬家主要是用牛搬家,但在阿勒泰专区主要是用骆驼搬家。骆驼的外貌虽然极其魁伟,但它的性格却很驯良。由于它的个儿很高,所以当人们要把东西驮到它的背上,或人要骑到它身上去时,它总是驯良地先四脚伏跪下来,等人们把东西在它身上扎紧了或人骑好了,招呼它起来它才站起来。新疆的马奶大家都已闻名了,而比马奶更珍贵的东西是骆驼奶。即使在骆驼较多的阿尔泰山一带,人们也不是很容易喝到骆驼奶的。一则骆驼的数量究竟比马群要少,二则骆驼要两年才怀胎一次,瘦弱的母驼甚至要三四年才产羔一次,所以骆驼奶的产量远较马奶为少。在较富的牧主家中,即使有骆驼奶,也只让孩子和老年人喝。在青河时,由于我是一个从祖国首都来的远客,因而才有机会尝到这稀罕的骆驼奶。

在阿勒泰专区,有一个名字是十分吸引人的,那就是"游牧上"。例如，找不到一个人，问到哪儿去了时，就会有人说“到游牧上去了”。谈到当地的民情风俗时，就会说“游牧上”如何如何。古称西域有“行国”与“居国”之别，“行国”就是指游牧生活。牧民终年逐水草而居，所以在“牧”上面加一个“游”字，实在既美妙而又恰当。在新中国成立以前，阿勒泰专区牧民一般是在冬窝子过6个月，在春秋窝子共过3个月，其余3个月在夏窝子过。近年来，当地政府帮助他们做了一些更合理的安排，主要是劝导他们稍稍迟些进入冬窝子，同时也稍稍迟些上夏窝子。过去，牧民过早地进入冬窝子，常常使得冬季还没有过完，冬窝子里的草早就吃完了，因而发生牲口没草吃的灾难。现在，政府一面领导牧民在入冬以前就多打过冬的饲草，一面又劝导牧民稍稍推迟进入冬窝子的日子。同时，也把上夏窝子的日子推后一些，使大山上的草能长得更茂盛一些。

冬窝子一般是在一些比较暖和的地方，常常在一些有山屏障，或有较多的树林可以挡风的地方。我们这些外地人，有时很难分出冬窝子和春秋窝子的区别。至于夏窝子，则大都在高山之上。据说，高山的夏窝子生活对哈萨克族的健康和生存有着很重要的关系。在冬季，这些以牧业为主的牧民，有好几个月都住在很矮小的房子里，空气不流通，日光不够，而且吃不到新鲜的食物。按照哈萨克族的生活习惯，在入冬以前都要“宰冬肉”。通常，大户人家要宰一匹骒马，做马肠子（哈萨克族把马肠子看作

阿尔泰山的喀纳斯湖畔

是最好最珍贵的食物），再宰几头或几十头羯羊（即去势后的绵羊，一般甚肥）；中户人家宰一头牛，再宰几头山羊或不生羔子的绵羊；小户人家宰一头牛。当然，还有很穷苦的牧民什么都宰不起的。他们把这些牲口宰了，大都还要架起松木火来熏一下，然后挂在屋子里，要吃上一冬天。他们不仅一整个冬天吃不到新鲜的食物，而且每天吃肉的时候大都在夜晚，有时要到深夜十一二点，吃上一顿肉，喝上两碗肉汤，就立刻倒下睡觉。这种习惯很容易造成消化不良，这种冬季生活对于人们的体质和健康非常不利。然而只要雪一化，他们出了冬窝子，就又投入了大自然的怀抱。特别是在夏季：气候是清爽的，风景是美丽的，空气是新鲜的，日光是足够的，喝的是刚挤的奶子，吃的是刚宰的羊肉，使他们为冬季的阴湿的、窒息的生活所损害了的健康，经过这三个月又恢复了饱满的精力。

从冬窝子到夏窝子，像在阿尔泰山那样辽阔的地带，路程常常是很远很长的。有一位叫阿布力海牙脱的老汉告诉我，他的冬窝子靠近布尔津县，但他的夏窝子却挨着蒙古人民共和国。从冬窝子到夏窝子，要搬7次，也就是要走7天。实际上还有比这更远的。在我们看来，搬家是一件很麻烦的事情，但在牧区，搬家被看作是一件十分简便而又寻常的事情，就仿佛我们每天要铺一次床、扫一次地一样。不仅从冬窝子到春、夏窝子要搬家，就是在同一个春秋窝子和夏窝子里，也经常是隔几天搬一次家。牲口在这一块地方吃了几天草就想换一个地方吃草，人们也只好跟着移动。

1949年在阿勒泰专区，全区只有38万多头牲口，到1955年已发展到107万多头。牲畜的发展有这样的成绩，当然是由于党和人民政府做了一系列工作的缘故。从1952年起，无论在专区或各县，都召开了很多有代表性的牧民会议，并组织很多干部深入牧区，把这个党的政策普遍宣传，使牧民思想上不再有什么顾虑，安心大力发展生产。政府经常派干部帮助牧民配种、接羔；教他们怎样用新法剪脐带；介绍改良品种，进行人工授精；组织并发挥民间兽医的力量，使他们更好地为牲畜治病；带领牧民割储冬草，组织牧民打狼，调解牧民之间的草场纠纷。对十分贫苦的牧民则发放救济羊，帮助他们建立家务，长期生产。这些具体措施都促进了牧业的发展。但是除了这些具体措施以外，还有一个更重要的原因，那就是社会秩序的安定。

两个哈萨克族儿童

社会秩序的安定是阿勒泰专区新中国成立以后最巨大的、具有决定性意义的变化。这个变化之所以是巨大的、具有决定性意义的，是因为这个变化牵涉到每个人的生产和生活，牵涉到整个地区的改造和建设。过去，人们这样形容这一带地方说：三年一小乱，五年一大反！这短短10个字包含了多少眼泪、恐惧和死亡！然而从1952年起，这里终于走进了一个新的、安定的、一切都在欣欣向荣的新时代。党领导阿尔泰山一带的人民进入了新的、安定的、发展生产的时代。

社会秩序安定的效果在一些数字上的表现是：1950年时，全专区的人口还不到7万人，1955年已增加到12万人左右；1949年全专区的耕地还不到12万亩，1955年已发展到30多万亩。牲口的数字前面已提到过，1949年时全专区的牲口只有38万多头，1955年已发展到107万多头。这些数字像铁一样地证明着党的政策是完全正确的。

阿勒泰专区在新中国成立以后的第二个历史性变化是当地的粮食生产第一次能够自给自足。有史以来，这地方的粮食一直是仰仗外区供应的，过去主要是依靠塔城、沙湾和奇台等县的接济。由于仰仗外区供应，再加上当时官、商的操纵，过去阿勒泰一带的粮价很高。据说在1933年以前，一只羊只能换到5勺子麦子（大约20斤上下）。1933年以后，由于苏联的帮助，粮价降低，但一只羊也只能换到100斤上下的麦子。1955年，阿勒泰的面粉一公斤售五角九分，但在1949年，一公斤要售一元一角。所以过去这一带只有城市里有粮，山区里根本没有粮；只有少数牧主富户才能吃得起粮，绝大多数的人都吃不起粮。

1950年，干部到游牧上去时，很少看到有人吃面粉，顶多吃一些塔尔米(糜子)，但也只有在秋收以后，秋冬两季有得吃，到春夏两季就连塔尔米也没的吃了。当有些干部带了一些用面粉做的馕或馍上山时，牧民都视为上品。

在新中国成立以前，阿勒泰专区西面4个县，阿勒泰、布尔津、哈巴河和吉木乃的部分地区稍稍有些农业生产基地，至于东面福海、富蕴、青河3个县，则可以说没有什么农业生产基础。从民族成分上看，过去当地的汉族、回族、维吾尔族种些地，哈萨克族则很少有人种地。而在阿尔泰山一带，以哈萨克族居多。过去哈萨克族不种地的原因很多，一方面固然是由于民族习惯，但更主要的还是没有人领导。有些人说哈萨克族只爱吃肉，不爱吃粮，这是不正确的。爱吃肉是事实，但未必就不爱吃粮。我访问过的一个哈萨克族老乡说："过去我们不种地，很少吃粮，看到别人吃粮很新鲜、很羡慕。可是我们既没有力量买，又没有人领导我们种，所以我们吃不到粮。"

在旧时代，由于多年的民族习惯以及对生产事业缺乏正确的观点，哈萨克族是看不起种地的。在那个时代，假如一个哈萨克族竟然不得不去种地，那是一件令人十分痛苦的事情，因为只有一点牲口都没有的人才被迫去种地，不管他是给自己种还是给别人下苦。然而现在，在党的领导和教育下，情况完全变了。现在，阿尔泰山一带很多从事牧业的哈萨克族都同时兼种一些地了。甚至过去不管怎样也非去夏窝子过一下高山清凉生活不可的哈萨克族，现在有些也留下来照顾田地的生产，不上夏窝子了。我问他们夏天不上山习惯不习惯，他们笑着说："最初一两年确实不太习惯。可是生产要紧，现在已经习惯了！"这一带很多互助组都是一部分人带着牲口上山，另一部分人则留下来照顾田地。

阿尔泰山一带是牧区，应以发展牧业为主。但提倡农业并不是不发展牧业，正相反，提倡农业生产正是为了更好地发展牧业。过去，由于没有粮吃，就势必增加肉的消耗，多吃肉就要多宰羊。此外，一切生活上的需要都要依靠出售牲口来解决。但是现在种了一些地以后，不仅自己吃的粮食解决了，粮食有多余时还可以换购其他生活用品。阿勒泰有个大牧主苏来曼，他现在的羊羔已经发展到3000多只。这几年来他一直听从政府的指导，兼搞农业生产，一切生活都依靠农业生产来解决，用不着宰羊卖羊了。大家都说共产党这个办法好，道理对，领导正确。过去看不起种地也不会种地的哈萨克族，现在都对农业生产有了兴趣，并且学会了如何种地。甚至像富蕴、青河那些过去农业生产没有什么基础的地方，这几年也有了很好的发展。在富蕴，1949年全县的耕地还只有1100多亩，1955年已增加到1.9万多亩。在青河，以前很少有人种地，1955年也发展到了1.3万多亩。

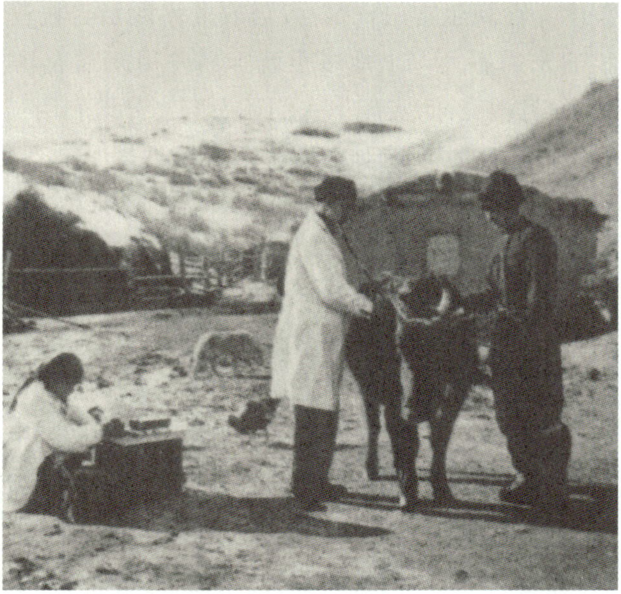

牧业社的兽医治疗被隔离的病牛

过去人们以为阿尔泰山一带气候较冷，不适宜发展农业生产，这是不符合事实的。这一带冬天要比他处冷些，然而春天来得并不迟。新中国成立后这几年来，一般在4月上旬或中旬就都开犁了。一般早熟作物此地大都能种。在过去，此地只种了一些春麦和糜子，但新中国成立以后，这地带的作物种类已经增加很多，除了春麦和糜子以外，还种了冬麦、大麦、燕麦、玉米、谷子、豌豆、胡麻、葵花等。在阿勒泰的农业部队甚至还试种了水稻。我在访问那个生产部队时，就吃过他们在当地种的大米，很好吃。今年他们又试种了东北大豆，也是成功的。除了粮食以外，蔬菜的种类也大大增加，种了大白菜、莲花白、茄子、洋芋、黄瓜、西红柿、萝卜、菠菜、辣椒、豆角、西葫芦、南瓜、大葱、大蒜、甜菜、韭菜等。在果树方面，也正在移植试种之中。阿勒泰的森林分局1951年从塔城移来了100多株苹果苗，从1954年开始结果子了。

阿勒泰专区不仅可以发展农业生产，还有着很多发展农业的有利条件。在阿尔泰山一带，发展农业不能妨碍牧业，但这一带土地多，农牧的矛盾不大。土地多也就容易使用新式农具。这一带的水不仅不缺，而且很充沛，实际上人们还没有充分地利用当地的水。由于此地是牧区，不缺畜力，这对于使用新式农具是一个有利的条件。牲畜多，肥料也就多，积肥也没有困难。在农牧结合的政策下，农业在阿勒泰专区是有发展的可能的。

一个半月在阿尔泰山的旅行，给我总印象是愉快的，具有生命力的，并令人时时回忆着的。当我从和布克赛尔翻过层层大山，终于在那高峻的山岭上看到那远远的像一条白蛇一样的额尔齐斯河时，它是多么美丽而又多么雄壮啊！这是阿勒泰专区的一条主河，从富蕴向西流，经过布尔津、哈巴河流入了苏联。哈巴河县的哈巴河、布尔津县的布尔津河、阿勒泰县的克兰河以及还有很多大小河流，都自北向南地流入了这条额尔齐斯河。当我们从布尔津去富蕴的时候，就是在这条河的南岸的山坡边走着的。额尔齐斯河的鱼在新疆是有名的。从布尔津到阿勒泰是120公里。阿勒泰躲在一个山洼洼里，山紧紧地抱住这个城市。别处冬天冷，但阿勒泰冬天仍较暖和，克兰河流过城的中央。当我们穿过山口，初入市区时，那激流、卵石滩、杨树林、木桥……构成了一幅美丽而有诗意的林景。富蕴也和阿勒泰一样，处在一个深深的山窝里。我们翻过了20公里纵深的乌恰达坂，又穿行了20公里，再翻过一个小山梁，就到了富蕴。四面是山，当中是河，河边是密密的桦木林，夏天尤

阿尔泰山高原牧场

其美。在青河，在我们到达地区以前，也见到一大片桦木林。我们在桦木林里穿过，又渡过青格里河，一切都十分美丽动人。过去从内地到新疆来的人不多，到阿尔泰山一带的人更少。现在情况变了。在阿勒泰，在银行及贸易系统中，南方人特别多。最近阿勒泰的贸易公司来了一批刚从上海来的女孩子，她们叽叽喳喳、蹦蹦跳跳，就像一群小鸟儿一样，食堂里只要她们一来就显得更热闹。在富蕴，从内地来的青年学生很多。在我所接触的一些青年中，有的就是在北大、清华等院校毕业的。我们再不要用旧脑筋看新事物，以为阿尔泰山一带是一个荒凉的、无所作为的地方。在这一带，无论是工业、牧业，还是农业，都是有着广大的发展前途的。

1955年11月，乌鲁木齐

流散哈萨克族的救济

富蕴、青河在新疆的东北角上，是以哈萨克族为主体的两个牧业县。在新中国成立前几年，这两个县都成了“空县”。

1950年和1951年，就有一部分流散在外地的富蕴、青河一带的牧民回到了自己的故乡。从1952年冬起，过去流散在奇台、巴里坤一带的哈萨克族也一批一批地自动地返回故乡。

这些在外乡流散了多年的牧民，饱受苦难，他们回乡时，有很多人只剩下了很少几只羊了，有的甚至连一只羊也没有了。还有的连自己骑的马也没有了，只能徒步走回来。党对于这些流散的、穷苦的牧民非常关心，集中了很大的力量来安抚他们、救济他们。很多地方，当那些流散牧民回来以后，就有干部下去，或者是挨户，或者是以阿吾勒（相当于自然村）为单位，进行慰问，并了解他们的困难。对于那些极其穷苦的牧民，除了进行紧急的救济以外，还从多方面来帮助他们。有的介绍他们到金属公司矿上去挖宝石；有的组织他们去伐木卖柴；有鱼的地方（如福海）组织他们去打鱼，打了由贸易公司收购；有骆驼的，组织他们去外地参加运输。救济工作在1952年就已开始。那一年，在富蕴发放了3万多斤粮食，在青河发放了2万多斤粮食。1953年,党和人民政府在阿勒泰专区又进行了大规模的生产救济工作。那一年,阿勒泰专区一共拨付了37亿元(旧币,下同)的救济款项,其中一半以上都用于富蕴、青河两县。第一次救济在冬末春初,那时陆续从外地迁回的一些贫苦户还没有找到工作,又没有口粮生活,在这青黄不接的时候,政府发放了救济粮和救济金。第二次救济是结合春耕进行的,除了发放救济粮以外,还贷放了很多籽种,解决了一部分牧民生产上的困难。除了这些临时性的救济以外,为了彻底帮助贫苦牧民建立家业、发展生产,党和人民政府在那年7月又进行了第三次救济,发放了救济羊。救济羊的发放是十分认真和细致的。事前一面召集了游牧头领和积极分子座谈,一面又纷纷召开了以阿吾勒为单位的群众会,讲述发放救济羊的意义和发放的等级标准,然后再由下而上地一级一级评上来。被评为一等的最穷苦的牧民,每个人可以领到5只救济羊。在富蕴,最多的一户领到了33只救济羊,事前政府派了专职干部到塔城一带买了大批羊,再分送各地分别发放。党要切切实实地使那些被救济的贫苦牧民能够发展生产并建立他们自己的家庭。

在1952年、1953年、1954年这3年中,富蕴先后救济了6次,发放了救济羊3600多只、救济粮5.4万多斤、救济金9000多万元,被救济的有950户。在青河,这3年中一共发放了救济羊2300多只、救济粮3.6万多斤、救济金1600多万元,被救济的有668户。这两个县,在上述3年中,受到政府救济的牧民大体上占到当地人口的三分之一到二分之一左右。

对于那些在政治上争取回来的争取户,党还另外发了专款救济他们,其中关于救济羊一项,平均每人得到了5只大羊和3只小羊。这样就使得那些多年来在山里流散不定的人们,也能安下心来从事生产。

很多得到救济羊的贫苦牧民都说:“过去财主没有给我一只羊,父母兄弟也没有给我一只羊。只有共产党毛主席才给了我羊。我感谢共产党,感谢毛主席。我终身不忘党和毛主席。”他们都保证要好好爱护羊,好好放牧,决不宰食,一心发展生产。就是没有直接得到救济羊的人们,看到党这样深切地关怀着人民的生活,也为之衷心感动。

邮递员给一位哈萨克族老大娘送《新疆日报》

在富蕴，在给争取户发救济羊时，富蕴县的沙都瓦哈斯（哈萨克族）对那些争取户说："今天政府救济你们，并不是害怕你们，而是表示关怀你们。今天你们已经看得很清楚，政府究竟是怎样待你们的。今后你们要好好发展生产，报答党、毛主席和人民政府对你们的关怀。"

在富蕴，有这样一个故事：有一个叫热合木的人归顺政府以后，仍不好好劳动，经常在富蕴偷盗一些牲畜去奇台卖，又从奇台偷盗一些牲畜赶回富蕴卖。这事情被他的本部落知道了，他的部落便把他押送政府，要求政府叫他好好劳动改造。可是后来这个热合木在劳改

牧区妇女学习知识

中溜跑了。他又想鼓动人们上山作乱,结果被人押送回政府。这是1953年的事,1955年春天,热合木又溜跑了。有一天傍晚,他悄悄地从外面溜了回来,可是当晚就给他部落里的头领知道了,第二天一早,那个头领就来报告政府,这样又把热合木押了起来。头领对热合木说:“从前是‘官逼民反’,现在党和政府待我们这样好,你自己不好好劳动,你对得住党、对得住毛主席、对得住你自己、对得住我们大家吗?”

这个故事充分说明了共产党的伟大,在阿尔泰山一带,党首先争取社会安定的宽大政策是完全正确的,接着党又集中了很大的力量来帮助人民安家生产。在这样一个英明的党的领导下,人心怎还会思变,社会又怎会不欣欣向荣地一天比一天繁荣昌盛呢?!

1955年12月,乌鲁木齐

在阿尔泰山之巅

我一到阿勒泰，就去访问了阿尔泰山的一个主峰。上山那天，下面还是晴朗的天气，可是走到半路便落起雨来，接着在雨中飘着疏疏落落的雪花，再上去则风雪弥漫，放目四顾，尽是白茫茫的一片了。那时还没有到中秋，可是我们都已穿戴上皮衣皮帽，俨然严冬景象。到了目的地，看到山上盖着好多幢虽然很小但饶有风趣的木屋。山上尽是岩石，没有树木。山坡很陡，没有一点儿平地。每幢木屋都是在山坡的乱石中铲平了一小块地面盖起来的。

这地方一年12个月，倒有9个多月在风雪的世界里。雪要到6月中旬才化完，但到8月底9月初，又开始下雪了。冬天的雪很厚，一次要下1米左右，有时积雪厚达3米。要是在一些低洼的山腰里，风把别处的雪也刮了来，甚至会有十几米深。有一次，一夜醒来，窗子和门都被雪埋了，人们费了很大的劲儿才从屋子里走出来。不仅雪大，还经常刮风。1955年4月刮了一场大风，把几座房子的屋顶都刮掉了。黑板报被刮得在200米高的天空中飘，连有五六百公斤重的铁斗车也被风刮倒了下来。在大风之中，雪就变成像冰糖那样的结晶体，把人们的脸打得热辣辣的。大风大雪常常使得整个山头沉沦在一片浓得化不开的迷雾里，有时甚至连1米以内的东西都看不见。7月、8月是这山上比较晴和的日子，然而即使在这样的“夏天”，人们也不能离开棉衣。在这两个多月里，虽然不下雪，但却经常下雨。有时山上满天的好太阳，但下面的山沟里突然有一股黑云卷上来，云到雨也到。雨势汹涌，还夹着很大的冰雹。

这确实是一个严峻的、在自然条件上极其恶劣的地方。这是一个要求人们以极大的勇气、智慧和忍耐同自然进行搏斗的地方，这是一个考验并锻炼每一个人的心志体魄的地方。然而在伟大的党的教育下，人们总是能够经受住考验，在困难中锻炼自己，并创造出成绩来。1951年秋天，当人们勘探矿藏初到这个山岭的时候，山上除了岩石以外，什么都没有。他们五六十个人密密地挤在两个帐篷里，锅灶安置在露天，山高天气冷，经常煮不熟饭，有时苏联专家也只能陪着大家啃冷馕。由于山上没有树木，无论是烧的柴火还是架屋的木料，都要到下面的森林里采伐了再背上来，他们大都下班就下山去背木料，一来一回5小时，回到山上时已快午夜了。1952年，到了两部空气压缩机，可是运不上山来，要把机器拆卸成零件，再用牲口驮上山。机器装好了还要燃料，也得用马驮。但是山上雪厚，牲口也只能驮到离山头8公里的地方，再往上就得改用人背。那时专门抽出了一部分人背油，每天背的也只够每天烧。特别在化雪季节，背油更困难，底下的雪化了，面上的雪还没化，有时一脚踏下去，要费很大力气才能拔起脚来。所以只好改在夜里背，因为夜晚气温低，冰比较厚，从凌晨1点

阿尔泰山高原牧场放牧的马群

出发，到早上九十点时才能背到。但是为了不使生产停止，没有一个人在困难面前屈服。

1954年，金属公司在这深沟、险坡和悬崖的山岭间开辟了一条公路，但是有了公路也保证不了山上山下终年通运。在10月以前，10辆卡车扣上铁链还可以勉强上山；10月以后，大雪封山，汽车就不能直达山顶了。由于气候的限制，通常矿本部总要抓紧在6月、7月、8月这3个月里把矿上一年需要的生产资料，如机器、燃料、爆破器材、各式零件以及所有职工一年所需的食物、木柴和生活用品都运到山上。这并不是一个简单容易的任务。这条新公路是在1954年9月1日通车的，但通车不久就进入了雪季，以致一部分物资没有能够在限期以内全部运足，后期只能继续用汽车、畜力、人力分段运输。在汽车不能到达的地方，改用牛拖。牛也拖不上的地方，再用人背，但是用牛拖也得人先在前面踏出一条路来。假如没有人先替牛开道，牛就会掉进路旁的雪窝里去。1955年1月下旬起，山上连续下了半个月雪，燃料的供应被迫中断，影响了生产。党发动了所有山上的和阿勒泰城里矿本部的职工参加了伟大的扫雪斗争。一头从山上扫下来，一头从山脚下扫上去，花了6000多个人工，终于从3～10多米深的积雪里打通了一条80多公里长的走廊。1955年2月，由于另一件紧迫的任务，山上的人要下山，但是路上雪厚，人在雪里走，雪虽已陷到胸口，但脚还没有着地。党组织了一个三四十人的开路突击队，第一个人先把身子向雪地上一扑，把雪压下了30多厘米，再把腿向下面一跪，又把雪压下了30厘米，然后才能抬起脚来前进一步。就这样，气力大的也只能连续开5米路，气力小的就只能开两三米。第一个人气力用完了就倒在路旁休息，再由第二个人如法接着前进。就这样，这三四十个人花了4天工夫，才把从二道房子到大桥之间的9公里路打通。人们就是这样英勇地在党的领导下同险恶的自然环境进行着顽强不屈的斗争。

在生产上，情形也是一样，工人们都是日夜三班不停息地生产着。无论天气如何严寒，除了遇着特大的风雪以外，一般都坚持工作。有时大雪把铁轨埋了，党就立刻派人现下现扫，来维持清沙的运输交通。有的就在轨道两旁竖上许多木桩，钉上木板，借以挡拦两边的风雪，就像挖成了一条白色的战壕一样。风大的时候，两个人推不动铁车，就再加上两个人一起推。天气确实是寒冷的，但是劳动着的人仍然一身是汗。很多工人下班的时候，帽子上、衣服上都挂着冰凌，胡须、鬓发甚至汗毛都沾着冰霜。不仅没有人抱怨天气，天气反而成了伟大工人阶级忘我劳动的最亲切的见证人。

上山第二天，清早一醒，我就忙着看天，生怕又像昨天那样，满山迷雾，什么都瞧不见，所幸那天满天太阳，也不刮风。我们住的地方海拔大约2700米，要到山顶上的探矿场，还要上行200多米。有一个雪崖，又陡又滑，沿边竖着一些木桩，上面系着粗大的绳索，供人攀缘。我一把一把攀着绳索奋力走上去，神经和肌肉都紧张到极点。然而不管怎样困难，只要不中途掉队就是胜利。我终于到达了这个高峰上最高处的探矿场。

矿场上的情景是生动的。我们先看到一个很大的凹了进去的露天窟窿，这是已经开采过了的一个露天采矿场。现在另一个更高的地方正在被开采着。我们到达的时候刚爆破过，看到很多推运工人正在忙碌地把被炸开了的石块装进铁斗车里，通过轻便铁轨推送到选矿的平台上去。另外还有一些工人攀登在很高很陡的山崖上，用铁棍把那些可以用人力扳下来的岩石扳下来。在选矿的平台上，有着很多手持小锤的男女选矿工人在守候着。他们从矿石里细心挑拣，常常一铁斗车倒下来，拣到的只有很少一点。那些堆积废矿石的地方被称为“矿尾”，很多矿尾就做一条一条齐整的长堤，向天空延伸出去，为这高山构成了另一种新的奇景。我们参观了露天矿以后，又看了一个地下矿。隧道的入口处挂满了冰凌，隧道里有一个地方打了一口很深的竖井，在竖井底层进行着更深一层的钻探工作。我穿行在那隧道里，看到黑暗中到处都发射着点点亮光，这情景仿佛一下子把我带进了一个神话的世界里，是那样美又那样充满着神奇的意味。我们从隧道里出来，再回到山顶，看到远近山脊上嶙峋的巨石，有的就像锋利的刺刀一样刺入天心。云在山下不断地穿浮，放眼所及，满目都是无边无际的千山万壑，这是何等旷达、雄伟而又壮丽的景色！然而就在这样一个荒寒的大山之巅，却出现了一个现代化、机械化的工业场地，勇敢的人们在那儿不懈地进行着创造性的劳动。小时候，夏夜纳凉，常听老人讲述一些寻觅宝石的神话，而现在我经历了千万里的路程，登上了3000米的高山，终于亲眼看到了这样一幅生动而伟大的挖宝图。这既不是怪诞的神话，也不仅仅是一两个探险家的活动，这是真切的现实，这是为国家创立的不朽的勋业。

我在这高山上住了3天。在这短暂的访问中，我印象最深刻的就是我在前面叙述过的那些故事所代表着的那种无比坚韧的战斗意志，以及我所接触过的那些人在谈话中洋溢着的革命乐观主义精神。有些年轻小伙子，嘻嘻哈哈，边说边笑，一切困难在他们的谈吐里仿佛都变成了最轻松的事。"我们这儿不能和内地比呀，我们是在祖国的边疆，我们是在开发祖国的边疆啊！"他们说，当他们一想到这些，就感到自己的工作有着特殊的意义，从而获得了无穷的力量。当大风雪袭来的时候，他们就想起《远离莫斯科的地方》一书中的那些英雄榜样，阿列克塞、丹妮亚、根卡等人的英雄形象立刻呈现在他们眼前，使他们格外勇敢坚定……然而这一切感人的印象又引导我进入一种更深刻的感念：越是边域遥远、地方荒奥、山深岭高、风雪袭人，就越使人深切感到强大的党的力量！在我们的国家里，在新生的时代中，最深刻的事情是共产党的光

阿尔泰山高原牧场

芒在全国无所不达！我们不能想象：在祖国边疆这样一个大山中，自然条件这样险恶，要是没有共产党，没有党的领导和支持，人们怎会在这样荒寒的地方创造出这样光辉的成绩！我们更不能想象：在今天的中国，不论是怎样一个荒僻的角落或者怎样一座险峻的高山，怎会没有党的光芒的照耀！无论什么地方，只要有党，就有英勇的斗争，就有创造性的劳动！在这个高山之巅，正因为有了党，有了党的领导和党的不断的教育，人们才能认清自己工作的价值和生活的意义。党不仅领导人们同自然搏斗，还领导人们教育自己；党不仅组织人们生产，还教导人们如何生活。在这个大山之巅，正如在祖国其他地方一样，也有着政治学习和文化学习，也进行着轰轰烈烈的爱国主义劳动竞赛。在山上，一天有3次广播，既有新闻，又有音乐。每星期有2次电影，有时周末还有舞会。山上有图书馆，有医疗所，有邮电代办所，有矿区贸易公司。条件虽然艰苦，但生活全凭自己创造。

新中国成立以后，全国就像久阴初晴的原野一样，到处阳光灿烂。每个人，每块地方，都在劳动着、创造着。他们既创造财富，又创造历史。阿尔泰山上的战斗只是全国万里战场上的一角，它所缔造的诗篇也只是时代大合唱中的一行。3天的山巅所见，使人更加坚信，在伟大的中国共产党的领导下，我们的国家必然日趋强大，并将按部就班胜利地进入社会主义。

1955年11月，乌鲁木齐

路中邂逅
——记一个维吾尔族农民的谈吐

1955年5月下旬，我访问了巴音郭楞蒙古自治州以后，从焉耆去库尔勒时，打算顺便游览一下离焉耆不远的“千间屋子”[1]，据说这可能就是一处古迹。“千间屋子”在焉库公路的西面，从焉库公路上的紫泥泉子地方进去，大约不过10公里光景。可是我们在紫泥泉子附近往返找了几次，都没有能够找到去“千间屋子”的小路。最后只好停下车来，向附近的一个维吾尔族老乡打听。

这位维吾尔族老乡看来是去过“千间屋子”的，因为他指点得很详细，可是照他的指点，我们估计仍然不容易找到。我的翻译就和他商量，问能不能在这个村子上找人带领我们去一下，不料这位维吾尔族老乡很热情地接受了这个任务。

这一带土地不好，地下水位很高。我们的车子在草丛、碱滩和沙窝中艰难地前进，有的地方连寻常的车辙也没有，全凭这位老乡指点，走了快一个小时才走到。我们游览了这个古迹和附近的千佛洞，可是一

[1] “千间屋子”指千佛洞。

个不小心，车子却陷入了一块淤积地。这块淤积地一共不过两三间屋子那样大。除了在地面流着一些发着油光的黄水渍以外，并没有其他任何引人注目的景象。当我们嘴里连声说“不好”而把车刹住时，车子已陷在里面动弹不得了。司机想挣扎前进或后退，可是车子越挣扎，车身陷得就越深，终于4只车轮完全陷在淤泥里。这地方，附近方圆十里以内没有人，在人力及工具上都得不到援助。我们已经担心当晚要被迫露宿那个荒野里。可是经过整整3个小时的努力，最后终于把车子从淤泥里拔了出来。

结束了这个大难以后，我们继续旅程。假如那时直接去库尔勒的话可以少走十几公里路。但是我们应该首先把这位给我们带路的老乡送回家去，这是我们应该尽的责任。当我们告诉他先送他回家时，他非常高兴。来的时候，他已经介绍过他的名字叫阿合买提，这时我们又知道他是一个互助组的组长，并且是和硕县三区七乡的乡人民代表。

这位阿合买提老乡，小个儿，黑黑的脸，长着一点胡子，一直是很安静的，带着一种热情、关切而又谦和的神情陪伴着我们。当我们送他到家时，他家的大门正反扣着。他敏捷地跃上一道短墙，用熟悉的口哨招呼着那个正在田里的妻子回家。他是要她回来给我们烧一点茶水。我们大伙儿那时也当真渴得厉害，就坐在他家的炕上，把带着的一些糕点摊开来，一面等茶喝，一面和他聊了起来。

我说：“阿合买提，你今天花费了很多劳动的时间带我们去游览‘千间屋子’，我们非常感激。你最初并不知道我们是些什么样的人，为什么你就主动地愿意为我们带路呢？”

他说：“这个问题我也考虑过。我最初看见你们时，我想你们要不是从中央来的，也是从乌鲁木齐来的。新疆是一个多民族地区，需要汉族老大哥多了解、多帮助。过去国民党时代，没有人关心我们，现在汉族老大哥关心我们、帮助我们，我们很感激。你们既然找不到‘千间屋子’，那地方我又去过，我就应该帮助你们。今天我本来也要劳动，但我今天耽误了，明天可以补一补，你们的时间比较紧张，假如今天去不成，以后可能就没有机会再去了。

“同时，你们对我的态度很好，这也是我愿意给你们带路的一个原因。你们请我和你们一起坐上小车子，这样的小车子我过去从来没有坐过，很快。国民党时候，他们也叫我带过路。他们自己骑在马上，叫我在前面跑，有时我拼命跑，还追不上他们的马。有一次，他们明明多一匹马，可还是不让我骑，宁可叫我牵着那匹马走。而现在，情况就完全改变了。

“还有，我知道你们游览了‘千间屋子’以后是要去库尔勒的，我心上一直盘算，大概你们游览完了以后就直接去库尔勒，我自己要一个人走回来了。可是没有想到，车子陷在泥里已经多耽搁了3个多钟头，你们还要先送我回家，这样的事只有在毛主席的时代才能有！”

我说：“当车子陷在泥里的时候，你心里有些什么想法？”

阿合买提说：“首先，我感到我路没有带好。当车子陷进去以后，我心中十分难过。我几次向翻译建议，让我到附近的九乡去找人来帮忙。你们大概因为路太远，往返有二十几里，不愿我走这许多路，所以没让我去。我看到车子陷进去以后，大家都动手，挖泥的挖泥，找土块的找土块。你们自己做，却又不叫我做。在国民党时代，要是在这样的情况下，他们自己一定不动手，而只是叫我们做了。你们既不叫我做，我就只好主动地学你们，你们做什么，我便帮着你们做些什么。”（阿合买提曾主动地脱去鞋袜，帮我们挖泥。）

“你看见我们弄时，信不信车子会弄出来？”我问。

他笑了起来，“我最初看到车轮子一转再转，不仅车子不能出来，反而车身越陷越深，我心里就想：糟了！所以我当时心中一味想到附近去找人并找些

维吾尔族农民说：“毛主席真是我们少数民族的救星！”

工具来。可是后来我看见你们拿出了一个小东西(千斤顶),一扳一扳,虽然吃力,终于把车身和轮轴一点一点抬高了起来,最后使车子开出了泥地。我心里想,汉族老大哥毕竟是有办法的啊。”

我们的谈话转到他们乡里的情况,阿合买提告诉我们,这几年来,他们乡的面貌改变很大。他们这一带的农民,过去都不是本地生长的,大都是在十几岁时从外地来到这儿的,新中国成立以前一直受着封建地主的剥削。稍微好一些的粮食都被地主拿走了,他们自己只能吃一些玉米。很多人家常常都断粮,要是有了几个馕,就要好几家分着吃。可是现在呢,毛主席把大家都救了,他们再不怕挨饿了,而且他们再也不会有挨饿的日子了。过去他们吃的是玉米馕,现在他们吃的都是白面馕了。

农村面貌改变的主要原因,他认为是他们这些从前被压迫的劳动人民,现在都翻身当了主人了,因而现在很多事情,大家都抱着主人翁的态度来处理。他说他们这儿有几条水渠,过去浇的都是地主的地,所以大家都不大愿意去挖渠,地主便用鞭子打他们,强迫他们去挖。可是现在呢,一到了应该要挖渠的时候,大伙儿都主动地来询问并且积极报名参加挖渠。

我问他:“互助组里种了多少地?”他说:“种了4500斤种子的地。”“种了些什么?”“棉花、小麦、芝麻、玉米、水稻、瓜。”“是冬小麦还是春小麦?”“两种都有。”“你们过去不是一向不大种棉花、冬麦和水稻的吗?”“过去这一带的确不种或不大种这些。国民党不关心人民的生活,他们从来没有指导并帮助我们发展生产。再说,过去的地都是地主的,我们这些下苦的人更做不了主。今天,我们自己有了土地,党和政府又号召我们发展生产,提倡种植多样作物。政府有示范农场(部队的农场)领头种,我们跟着学。焉耆地区向来是缺粮的,要靠外地接济,自从新中国成立以后,到1952年,粮就够吃了。1953年起,反而还有多余的粮外运了。现在不仅粮够吃,而且作物的种类也很多,除了粮食作物以外,还有很多经济作物了。”

当我问他政府在生产上对他们经常有些什么帮助时,他说:“在生产上和生活上,政府都给我们很多帮助。从春播到秋收,政府一直像父母照顾子女似的照顾着我们,地怎样犁,水怎样浇,用什么种子,以及怎

农民采摘丰收的棉花

样拔草、中耕等，真是手把手教。过去我们收割后，总是把粮放在场上搁几天。认为庄稼既已收割了下来，放在场上搁几天也没有什么关系，大伙儿想先歇一歇。可是政府指示我们，放在场上鸟吃、鼠搬，有损失，号召大家把粮早早入仓。这样细心叮嘱，还不是为了我们好！政府经常派干部下来帮助我们生产，但是除了应缴的公粮以外，政府并不要我们负担任何额外的费用。相反，粮食不够的时候，政府就运粮接济我们；为了帮助我们克服生产上的一些困难，经常有农具贷款和籽种贷款等。这些，在过去的历史上是从来没有的。政府宣传互助合作，对我们也有很大帮助。土地改革以后，我们大家都分到了土地。但有些人分到的土地不大好，有些人农具不够，有些人劳动力也有困难。政府号召我们互助合作，这是指导我们走得最好的道路。以我们这个村子来说，现在只有两户单干，其余都已经组织了起来。过去没有力量办的事情，自从实行互助合作以后，就都有力量做了。”

我们谈到这里时间已经不早了，即使立刻动身到库尔勒时也快要天黑了。我们告辞时，阿合买提说：“这次的相识和相谈，都是意外的，然而我却感到非常愉快。我经常希望能够见到毛主席，表达我们少数民族对他的感激之情。但是在全中国的农民中，有我这样意愿的人实在是太多了,当然不可能个个都能到北京去见毛主席。我唯一的希望就是好好劳动。这次大家选我做乡人民代表,也就是因为我劳动好的缘故。我应该用更好的劳动来争取有一天能够去北京见毛主席。我一定遵照毛主席的指示,更好地团结各族农民,互助合作,发展生产,早日实现社会主义,这就是我对毛主席的敬礼和保证。希望你回北京的时候,把我这点小心意带给毛主席,祝他老人家长寿万岁!”

1955年8月,乌鲁木齐

在塔里木河的下游

1955年6月，我在塔里木河的下游访问了一个小村子。这个村子的居民过去终年以捕鱼为食，并且吃草根。他们穿的是粗糙的麻袋布，见了外面去的陌生人拔脚就跑，一下子都躲进了芦丛或沙山。由于很少人知道通达这个村子的路径，我们只能一站一站地换人带领。我们从尉犁县城出发，沿着孔雀河的北岸东行。一路都是野生的梧桐，后来渡过孔雀河，穿过群克尔村，道路就穿行在许多小河和湖沼中间。那些小河里鱼很多，有些还浮生着娇艳的野荷花。越往南走，戈壁的景象越发浓厚。有些地方尽是沙墩，沙墩上长着黄绿相杂的红柳。经常看到雍容的天鹅遨游湖边，而两眼炯炯的大鹰，雄踞路旁，直到我们车子驶近才突然惊飞。向西南远方看去，只见旋风上卷，一柱冲天，这又是戈壁中常见的景象。

我们最初是在通往若羌的大道上走着的。到了卡拉，便离开大路朝西向着塔里木大戈壁的东部边缘前进。从卡拉经过英可尔，通往客拉切其，一路都是草丛、杂木和沙窝。路径若连若断，使人不辨进退。我们在那烤人的戈壁太阳下行驶了8小时后，终于越来越接近蜿蜒在塔里木东沿一带的沙山。沙山不很高，然而另有风致。那像被熨斗熨过了似的齐整的山棱和贴平的坡面，给我一种极其单纯、新鲜而又深刻的印象。就在这蜿蜒的山脚下，流着来自千里以外，历史上久享盛名的这条旷达的、豪壮的，同时也是桀骜不驯的塔里木河。

沙漠中的旋风

当我们还没有到达克拉切其的时候，汽车马达的声音已经把这个平静的小村子扰乱了。村里的人们都怀着讶异、新奇而又紧张的心情，伸着脖子四面张望。有人发现在远远的沙窝里有着一个黑色甲虫似的东西一点一点向他们驶近。他们的第一个反应就是认为我们一定是走错路了，因为自有这个村子以来，就没有到过汽车，也没有到过专门来访问他们的客人。当他们知道我是从北京来的，是专门来访问他们的时候，人群里一片欢呼。人们争着拥上前来和我热情地握手，即使最年轻的妇女也感觉不到一丝害羞。

这儿已经不是我们通常所见到的那些平平的沙地，而是被风吹成的像波浪似的一道一道的沙冈。沙冈不很高，大约两三米。沙冈上间或露着一些从沙子里挣扎出来的红柳或苇子。整个村子就被包围在这样一望无际的沙浪里面。

我们被引导到村子东头的一排矮小的屋子里。屋子是用土砖砌成的，只有两扇门，没有窗子。屋子里砌着一个有一米半高的、可以通烟到屋顶上的壁灶。后来主人在屋边没有太阳的沙地上铺了毡毯，我们就在那儿围坐下来，他们特地煮了新鲜的塔里木河的鱼招待我们。多年以来，鱼是他们活命的恩物，现在又成为他们飨客的佳肴。由于天热，村子里的人们都露宿户外，那一晚我也陪着他们睡在那空旷的沙浪上。当他们以为我们已经入睡时，便轻轻地走动，轻轻地说话，尽量不惊扰我们。虽然夜晚的天空是静默默的，然而在静默默的天空中，我一样感觉到民族之间互信互爱亲切的感情。那天正是阴历十三，繁星满天，皓月当空，我放眼四望，深深感到这个时代的豪壮，虽然已很疲惫，但还强自振作，细品这难得的丰富的境遇。

很久很久以前，这一带本来也是水足草茂的地方。后来，在塔里木河的上游，有些地主恶霸任意截拦河水，就使下游一带水源日见枯竭。我们在路上曾经看到一个地方残存着很多像被大火烧过似的枯死的大树，据说这就是"水走了"的遗迹。多年以来，像我所访问的那一带地方都已沦为"洪水漫浇地"，平时没有水，要到大山化雪，上游发着洪水的时候才有水流到这儿来。由于地势高低不一，水势有强有弱，每年的水漫到哪儿就是哪儿。水漫到了，大家就把那块地的一些低洼的地方堵起来，把水堵住。到第二年春天，水已经渗入地下，于是就在地上撒种，这样那块地就算种上了。过去，即使在这样困苦的情况下，封建地主仍然不放松对他们的残酷剥削，由于每年究竟哪些地漫到了水、可以种不确定，所以每年春天都要分一次地。我访问过一个叫作白拉提的老汉，他说："洪水来时，拦坝堵水这些苦工都是我们做的，但是分地的时候，全由乡保长做主。好一些的地都由他们占了，分给我们的地又少又不好。我们不能不种，还要向他们鞠躬道谢。在过去，我们这些穷人每年最多只能分到种50斤种子的地，但是那些地主乡保长占的地，却可以种到1000斤种子以上。他们自己不劳动，那些地还是要我们大伙儿帮他们种。"

在农民分到的这一点儿小土地上，要是年成好，可以收上三四百斤粮，要是年成不好，那就收多少算多少。可是年成好不好，实际上和农民没有什么关系，因为要是多收了些，乡保长就来了，摊派这个又摊派那个，到头来还是送给他们了事。"像我们这些苦户人家，那时一年能够有上100斤玉米面，那就是够好的了。"白拉提老汉用手指了指塔里木河那边的海子说："没有人知道我们这一带的人从前过的是什么日子，反正我们从小时候起，就是整年靠吃鱼吃草根生活的！"

塔里木河下游海子很多，海子里大都有鱼，据说大的有大到两抱半的，一般也有我们的腿那样粗。这一带没有树木，村民们到一天路程以外的地方背回巨大的树干，把它刨成独木船，再用野麻织成渔网，到海

沙漠驼队

子里去抓鱼。他们整天、整月、整年地一日三餐吃的都是鱼。他们吃鱼也没有什么调料，只是用白水把鱼煮熟，浇上一些盐水。秋收以后，当他们得到了一点点可怜的玉米面时，有时便在鱼汤里撒上一把做成面糊汤喝。在野沙枣熟了的时候，有的也用野沙枣和玉米面煮汤喝。我尝过他们的野沙枣，颗粒只有黄豆那样大，皮里就是核，仿佛里面什么都没有，然而他们形容那沙枣汤时说："甜甜的，酸酸的，味道可美哩！"这些就是他们整年中最好的食物。鱼是热性，吃多了心中发躁，所以他们经常又吃一些长在海子边的、浸在水面以下的那一段比较软嫩的、发着白色的，据说可以解热的蒲草根。在他们的用具中，除了锅是铁器以外，其他如盛水的桶、洗东西的盆，以及碗和勺等都是用木头做的。他们用2只木杈再加上两三片木板就做成了一架简单的织布机。他们很早就能利用野麻的纤维织制麻袋布，也赖有这种智慧，才使他们蔽体有物，免于寒冻。新疆几乎到处有盐，他们可以在不远的地方挖到发着晶光的盐块。火也不愁，因为家家都有上代传下来的打火石。他们过去把自己的生活保持在自给自足的原始状态之中。他们那时也满足于这样，害怕、躲避和外面的世界来往。

为什么呢？因为那时外面的世界所能带给他们的只有更大的灾

塔里木河岸边的维吾尔族人家

难。他们形容过去地主乡保长的可怕的情景时说:“他们每次到村上来都是骑着马,扬着鞭子,一言不发,见人就打。他们没事不上村,上到村来不是要这,就是要那。”有的说:“有时还有一些富人跟着乡保长来,他们经常把村子里的人抓走,带到别的地方去下苦。”以后,他们一见老远有着骑大马的人来时,全村就像一阵风似的都躲了起来。他们说:“难道那些富人上村子来还有什么好事?”只要能跑,他们总要想法跑开,村子跑得空空的。

这种苦难现在终于结束了!新中国成立以后,这地方发生了前所未有的历史性变化。虽然由于这一带都是“洪水漫浇地”,不存在土地所有权问题,因而也没有进行土地改革,但是那些封建地主乡保长的恶势力,却很快地被新中国成立后的劳动人民赶跑了。新中国成立不久,在共产党的领导下他们就选出了自己的乡长和村长。过去,他们每年分一次地,现在他们仍然每年分一次地。可是过去分地是由地主乡保长支配做主,农民不敢说一句话。现在分地则由乡长领导,区上还派干部来参加,先由村里研究协商,大家同意后再分。这一带的最大的困难是缺水,可是在1952年,新中国成立了还不到3年,一件历史性的大事在这一带人民的生活里出现了:尉犁县人民政府为了照顾塔里木河下游一带人民的生产和生活,在那年春天,领导很多群众在上游筑了一个大坝,使塔里木河的河水不再流入孔雀河,使河水仍循塔里木河的故道流到下游来。水的回流,使下游各地人民的生产积极性大大提高。在1953年,那一带竟然出现了多年未有的大丰收。

“水比从前富余了，分到的地也比从前又多又好了。就拿我来说，我今年分到种500斤种子的地，像我这样只有3口人的一户人家，能分到种500斤种子的地，这在过去是从来没有过的。”白拉提老汉一提到他们村里这两年来的生产情况就格外兴奋：“过去我们种地，种了以后从来不再浇水，什么都不管，只等秋收。有收即收，没有收成也就算了。现在可不同了，由于再没有人压迫我们、剥削我们，收的都是我们自己的了，大家对生产就比过去积极得多。前年乡政府号召拔草时，有些人还不大愿意，说过去从来没有拔过草，而且草拔了以后还是要长出来，何必白费劲儿。那年只有五六户拔了，可是拔了草的人家长出来的庄稼确实不同：麦子长得高，麦穗结得大。所以从去年起，大家都相信政府的话，愿意拔草了。过去穷人很少有牲口，牲口大都是地主乡保长的，他们的牲口踏了或者吃了我们地里的庄稼，谁也不敢哼一声。现在除了拔草以外，我们还组织了一些青年在地里巡逻，看看有没有牲口或者野猪吃庄稼。最近又组织了一支水利队，正在挖一条水渠，想把更多的水引上来，好扩大生产。”

在我和白拉提谈话的时候，一个叫阿西木的中年汉子闯了进来。这位阿西木是这个小村子里仅有的一位在外面跑过的人物。阿西木一

塔里木河河岸码头

家15口，其中有3个妇女会用羊毛和野麻编制口袋(装粮用的)，织了口袋，就由阿西木拿到焉耆一带去卖。在1952年以前，阿西木每年总要赶着几个小毛驴，带上几十个口袋，到焉耆一带去，把口袋卖掉了，然后换一些玉米驮回来。可是1952年以后，阿西木就再没有出去过，甚至他们连口袋也不再织了。我问他为什么。他说："过去我们没吃的，不得不把一些羊毛都织成口袋，拿出去换粮驮回来。我们屋子里一直只能铺些苇席，整年地睡在苇席上。从1952年起，政府照顾我们，在上游修筑了大坝，河水流回下游，我们这一带的水源大大增加，大家的生产积极性都提高了。产量提高了，我们就想把自己的生活过好一些，都想打些毡毯铺在地上。我们村里牲口本来不多，这样一来，我们这一点点羊毛连自己都不够用，再没有多余的羊毛拿出来织口袋了。而且我们也不再需要拿口袋去换粮食了。从1952年起，我就没有再从外面驮回粮食过，正相反，去年我响应政府出售余粮的号召，还卖给政府1500斤小麦和400斤菜籽呢。"

塔里木河下游是盛产野麻的地方。我们去的时候，正是野麻花盛开的季节，土红色的野麻花，给那荒芜的戈壁地带添了不少春色。这一带的老乡很久以前就知道利用野麻织布、织口袋。我还看过他们用野麻织成的毯子，又厚又结实。他们还把野麻染上几种不同的颜色，织出一些简单的条纹，具有一种别样的民族风格。新中国成立以后，在党和政府的提倡下，野麻竟然成了一种高级纺织品的宝贵原料。我在新疆亲眼看到过上海寄来的用野麻纺织的纺织品。政府从1953年开始大量收

野麻

购野麻。剥野麻现在成为这一带的老乡,尤其是妇女的主要副业。野麻这东西过去一向被人们铺屋顶、垫路基、当柴烧。很多人说,共产党来了以后,不值钱的东西现在也变得值钱了。一个妇女剥上10天野麻就可以换购一身衣料。她们都把长得好的卖给政府,短的、次的留着自己家里用。我虽然在那儿只停留了两天,但是看到了这个小村子所发生的变化。我问他们现在还吃不吃鱼,他们带着很得意的神情说:"1950年的时候,已有少数人吃到粮了;1951年,很多人都吃到粮了;从1952年起,我们这儿再没有人把鱼作为主食了。现在也没有人吃草根了,我们一星期还吃两三次鱼,但是鱼不再是我们的主食,而是副食了。"在早上和夜晚(沙漠地带早晚特别凉),我还看到一些老年人身上披着他们从前穿剩下来的破烂的、粗糙的麻袋布袷袢。有一次我端详着一个老汉身上的这种衣服时,他说:"过去我们穿的就是这种衣服。你别瞧它粗,可结实着哩!在过去,我们最好的衣服是褡裢布(很粗的土大布),可是褡裢布也还只有在节日的时候才能穿。而现在,人们只有在地里劳动时才穿褡裢布了。"正说着时,正巧有两个妇女走过我们身边,那个老汉努努嘴:"你瞧那些娘儿们,现在她们都穿上红颜色的花布了。"在这村里,麻袋布和褡裢布还看得到,可是更多的是各色棉布,有些年轻小伙子身上还穿着带条纹的衬衫。

我看到他们用木桶、木盆、木碗、木勺。在河边,我看到他们的独木船在用苇子遮着的荫棚下,我看到有些妇女仍然用那2个木杈和3片木板构成的织布机织布。然而我也注意到他们生活中已经出现了瓷茶壶、瓷碗和铁皮桶。他们爱喝茶,可是过去没有人知道一块茶到底要多少钱,现在他们大人小孩都喝茶。再没有人去理会那些过去生活里一日不能缺少的打火石了,现在大家都用火柴。一匣火柴有10包,才要5角钱。我说:"你们还养鸡!"阿西木说:"这也是这两年的事。从前,要是你养鸡,那是你自己招乡保长来找麻烦。而且从前我们人还没吃的,拿什么来养鸡啊!"

这个小村子过去没有小学,从1954年秋天起,村里也有了小学了。阿西木谈到这个问题时说:"新中国成立以后,村里群众都要求办一个小学。时代不同了,不识字就等于盲人。不仅不能读报,甚至上面来的文件也看不懂。在这样一个戈壁滩上,要是没有人识字,上面来了文件又到哪儿去找人来读啊。这个问题在乡人民代表会议上提了几次都没有解决。1953年11月，我们这儿进行了普选，我们选出了自己的代表，后来我们就把这个问题向县人民代表大会提出。1954年秋天，我们这个村里就有了小学，这使大家感到人民有了自己的政权的好处。”

村子里有好些人都聚拢到我们那一间小屋子里来，安静地并津津有味地旁听着我们的谈话。后来我看到一个有着很长的白胡须的老年人（后来我才知道他的名字叫贾马利），由一个七八岁的孩子扶着，一步一步摸索到我们屋子里来，看样子好像他要和我谈什么似的。大家帮着招呼他从人群里走过来。尽管他的眼睛没有瞎，但是他眼珠子里发出来的光就像一个盲人那样不集中。他仿佛是在凝视我，但是没有什么特殊的表情。他有些颤动，说话也仿佛很困难似的。他说："过去乡保长来，骑大马，拿着鞭，见人先抽几鞭再说，要把我们抓到别的地方去做苦工。现在，再没有打我们的人了。我听说毛主席派了人来问我们好。我看不到毛主席，我要来看看毛主席派来的人。我没有什么话要说，我只是要向毛主席道谢。"他这样说时，忽然一下子扑到地上叩起头来。他那严肃的、诚恳的、老态龙钟的表情，强烈地震撼了我。他那突然的动作一下子使我紧张到极点，我立刻肃穆地跪下来回拜他，亲切地并带着一种晚辈的心情把他扶起来。屋子里所有的人这时也都站了起来。这一带人民在旧时代里所遭遇的侮辱、灾难和苦楚，以及新中国成立以后对党、对毛主席的诚挚的感激，都在这个肃静的、感人的场合中透彻地表达出来了。

1955年8月，乌鲁木齐

一个村子的诞生

1955年6月我在阿克苏时，特意去访问了乌什县的英阿瓦提村。乌什是一个风景很好的地方，以产水稻著名。英阿瓦提在乌什县境的北端，紧靠在中苏毗连的山群下面。我们到乌什县城东北约20公里的地方换乘了高轮大车，花了1个小时才渡过了那河道漫阔的托什干河。过河后穿过一座小山，向北走了2小时，便远远看到英阿瓦提的白杨林了。

这是一块好地，几百年前蒙古人曾在这儿开垦过，筑过一个蒙古城。后来清朝的部队也曾在此屯垦，并建造过一个城。它们的废墟都还隐约可见。其后本地的大地主阿衣甫伯克和买买提阿吉都曾招了农民先后在那儿挖渠、开垦过。我访问了在新中国成立时英阿瓦提仅有的一户居民——79岁的买木苏伊玛目。他是在买买提阿吉时代就到了这地方的，他说在英阿瓦提东面有一条库马力克河。过去地主招了农民从库马力克河开渠，把水引上来了，大家就在此住下种地；后来河床日低，水引不上来了，就弃地而去。农民被迫四散，只剩下了他一户。他仅仅依靠在山洪暴发时灌满的2个小池子，种了7亩地，这样才生存下来，一直到新中国成立。

1950年3月，党到达乌什后就号召人民发展生产。当地群众都知道英阿瓦提是块好地，土肥，只要有水就是良田。过去他们也常想挖一条渠在那儿生产，只是没有力量。党来后，群众相信党一定有办法，所以向党反映，要求党领导大家到那儿去开荒。1951年3月，有960名各族农民自动报名参加了英阿瓦提的挖渠工作。从3月初挖到5月中旬，一共挖了3.1万多个工，终于挖通了一条长达45公里的渠道，把水引了上来。但是第一年引的水量有限，而可耕之地很多，所以第二年（1952年）另外又挖了一条新渠，这一次参加挖渠的多到2700人，在35天以内挖了6.2万多个工，把更多的水引了上来。

1951年，党领导群众去英阿瓦提挖渠开荒的时候，英阿瓦提除了一片荒芜干燥的土地以外，什么都没有，没有一间屋，甚至也没有一棵树。政府在1951年拨了10万斤粮食作为挖渠伙食，另外组织了30峰骆驼日夜运输，输送粮食、油盐、菜、柴、木料和生产工具。

党一面发动群众去英阿瓦提挖渠，一面就组织一些无地农民、小商贩等前去英阿瓦提开荒。政府不强迫，自愿去的才去。第一年去开荒生产的有100多人，包括8个民族。那年一共开了5560亩。开荒的组织工作并不是一件容易的事情，特别在第一年。那时去英阿瓦提开荒的人大都是两手空空去的，有两三个人自己带有锅碗，极个别几个人还带了几个馕去，大家都是一到英阿瓦提，从当天的晚饭开始就需要政府救济。那一年政府帮助的口粮和籽种共达7.6万斤。

第一年因为挖渠引水，下种比较晚，只种了一些玉米。由于劳动力是新集合起来的，一部分人不懂耕作技术，各种条件都比较困难，所以第一年收成不好，只收五成光景。但是这一带土地很肥，即使只收五成，每亩平均也还收到125斤上下。秋收以后，有30名家眷也被接到了英阿瓦提。

由于旧社会人民的生活太苦，很多农民没有土地，生活没有着落，现在看到党和政府对于贫苦群众这样地关怀帮助，只要有一点希望，大家就愿意在共产党的领导下干下去。所以第一年的收成虽然不好，但是第二年（1952年）英阿瓦提的开荒人员比第一年增加了很多，从167人增至793人，他们大都是些无地或地少的维吾尔族农民，还有一部分是来挖渠的，渠挖好后，看到这地方有指望就留了下来。

这片土地将被开垦

第一年是编队集体劳动，那时大家不知道究竟分不分地，所以劳动积极性受到了一定的影响。第二年决定分配土地，一个人10亩，两个人15亩，三个人20亩，以此类推。在分地的同时，进行了互助合作的宣传，号召群众组织起来。当时一共组织了26个实际上还只是一些变工性质的互助组。大部分人因为农具少，认为彼此互助有好处。但是也有少数人在春麦种下地以后就散伙了，各干各的。

在生产上，一般说来，第二年比第一年进步。第一年是先播后犁，其中有100亩水稻田，根本就没有犁过，只是放满了水，撒了种，把脚在水田里踏上一阵就了事。没有选种，也没有上肥。用的犁都是土犁，草翻不下去，拔草也不勤，田里草很多。第二年就先犁再种，选了种，也施了肥。第一年村里很缺耕畜，政府动员了一部分富农中农支援了308个牛工才勉强解决了耕畜不足的问题。可是第二年，全村就新购了37头牛、42匹马、9只驴。另外，政府又贷了226个坎土曼、70把镰刀、20个铧和1部洋犁。那年生产部队也到了英阿瓦提开荒，农民又经常向部队借用一些洋犁。这一年玉米每亩平均产到230斤，水稻每亩平均产到280斤。春麦因为自然灾害，普遍患了黄瘟病，每亩只收到125斤。但各种作物折合小麦，平均每亩仍收到180斤，情况比第一年好。

群众初到英阿瓦提时，大家都住在地窝子里。1951年秋收以后，政府就运来了大批木料、椽子、苇席，贷给群众盖房子。政府收购木料时就说明是贷给英阿瓦提群众的，为了表示支援，所以收购的价格很低，相当于半价。那年冬天，又进行了植树，政府供应了1万多株树苗。

1952年分了地，群众的心更踏实了，很多人把家眷都接了来，安心在英阿瓦提落户了。更多的群众要求政府拨地盖房子。政府拨了盖房子的土地以后，群众又要求再多拨些地给他们种果树。少数民族都习惯在自己的家宅旁边有个小园子，种些果树和蔬菜。政府也满足了他们的要求。第一年栽树时，大家还不十分关心。第二年栽树时，群众知道栽在自己地上的树就是自己的，所以栽树的劲头儿特别大，最初运来的树苗都不够分配。那年冬天政府先后供应了3.2万株树苗，植树的成活率达到90%。房子也盖得很多，三分之二的群众这时都有了自己的房子。在1952年的下半年，英阿瓦提就逐渐出现了村庄生活，有了女人和小孩，大家种菜养鸡，有的开始放牧，发展畜牧，村里还办了学校。房屋的加多和大批植树，很自然地衬出了街道的形式，奠定了村子的基本轮廓。

但是困难还是很多，一部分混乱的现象还是存在。第一年在生产中和秋收后，陆续有人搬走。第二年的生产虽然比第一年好，前途也更加光明，但仍然有些人不安心，想离开。有些小商贩过去没有劳动过，嫌苦，说回到城里收入还可以多些。有些好吃好玩的人，说这儿生产虽好，但没有巴扎（集市），不热闹，不愿留下来。虽然经过教育劝导，还是走掉了一部分。但是大多数农民都没有走，而且劳动热情很高。他们说："党已经教育了我们两三年，劳动创造新生活。再不好好劳动，实在对不住党。"英阿瓦提的自然灾害较多，经常发山洪、下冰雹，夏天又热，但他们都坚持了下来。

塔里木河流域新建国营农场的棉田

在党和政府的

帮助下，英阿瓦提的生产逐年提高。1953年的产量比1952年高，麦子每亩产180斤、玉米250斤。1954年又比1953年高，麦子每亩产242斤、玉米320斤。此外，劳模胡大白提1953年的3亩冬麦丰产田每亩产620斤，1954年五亩半冬麦丰产田每亩产970多斤，创造了乌什县冬麦产量的最高纪录。胡大白提从1952年起，一直带头领导互助组。那时党号召互助，有人愿意，有人不愿意，主要是怕吃亏。胡大白提认为必须增加生产才能扭转大家的顾虑，所以他就用心学习附近生产部队的生产方法。他从1953年起就逐渐实行了条播，又学习了部队沤肥的办法。他看到部队种的庄稼长得好，知道这和用洋犁犁地有关，他就学习使用洋犁。他的组里，有牛的人最初不肯把牛借给没有牛的人用，要用得先付现款。胡大白提就把自己的马借给没有耕畜的组员，并且不要报酬。这样，有牛的组员自己也不好意思，他趁此在组内进行了教育，说："我们的土地，我们的耕畜，都是党帮助我们的结果。大家饮水思源，不要忘本，应该好好地听党的话，团结互助。"靠他这样，才把那个组巩固了下来。1955年春天，他到乌鲁木齐出席全省的劳模大会。最初他以为自己的产量差不多了，可是一听别人的报告，就感到十分惭愧。他说："我们这儿的棉花每亩还收不到100斤，但别地儿的棉花已经超过了400斤了。别的人都是'社'或'集体农庄'了，可是我还是'互助组'。"那次的会议对他有很大启发。1955年6月我去访问时，他的组已经正式转了社了。胡大白提从14岁起就给地主下苦，一直苦到新中国成立。不仅什么都没有得到，而且还挨饿挨打。他说："我除了没有吃过粪以外，什么都吃过了；除了没有披过树皮以外，什么都披过了。"1951年他响应政府的号召来到英阿瓦提开荒。他来时什么都没有，还在本乡欠了15口袋粮的债。他一家6口，按说可以分到35亩地，但是因为家中只有他一个劳动力，所以他自愿少要，只要了20亩。但即使只种了20亩，在4年之内，除了全家6口的衣食以外，他还清了15口袋粮的债，还买了两匹马、一头牛、一头驴，盖了4间屋子。他说："要是没有共产党和毛主席，我哪能有今天的日子？我在1954年售给国家2800斤余粮，单这一件事就可以说明这几年党领导我们在英阿瓦提开荒生产的成绩了。要不是我的生活真的有了改善，我哪会有那么多余粮售给国家？"

● 维吾尔族民间歌舞晚会

我又访问了一个汉族李仁厚。他领导的那个组，最初组员只有7户。1954年春改为常年组时，发展到16户：汉族7户、回族7户、锡伯族1户、维吾尔族1户。汉、回、锡伯三个民族都能说汉语，在一起工作比较方便，但另外有一户维吾尔族自愿要求加入他们一组，由于全组只有这一户维吾尔族，所以大家处处都特别照顾这一户。李仁厚这一组在生产上也是好的。1953年，他们一组的麦子每亩产235斤，1954年提高到421斤。生产提高了，生活自然也改进了。李仁厚说："我1951年来时只有一匹马，此外什么都依靠政府的帮助。但是我现在又有了一辆大车、一只羊，还盖了3间屋子。1954年，我一个人出售了1680斤余粮，我们全组出售了2.3万斤余粮。组里7户汉族，论生产收入，只有一户不及我，其余5户都比我强。像山东老汉徐华，已经70多岁了，可是身体还很健壮。他一个人，没有家室。这几年努力生产，已经存了八九百元了。"

我在英阿瓦提时，还访问了好几个群众。他们都说自己刚来时都是两手空空，短短4年，现在已经有了牛、马、羊、驴和屋子。村子上已经形成了3条宽阔的道路，两旁都栽了树木。有了供销合作社，开了一家饭馆，还有了小学。这253户能够安心落户下来，就说明这几年来党领导的开荒生产有成绩，并且还将继续发展下去。

那天我们到英阿瓦提时已近傍晚，刚进村就看到有200多人，拿着红旗，排着队，唱着歌，远远地走过来。他们每个人肩上都扛着一个坎土曼，就像一队士兵扛着枪支一样。队里还有人带着笛子和手鼓，一面走，一面吹打着。一种勇敢的、愉快的、孕育着无限活力的气氛，弥漫了整个村子。这景象给我们初到的陌生客人以异常深刻难忘的印象，原来这是附近库曲村的农民，他们有的带着馕，有的带着还没有熟透的杏子，还有的带着自己的毛驴，前来支援英阿瓦提修渠。他们后来就在我们住的那个院子里歇了下来。虽然紧张地劳动了一天，但他们依然兴致勃勃。在夜晚，他们就在月色下围了一个圈子，边打边唱地跳起舞来。有人给我介绍了一个74岁的老汉买买提，他是在买买提阿吉时代就在英阿瓦提种过地的，后来从英阿瓦提搬到库曲住了下来。库曲用的水并不是从英阿瓦提流过去的，他们对于英阿瓦提的渠道并不承担任何义务。但是自从新中国成立以后，农民在党的教育下，知道了“天下农民是一家”，已经有了彼此互助的精神。买买提老汉说：“1954年我们库曲发生山洪时，英阿瓦提的农民也来支援过我们。这次英阿瓦提的渠道被山洪冲垮了，我们也就自动来支援他们。我们一共来了220人，其中还有3个妇女。政府本来批准我们来帮两三天忙，结果我们干了4天，明天再干一天我们就要回库曲了。从前，我们有什么困难只能千求万求求地主。可是现在，我们再不用去求地主了，我们农民能够互相帮助了，党把我们农民团结成为一家了。”

我在英阿瓦提住了3天。这地方本来是一片荒野，现在却生产了粮食，出现了村庄。居住在这村子上的人们过去本来是两手空空，一无所有，现在却有了技术，有了家业，能够依靠自己的劳动来创造自己的生活。农民有了困难，农民内部能够自发地进行互助。这些现在看来都是一些很平凡的事情，但是仅仅在六七年以前，却是不能令人相信的事情。

1956年1月，乌鲁木齐

优先照顾少数民族老乡的利益

1956年春节前夕，我在阿克苏南面的沙井子访问。这一带本来是一片荒滩，自经部队开垦以后，现在已经出现了一个11万亩大面积的胜利农场。1950年部队初到这儿的时候，当地的少数民族老乡有很多顾虑。有的把东西藏了起来，有的把房子锁上走了，有些人害怕部队来了要侵占他们好不容易才开垦出来的耕地。可是部队不仅没有动老乡的一草一木，反而还帮助那些跑走了的老乡扫院子、喂牲口。部队一到就投入生产，男的女的都背着小筐出去拾粪。那种艰苦辛勤的劳动作风深深地感动着老乡。老乡们逐渐认识并亲近解放军。部队看到老乡缺水，就想帮助他们修挖原有的一条较小的水渠，把阿克苏河的水引进渠来，好发展生产。最初老乡都不相信。沙井子乡的胜利农业生产合作社主任衣米尔说："从前国民党部队老说要帮我们挖渠，可是他们只收钱、不挖渠。解放军到了后不久，也说要帮我们挖渠，我们那时都不相信。后来渠终于挖通了，水来了，而且部队总是让我们先用，这时我们才相信解放军确实是帮助人民的。"

部队为了扩大生产，从根本上解决水的问题，从1951年起，花了两年多时间，穿过坚硬的戈壁地带，开凿了一条长达67公里的胜利渠。部队一面挖渠，一面进行农场的规划工作。在规划范围以外，部队已经开垦了一些质量较好的土地，为了便于机耕和水利管理，需要把这些土地和在规划范围以内的261户少数民族老乡的7200多亩土地进行交换。老乡们听到要交换土地，最初都不愿意。有的人因为和部队相处几年，得到部队很多帮助，彼此建立了深厚的感情，不愿离开部队他迁；有的人怕在交换土地和搬家之中吃亏；有的人误会部队把胜利渠开成了，便想把老乡赶跑，不让他们再在这一带种地。各级党委都很重视这个群众土地的处理工作。根据上级指示，决定在群众自愿、照顾群众利益和有利于发展生产的原则下，把各族老乡的利益放在前面，尽可能优先满足他们的要求。部队首长协同地方少数民族干部分别向群众解释了建立国营农场和交换土地的意义，并保证部队会继续帮助老乡解决他们生产上的各种困难。一般老乡经过了开会座谈及个别访问以后，大都了解了建立国营农场的意义，愉快地和部队商量交换土地的具体问题。有些老乡说："现在国家要建立农场，还先来和我们商量；若是在国民党时代，他们早就把我们的锅灶也拆了。"

我在沙井子时见到了一个叫贾马利的维吾尔族翻译，他全程参与了那次土地交换工作。他说在那次土地交换中，部队处处照顾着少数民族老乡的利益。老乡们的好地固然换到了好地，就是荒地也换到了好地。部队先带领老乡到各处去看地，老乡希望交换哪儿的地，部队就尽可能换给他哪儿的地。有一个老汉叫肉孜哈萨夫，他因为别处还有土地，就无偿交出了土地。部队首长认为，不能无偿地收受人民的土地，便派贾马利和袁天祯两人带了10只肥羊和2400斤玉米送到肉孜哈萨夫的家里去。这个老汉感动得哭了起来，说他过去常常挨饿，现在生活好了，都是共产党和毛主席的恩惠，应该帮助解放军建立国营农场。况且他的地已经荒了多年，地又不好，怎能接受这样的厚礼。他硬是不肯收，后来贾马利把维吾尔族乡长请来帮着劝说，老汉这才勉强收了下来。另外有个老汉叫肉孜的，家里没有劳动力，所以他把沙井子的地无偿交出后，部队送了他5000斤麦子，他就用这5000斤麦子在附近的阿英克巴扎上开了一个卖馕的铺子，后来他每次看到路过的穿黄军衣的战士，都要拉他们进铺子喝茶、吃馕。他说："这馕就是你们部队送给我的。"

有些土地在交换时已经长了冬麦苗，部队就按那些地最高能产多少斤冬麦的标准，用麦子还给老乡。地上要是有树苗的，部队就按政府规定的价格，用现款付给老乡。此外，部队还把自己种的7000多株杏树苗和桃树苗送给了老乡。那些交的地多、要的地少的人，部队也都分别送了坎土曼、镰刀、犁等农具。

在那261户有地的少数民族老乡中，有45户是住在沙井子的。对于这45户，部队无条件地给他们修盖新的屋子，帮他们搬家，房子盖在什么地方、要怎样盖，事先都分别征求了本人的意见。我访问了胜利农业生产合作社的技术员木沙。木沙住的本来是两间旧屋子，另外有一间草房、一间马圈和一间破牲圈。修房时，部队派了一个翻译和一个设计员去问他要怎样修。木沙说："我真没有想到，我那两间破屋子怎还够得上专门派人来问。后来我选定了地方，那个设计员就按照我的意思，门开在哪儿、炕砌在哪儿，一一画成了图样。设计员问我窗开在哪儿，我说不要窗子。他说趁新盖屋子开一两个玻璃窗多好。我说我们这一带的少数民族不习惯在墙上开窗，只要在屋顶上开个天窗就够了。这样，他也尊重我们的习惯，照我的意思办了。政府一共给我修了5间好房，2间住人，1间做仓库，1间装草，1间圈牲口。"

部队给老乡新盖的房子比原来的还宽大结实。用的木料都比原来的好，烂门框都换了新门框。原来的房子，木头直接搭在土墙上，墙塌了，房也倒了。这次新盖的房子都用了柱子。部队里的战士本来不会砌炕，他们就向老乡们现学现砌。部队首长经常去现场检查修建的工程。无论是牲圈、草房、瓜窖或者涝坝，不管老乡原来的多么简单破陋，只要原来有的都要给老乡新做，而且做得好好的。

中国人民解放军为百姓修筑引水渠

老乡搬家时，部队

还组织了一些女同志先去把老乡的新屋子打扫得干干净净，把部队赠送的许多图片都贴在墙壁上。还组织了秧歌队欢送，组织当地的少数民族老乡跳舞欢迎。部队发出很多辆用4套马拉的大车帮助老乡搬家具、搬草料、搬肥料、搬木柴。

部队来到沙井子以后，军民关系——同时也是民族关系，一直是好的。部队初到边疆垦地，条件困难，在吃、住、生产工具以及带路看地各方面都得到当地老乡很大的帮助。部队这几年来，在种子、农具、用水以及耕作技术各方面，一直给当地老乡以热情的帮助。尤其是用水，胜利渠挖通后，部队把一干渠的东一支和东二支这两条支渠专门划给沙井子的老乡使用。部队初到沙井子时，当地只有几十户老乡，由于部队来了，水也来了，从各地搬到沙井子来的人就渐渐多起来，现在已经增加到300多户了。部队的大规模垦荒也带动了群众，这几年来沙井子的老乡也开了不少荒地。过去这一带老乡的耕作技术比较粗放，一直是撒播，部队来了就教他们条播。这一带过去本来没有施肥的习惯，老乡也不懂得施肥的好处。他们最初看到部队背着小筐到处拾粪，还觉得奇怪，后来看到部队施了肥的棉花，棉桃结得很大，他们才相信施肥的好处。现在老乡们也开始积肥，逐渐改用条播了。

1954年9月起，沙井子老乡在部队的帮助下先后成立了3个农业生产合作社，都用“胜利”作为社名。胜利一社成立的时候，部队送给他们4架洋犁和2个摇耧。老乡最初不习惯用洋犁，说洋犁马拉不动，宁愿用土犁。部队就派了战士去教他们掌握洋犁。过去他们用土犁犁地，犁得浅，草翻不下去。用洋犁犁地犁得深，一下子把草都翻下去了，后来大伙儿就都抢着要用洋犁犁地。部队不仅帮助训练他们的人，还帮助训练他们的马。1955年春天，部队把马拉十行播种机借给老乡使用。他们的马不会拉，部队就把自己的马先借给他们拉，再帮合作社训练他们的马。

部队给老乡的技术援助是全方位的，不仅指导他们选种、条播、中耕、沟灌、施肥、除草，还指点他们进行秋翻冬灌和春耙保墒等操作。部队经常把播种机、中耕机、追肥机、喷雾器等借给老乡使用。部队举办短期培训班，也会吸收合作社的一部分社员参加学习。现在在棉花、小麦、玉米这3项主要作物上，老乡都已掌握了基本的耕作技术。1955年

中国人民解放军帮助老百姓收割麦子

胜利一社的16亩丰产棉田每亩生产了籽棉529斤,比单干户的产棉量提高了很多。那年秋分以后,社员的收入要比社外农民平均增加49%。有一个老乡叫吐逊,一家两口,往年一年只能收到480斤粮食,连吃都不够。1954年入社以后,1955年秋分时分到1200斤麦子、720斤玉米,还有苜蓿等副产品的收入250元,比入社以前增加了好几倍。社外的单干户和互助组看到合作社有这样好的收成,都想入社。

现在部队正在帮助原有的二社、三社转办高级社,部队为此专门成立了一个“地方工作科”,派了专职干部帮助老乡办高级社。生产部队政治部的同志对我说:“我们从思想上把老乡的合作社看成是我们自己的生产单位一样,尽一切力量帮助他们。我们将帮助他们进行全面规划工作。过去我们已有两条支渠专门划出来给老乡使用,现在我们将再帮助他们规划斗渠和农渠。将来沙井子也可以不必另设拖拉机站,部队的拖拉机可以就近帮他们代耕。我们对帮助他们办好高级社是有充分的信心的。”

1956年2月,喀什

南疆农村的社会主义高潮

一

南疆的农村真美。今年清明节后，我在疏附县的色满区住了一个多星期，村子里到处是翠绿的杨树和艳丽的桃花。很多农民的家宅旁边都有一个一两亩大的园子，里面盛开着桃花、杏花、梨花、苹果花或者各色鲜花。我每天早起后，总要爬上屋顶，眺望一会儿南面那远远的昆仑雪峰，以及那四望皆是一片葱郁的、彩色缤纷的、孕育着无限活力的南疆春天的农村。

有一天，我去访问五乡五星合作社的第二队队长牙生乌守尔。他不在家，他的母亲尼沙汗看到我们去访问，高兴地说："从前我们在墙根子下蹲了10天也没有人理会，现在感谢毛主席经常派人来看我们。"我们就在他家走廊上坐下聊起来。尼沙汗指指她的院子说："我们乡里第一个合作社就是在这个院子里成立的。我的儿子在减租反霸时就入了团，一直很积极，只是我自己年纪大了，思想保守，最初常常扯我儿子的后腿。"我问她这话怎么讲。她说："1953年冬天普选以后，有一天，我的儿子叫我把毡子拿出来铺在院子里，我也不知道他要干啥。过了一会儿，就有好些人到了我家里，有老乡，也有干部。他们就在我家院子里开起会来，我听不清楚他们究竟在讨论些什么。后来看到我儿子站起来说：'我同意。我一定要参加。我一定要好好劳动，发展生产，这样我们才能富裕。'大家的情绪越来越高。很多人都嚷着：'我要参加！''我要参加！'我心里很纳闷，不知道我儿子同意了什么，又要参加什么。后来散会了，我才知道儿子要加入合作社。我一听就想起许多往事，一肚子不愿意。我说我们好不容易托毛主席的福，分到了土地，现在又要加入合作社，万一搞垮了，将来怎么办？那年我家种了5亩冬麦地，长得特别茂。我一想到要把长得这样好的麦地加入合作社就心痛。我和儿子闹了好几场。后来他说我们虽然入了社，但是这5亩麦地没有入。这样，我也就平静下来。可是后来麦子结了穗，快要熟了，有一天，我看到几个干部和我儿子一起在我麦地上鉴定产量，我心里一下子明白了，我的儿子骗了我，那5亩麦地也一定入了社。我当时就闯到麦地里大闹，说这5亩麦地不入社。我儿子一看我这样，就硬把我拉了回来，把我关在屋子里，门也反扣了起来。他人小心不小，不得到我的同意就把地都入了社！我那时这样想，越想越气。"我插口问："你那时认为那5亩麦地可以收多少呢？""那年我那5亩麦地长得特别茂，"她指指坐在她身边的儿媳妇说，"她一下麦地，连身子也看不见了。这样茂的麦子，我想5亩能收12口袋（一口袋约200斤）。可是事情意想不到。有一天，我儿子跑回家拉我一起出去，原来合作社要进行预分了。我一听我家里可以分到15口袋，这把我兴奋得整整一夜没有睡着。第二天，我们就带了毛驴和口袋去领粮，一口袋一口袋都搬到了自己家里。我轻轻地问我儿子：'怎么我家分到这么多？'原来是因为我家劳动好，所以才能分到这许多。这样一来，我心里的结就完全解开了。加入合作社对我们确实有好处，所以这次大家转高级社，我也不怕了。毛主席怎么说，我们就怎么做。只要劳动好，还怕什么呢？"

色满区是南疆的一面旗，早在1951年，这个区就出现了一些互助组。1954年2月开始办合作社，那时参加合作社的人虽然有几十户，但是大家多少有些顾虑。最近提升为五乡乡长的阿里莫斯泰因说："那时我虽然也参加了合作社，可是心里总还有些担忧。首先，我担心入了社

维吾尔族农民丰收后十分喜悦

会不会吃亏？我自己有6亩地，新中国成立以前，这6亩地只能打5口袋小麦。1952年打到9口袋。1953年每亩打到600多斤，一共打了18口袋，产量逐年提高。但是入社以后，是不是会增加收入？或者反而还不及单干呢？我还有牲口，过去单干时，收的粮自己吃，副产品牲口吃。入社以后，是不是还能分到副产品给牲口吃呢？再说，合作社要留什么公积金、公益金，那时上面派了六七个工作组干部在我们乡里，我心里疑虑，会不会这些公积金、公益金都是为他们设的，将来都给他们花了呢？可是那年夏收，我分到了23口袋麦子，还分到很多麦草和一些现款。到了年终，社里又公布了账目，公积金有多少，公益金有多少，用掉了多少，怎样用掉的，一笔一笔都有明账，公积金里买了一些牲畜和农具，公益金里订了一些报刊，帮助大家学文化，又资助了一些困难的社员。这样，我们知道这些公积金、公益金也都是为我们自己花的。那年夏收以后，我们社里开过一次座谈会，当初每人心里的顾虑都差不多。但是一年来的事实，不仅把我们的顾虑完全消除了，而且使大家对办社的信心也提高了很多。”

1954年2月，色满区先在五、六两乡建立了4个社。那年的夏收，对于后来合作化运动在色满区以及在南疆各地农村的顺利展开都起了很大的作用。农民相信党和毛主席的话，但是对于没有实验过的事情，总带有几分疑虑。即使是已入社的也还有些试探性质。要是办得好，继续参加；要是不好，下年散伙。至于社外农民，观望的成分更大。他们说：“好也罢，不好也罢，要收了再看。好就入，不好就不入。”有些农民怀疑将来合作社的粮食国家会不会收去一部分；有些农民怀疑将来分配时会不会公平合理；还有些农民认为合作社一定会垮，将来一定搞得乱七八糟，大闹一场，不欢而散。那年那4个社无论是夏收秋收，社内社外农民都很关心。收割时，很多社外农民都到合作社地里参观。有些农民还有意地把自己的麦场开在合作社的麦场旁边，想和合作社一比高下。有些老汉，一连几天坐在合作社麦场旁边看着。那年那4个社各项作物都增产了。新中国成立以前，色满区的小麦每亩约产150斤、高粱165斤、玉米140斤、水稻170斤，棉花则只产30多斤（籽棉，下同）。但是五乡新路社第一年小麦每亩就产377斤、高粱511斤、水稻283斤、棉花130斤，五乡前进社的棉花每亩产到208斤。这些产量比同年的互助组和单干户也都高得多。但是社外农民不仅要看生产是否增加，还要看分配是否合理。有时一直要分配到深夜12点，社外农民也就看到夜里12点。他们都亲眼看到收割的粮食都是分给了社员的，很多劳动好的社员，20多口袋、30多口袋地把分到的粮食往自己家里搬。在分配中，社员都团结得像一家人一样，社外农民都承认分配是公平合理的。4个社75户社员中，有67户都增加了收入。很多社外农民思想里的结都解开了，于是都纷纷要求入社办社。

二

那年夏收以后，那4个老社立刻由原有的75户扩大到238户，可是周围很多农民入社的要求没有得到满足，有好些没有被吸收入社的都逗留在乡政府前面不肯回家。那年秋收以后，全区又新建了一批合作社，一共发展到26个社，达到乡乡都有合作社。

合作社多，问题也多，特别在1955年夏收前后，由于一部分合作社干部还缺乏经验，预分方案订不出来，会计又弱，账也结算不出，麦子堆在场上分不出去。有些坏分子造谣说："今年生产好，国家要抽一半，只有一半分给社员。"有些社员听了心中着慌，就在夜里偷偷地到麦场上来搬麦子，有的被社干部发现了，就打起架来。有几个社在推广乌克兰种小麦时，由于技术指导不当，下种太早，越冬以前生产过剩，冬季管理又不好，以致1955年减产，引起部分社员不满。同时，个别社员在生产上不够负责，某些社内耕作粗糙，个别社组织涣散……这些个别混乱现象使一部分区乡干部在思想上有了顾虑，心中害怕，认为合作社发展得太快了，没有办好。1955年春天，在全区建立了26个社以后，区上又订了一个在当年下半年再发展30个新社和普遍扩大老社的计划。但在夏收前后，看到26个社接连不断地出现问题，这个问题刚解决，那个问题又来了，再加上那时上级又把派到色满区去帮助工作的一部分干部抽调了回去，区领导对发展30个新社的计划便有些动摇。色满区区委副书记刘世英说："当时我想，单单领导这26个社就够受了，秋后老社还要进行年终分配。现在社的问题这么多，怎么还能再大力发展新社？当时我想，如果还要大力发展新社，上级就得给我们增加干部。如果上级不增援，我们一定搞不来。与其将来办坏，还不如少建新社为好。"部分区乡干部对再发展新社也信心不足。

在这样的思想支配下，色满区领导打算把原来再发展30个新社的计划收缩为再发展12个。可是上级不同意。疏附县委会提出："你们区上办了一年半社，难道办30个新社的干部都没有培养出来？"南疆区党委也指示：老社要整顿，新社也要办。要区领导不要眼睛单向上看，想上面拨干部，也不要仅仅依靠区干部。应当把眼睛向下看，发动村乡干部来办社。

南疆区党委驻色满区工作组的负责干部听了毛主席《关于农业合作化问题》的传达报告以后，将主要精神向色满区区委会做了传达，区委会及工作组的干部们得到很大的启发。区领导在上级党委的指示下，决定改变领导方法，先下去摸一摸村乡干部的底，看看究竟有多少村乡干部有能力办社。他们逐乡逐乡地摸，先从上面摸下去，再从下面摸上来。每到一乡，就先和乡支书、乡长谈，问他们乡里的互助组的情况，过去已经做了哪些工作，对于建社问题，如建社分几个阶段、每一个阶段应该做些什么事情、哪些问题应该怎样处理等是否熟悉。根据乡干部的汇报，再召集一些互助组组长座谈，看看他们有没有转社要求。同时，又访问一些准备转社的骨干，问他们一些具体问题，例如土地、农具、耕畜的报酬如何规定，担任一个社主任应该具备哪些条件，等等。这样前后摸了半个多月，对乡村干部的办社实力，区领导心中有了底。根据各乡干部的报名情况，当时决定在那年秋季再建25个新社。

区上布置这个再建25个新社的任务时，自以为对群众的热情是做了适当的估计的。但是事实证明，这个估计仍然落在实际后面。建社的消息传出以后，群众就把乡干部包围了起来。有的村全村要求办社，有的乡全乡要求办社，仅仅两三天时间，每个社的报名人数都超过了原定的控制数字。例如，一乡一村只打算建一个社，吸收30户农民，但申请入社的却有96户。那些没能入社的农民虽然被先安排在互助组里，答应到冬季建社时再吸收他们，但是他们仍然不满意，说："你们平时宣传合作化的道理，要我们加入合作社，可是我们真要加入时，你们又不让，这是什么道理？"有的则说："党的政策是目前不要地主富农入社，我们不是地主富农，为什么不让我们入社？"乡干部向他们解释，人太多了，社太大了，社干部领导不起来。群众就说："农业合作化是我们农民自己的事，社是我们农民自己的社，社干部力量不够，我们大家来帮助社干部办社好了。"

更突出的是四乡一村农民自发办社的故事。我到四乡一村第二自然村访问时，四乡乡长坎吉肉孜说："四乡一村有两个自然村。第二自然村一头邻近第一自然村，一头邻近第四村，四乡四村在1954年秋建立了一个和平社。打那时起，就引起了第二自然村农民的注意。他们看到自己村里虽然办了一个互助组，但是无论在哪一项耕作上，都深深感到组的力量赶不上社。1955年和平社夏收预分时，他们最初也以为不一定会分得公平，想不到和平社社员比一家人还分得好，公平团结，没有一点纠纷。第二自然村在四村建社时就想加入，但是因为他们不是四村人，没有加入成。1955年9月，区上决定在四乡一村第一自然村建社，我们在第一自然村宣传办社、组织群众学习时，第二自然村也一起来听课，后来他们就要求同时建社。我们说上面只批准第一自然村建社，第二自然村要再慢一步。可是他们不乐意，说：'难道第一自然村是毛主席的亲儿子，我们是毛主席的后儿子？你们为什么不一视同仁？这几年来我们一直听毛主席的话，实行互助。现在我们要求转社，你们干部为什么不肯？我们不比第一自然村落后，为什么不让同时建？'我们就说：'建，迟早都要建，只要求你们再等一下。'可是他们都不满意，说：'要是上级不答应，我们就自己建社。反正建社的样子有，第一自然村怎么办，我们也照着怎么办好了。'我们看到他们的热情这样高，要求这样恳切，也很受感动，就打了一个报告给区上，请示可否批准在一村同时建两个社。但是区上没有批准，我们也就不敢擅自答应。"

正谈到这里，那个“自办社”的主任加西尼亚子也走了来。我就请他谈谈为什么他们不愿再等。他说：“我们在1954年就有入社的愿望，也向领导要求过。1955年秋天我们学习后，大家更迫切地要求建社。当时合作化运动发展很快，四邻都办了社，我们感到很孤立。我们前后写了3次申请书，为什么上级一次都不答应？我们犯了什么罪，要存心使我们孤立？乡干部说我们基础不好，我们哪一点基础不好？他们说我们没有党员、没有骨干。我们虽然没有党员，但是我们有骨干，一定能起带头作用。他们怕我们办了社不能巩固，我们表示了决心，一定能把社办好。我们当时的思想是建社总比不建好，早建总比迟建好。现在谁愿意落后？谁不想争取早一天踏上社会主义的大路？”

听他这样说，我们大家都笑了起来。乡长说：“他们说要自办，可真的就自办起来。他们把地块如何划分、劳动力如何编组、土地报酬如何规定、劳动工分如何计算、农具和耕畜如何使用、入社应带多少肥料和种子等具体问题都一一讨论决定，甚至对社主任和社务委员的人选也做了酝酿。不仅如此，他们还一口气合力种了60亩冬麦，表示建社的决心。社叫什么名字，他们也想出了一个好名字，干脆就叫‘自办社’。正巧区委会的负责干部下来检查工作，这样的事实摆在面前，区上也就只好批准了。”

就在群众这般要求入社的热情下，区上原定1955年秋天新建25个社，结果建了29个社。

三

这一次建社的特点是29个社的建立都是村乡干部领导的，区干部只做了巡回检查的工作。从9月18日开始，到10月初，前后只有半个月时间，29个社的建社工作都基本结束。这次建社，不仅时间短、组织快，而且在政策上没有出大的偏差，有不少具体问题比过去解决得更妥善，群众的建社热情始终是高涨的。

我问坎吉肉孜：“你们听说那一次的建社工作要你们乡村干部包下来的时候，心里怕不怕？”他说：“那时我们虽然缺乏经验，心里没底，但是接到这样的任务时，心里并不害怕。新中国成立后这几年，我们这一带的工作一直都是依靠上级派来的干部。1954年建社时，我们乡干部只是从旁做一些事务工作，自己没有动过脑筋。可是我们不能也不应该永远依靠上级。现在有这样一句话：‘干部落后于群众。’我们学习了毛主席的报告以后，检查自己，我们当乡干部的确实落在群众的后面，所以大家在思想上也都感到要努力学习不可。我们听到那样的任务时，情绪都很高，都希望通过实际的锻炼来提高自己。”

我说：“建社的具体工作虽然要你们包下来，但是上级有没有给你们一些帮助呢？”

坎吉肉孜说：“当然有的。要是上级不帮助，我们这些拿坎土曼出身的人，这样的任务怎能完成？”当区领导到各乡去摸底时，就已经和各乡干部研究了如何选择建社基点、如何物色及培养骨干以及如何正确对待群众的积极性这些问题。在建社工作开始以前，区委会根据老社的经验和群众的意见，同时照顾到乡干部的水平，又拟订了一个简单明确的解决有关建社各项具体问题的意见发给各乡。后来又把各乡干部集中到区上进行了学习，使他们一方面进一步领会了合作化运动中的自愿互利政策和党在农村中的阶级路线，另一方面又学会了如何运用这些政策原则来解决具体问题。区上又指导他们如何使用村干部及老社干部的力量。通过这次学习，乡干部领导建社的信心大大提高。他们回乡以后就组织建社力量，并遵照区上的指示，强弱搭配，一个熟手带一个新手。在建社过程中，根据工作进度情况，各乡都组织建社干部进行有关建社工作的学习。此外，又发动老社干部向建社干部和新社社员介绍老社经验。有些老社干部一谈就谈了十几个问题，比乡干部还谈得深入具体、细致生动。

坎吉肉孜说：“上级对我们还有一个重要的帮助，就是指导我们实行集体领导。我们下村以后，有些问题我们有把握的，当时就办了或答复了；没有把握的就记下来，回到乡支部大家研究后再决定，还不能决断的，就向区上请示。”由于考虑到乡干部虽然学习了建社政策，但是缺乏建社经验，假如光依靠乡支书一个人领导或者各个乡干部孤立把守一村一社，可能会有一些问题因为考虑不周、认识不足而造成工作中的缺失。因此在这次建社工作开始以前，区领导就强调了乡支部集体领导的问题，所有建社基点、干部分工、工作步骤、各社户数、社干人选，以及建社中其他一些重要问题，都先经乡支部委员会讨论决定，再统一布置执行。不仅乡支部加强了集体领导，就是区委会也贯彻了集体领导的精神。在区领导干部之间实行了分片包干，轮回到各乡检查（一般各乡每隔3天都有区委到乡了解情况），解答问题。区委回区后，彼此交流情况，研究下一步的做法。

我所访问过的一些乡干部都表示，经过这次建社的实际锻炼，他们的工作能力和思想水平都有了提高。三乡支书吐逊阿不都拉说："经过这次锻炼，我们现在已经能够独立发现一些问题，并且可以自己解决一部分问题。不再像过去那样，一遇到困难就不知如何是好，非得依靠上级解决不可。我们现在不仅能够在政策思想上给予指导，同时也能在生产技术上给予指导。党经常教导我们说：我们不应该摆出一个领导人的架子来领导农民，我们用亲自动手的方法来领导农民。现在农民都在学习使用新式农具和新的耕作方法，我们当乡干部的也应该先学会这些新鲜事物。我现在已经学会了许多新东西，农民问什么，我都能答得出，或者亲自做给他们看。"

参加这一次建设工作的有乡干部26名、村干部29名、老社干部28名，他们都已学会了独立办社的本领，这又为这一个区1955年底的大发展创造了更有利的条件。1955年底，色满区在全区群众社会主义热情空前高涨之中又建立了52个新社，至此全区一共建立了107个初级社，入社农户占全区总农户的81%，基本上实现了半社会主义合作化。

四

与此同时，原在五、六两乡建立的老社农民，又要求从初级社转高级社。1951年冬天，有些老社农民就有转高级社的要求，那时他们还没有听到"高级社"这个名称，但是听到在苏联还有一种更好的生产合作组织叫"集体农庄"。他们感激共产党解放了他们，分给了他们土地，又领导他们组织起来互助合作，1954年建社后都增了产，社员也都增加了收入。但是他们通过实际生产，总感到还有一些问题阻碍着大家高度发挥自己的劳动潜力。在1955年下半年全国农村掀起的社会主义高潮中，通过干部的宣传介绍，他们更确切地知道了还有一种比初级社更为完善的高级社，主要生产资料归全社所有，统一经营，于是大家就更倾向早日踏进这个富裕幸福的社会主义大门。

五、六两乡农民在工作干部的帮助下算了算细账，算出初级社有八大矛盾：一是土地私有和组织劳动力的矛盾；二是小块土地和利用土地、节省劳动力的矛盾；三是小块土地对改进农业技术和进行农业基本建设的矛盾；四是耕畜私有和使用耕畜的矛盾；五是耕畜私有和喂养耕畜的矛盾；六是大副业私有和实行多种经营的矛盾；七是土地私有和国家计划的矛盾；八是低级社与社员的政治生活和文化生活的矛盾。其中一般农民感觉最深切的就是土地私有和组织劳动力的矛盾。我在色满区所接触过的农民，谈到为什么要转为高级社的问题时，大家首先提到的就是土地报酬问题。在色满区，初级社的土地报酬定为40%。有些土地较多的农民，名义上虽然加入了合作社，但是因为有依靠土地报酬生活的思想，不愿好好劳动。另一方面，那些土地较少、劳动积极的农民，看到自己劳动出来的果实，有一部分被土地较多的农民分去，心中不平，因而使他们的劳动积极性受到了一定的打击。以五乡的新路社来说，全社有男女劳动力216个，在1955年就有40个劳动力不经常参加劳动。同时，假如按每一个劳动力每年平均做90个劳动日计算，全社一年应做19440个劳动日，而实际上，1955年全社才做了9000个劳动日，这说明有一半以上的劳动潜力没有发挥出来。有些土地较多的农民，即使社主任亲自去催促他，他也不好好下地劳动。例如，五乡有一个老中农叫乌斯满吾不拉阿吉，全家6口人，有男劳动力1人、女劳动力2人，一家3个劳动力全年才做了67个劳动日。原来他家有土地24亩，每亩可得土地报酬130斤，24亩共可得3120斤。乡长去劝他好好劳动，他公开对乡长说，他的土地收入已够全家一年吃的了，再加上少许劳动日，也就够全家一年用的了。另外有一个叫买提明沙吾提的，有2头耕牛，一年可得2000斤的耕畜报酬，还有18亩地，一年可得土地报酬1200斤，共计3200斤，成为全家生活的主要依靠，虽然全家有2个男劳动力、3个女劳动力，但是大家劳动都不积极。对这样一些不公平的现象，农民意见很多。我在五星社七队访问一个叫司马义买木提的农民时，他的弟弟穆罕默德买木提正在旁边。土改时，穆罕默德买木提在喀什卖烤肉，所以没有分到土地，司马义买木提分到了四亩半地。后来他们兄弟两人加入了合作社。可是兄弟两人才四亩半地，别家地多的有30多亩，自己一年辛辛苦苦地劳动，很大一部分却被别人拿去了，他就不愿再劳动了，后来退了社到伊犁当伙夫去了。这次乡里成立了高级社他才回来，并且加入了高级社。

在五、六两乡老社社员的积极要求下，领导决定在1956年1月帮助这两个乡转高级社。办高级社的首要条件是要把主要生产资料归全社集体所有。在酝酿转高级社时，两个乡的农民不仅没有意见，而且极力拥护。他们说："多劳多得，劳动才光荣，不要再依靠土地。"关于耕畜问题，农民说："耕畜入社还折价，更是公平合理，也没有问题。"五乡在转高级社时，甚至对耕畜如何折价的具体问题还没有讨论清楚，有些社员就把自己的耕畜牵到社里来了，逼得干部赶快进城去打听各项耕畜的市价，以便照价折算。在讨论一个乡究竟是建一个、两个甚至三个高级社时，大家都赞成干脆合并建一个，因为假如分建两个，土地的连片和渠道的整齐仍旧不能彻底。一些社员早已看到土埂多、水渠多、土地浪费多的现象，认为要是把田块合并、渠道合并，就能扩大耕地，将来还可以进行机耕。

那时社会主义改造的高潮漫延全国，再加上五、六两乡转了高级社，色满区其他几个乡也受到了很大的影响。他们说："五、六两乡已经进入了高级社，为什么我们不能也进入高级社？"当时有5个乡的乡支书都写信给区上要求也跟着转高级社。十一乡五村80多户也联合要求转高级社，这十一乡在1952年土改时曾给毛主席写过信，并接到毛主席的回信，所以他们不甘心落在后面，也要跟上去。

那时整个色满区真是一天一个情况，到处弥漫着社会主义热情。就在1956年1月下旬，色满区12个乡全面展开了转高级社的工作。在半个多月内，全区107个初级社合并建成了33个高级社，入社农户达到全区总农户的95%。

五

全区全面地建成了高级社之后，农民的劳动热情格外高涨。我问五乡五星社的主任阿不都卡迪尔司马义："你乡成立了高级社以后，有什么新气象?”他说:“作为一个社主任来说,我第一个明显的感觉就是每个社员都能自发地积极地劳动起来了。在初级社时,我们当干部最头痛的就是对于一小部分社员领导不起来。

“他们依靠着土地和耕畜,不好好劳动。你去督促他,他爱理不理,或者阳奉阴违。社管会的布置有时也贯彻不到底,下面爱做就做,不爱做就不做。成立了高级社以后,情况就完全改变了,大家的劲头儿大,劳动率高,社管会的布置能够贯彻到底。过去妇女向来不下地劳动,新中国成立以后,特别是成立了初级社以后,一部分妇女也参加了劳动,而现在,有劳动能力的妇女差不多都参加生产劳动了。现在我们不仅要提高耕作技术,增加单位产量,而且还要扩大耕地面积。全社有1070个劳动力,地才4500多亩,由于人人劳动,劳动力反而有剩余。所以社里决定抽出一部分劳动力到70里以外的地方去开荒。派了29个人去,本来计划开200亩,他们却一口气开了600亩。本来规定半个月一轮的,可是去了的人都不愿回来,说要把地种上后才回来。这样的现象在过去是从来没有的。”

我在三乡访问时,他们那儿转高级社以后,在耕作各方面都有着明显的改进。在积肥方面,1954年冬天三乡从城里运来肥料1.5万多口袋,但1955年冬天运了4.2万多口袋。这个乡过去从来没有买过油渣,一则不习惯用,二则买不起。但今年为了肥水稻田,买了3.1万多斤油渣。今年各项耕作时间都比往年提前一些:过去开犁最早的是3月初,而且也只有地富人家犁多畜多,才能开犁得这样早,一般农民要到3月下旬才开犁,但是今年3月初,全乡就普遍开犁了。往年到4月初才种胡麻,由于下种较晚,常常不易熟透,坏得多,影响产量,可是今年3月21日就开始种了。过去棉花要到4月底才种,今年4月7日就开始种了。过去这一带不太重视植棉,植棉的人家也只是下地种棉花,或者在地头边上种些,有的甚至还和高粱混在一起种。种的都是土棉,棉株只有一市尺高,一株只结三四个桃,一亩一般只能收上二三十斤,丰产的也只收上五六十斤,农民已是欢天喜地的了。可是新中国成立以后,植棉技术和棉花产量逐年提高。1953年改用了苏联棉种,今年又都按技术要求实行了条播和密植。往年要到桑子成熟时才种高粱,今年比往年提前了一个月下种。往年要挨到3月中旬才往地里拖沙,今年2月

15日就开始拖沙。再如耙地，过去三乡从来不耙地，今年全乡1432亩冬麦地全都春耙了一遍。过去要是两家合着一条田埂，谁家在田埂自己的一边多产生了一些泥，对方就会大闹大吵不同意。可是今年，自从转高级社以后，全乡已经废除了212条田埂，填平了110条渠道，估计增加了50亩耕地……这一切的改进，都只因农民在党的领导下，一心一意努力完成增产计划，为高级社成立后的第一年创造出社会主义的辉煌成绩。

色满区酝酿及建立高级社时正是冬天，按照往年的习惯，这一带的农民一到冬天，就爱留在村子里打打"举尔提"（纸牌）、晒晒太阳。要是下了一点小雪，大家就更不愿出来劳动了。可是去年冬天完全两样。从色满区到喀什城里一共有3条路，条条路上整日整夜地毛驴往返不停，给高级社驮肥料。1956年1月、2月全区的积肥量要比1955年同期的积肥量多出三分之二，出勤率增加60%。使用新式农具的比例也骤然上升。去年还有不少农民使用土犁，从今年起，土犁完全绝迹，甚至5寸步犁农民也不爱用了，大家都喜欢用23号单体犁和双轮单铧犁了。过去农民强调水稻田不能用步犁，只能用土犁，但今年也都改用了7寸步犁和23号犁。

色满全区建立了高级社以后，领导为了示范试验，打算先帮助五、六两乡做出一个从1956年到1962年的七年规划。领导动员社员酝酿这个七年规划时，先把中央颁布的《1956年到1967年全国农业发展纲要（草案）》发给大家学习。领导也先拟了一个两乡七年规划的底稿，但没有先在群众面前展开来。两乡社员在学习那40条《1956年到1967年全国农业发展纲要（草案）》时，极自然地结合到他们自己乡的具体情况讨论了起来。出乎许多干部意料的是：在讨论酝酿中，凡是领导想到了的，农民也都想到了，有些个别地方领导没有想到的，农民也都想到了；有些地方领导认为已经够放手了，但是农民提出来的意见更放手。例如，生产指标中的玉米一项，玉米虽是高产作物，但是这一带过去玉米的产量不怎么高，所以领导提出的指标到1962年是每亩800斤，但是农民提出的却是1200斤。农民提的数字不是没有根据的。他们中曾有人去北疆玛纳斯河垦区参观过。他们说："我们这儿的水比玛纳斯河垦区多，地也比那儿好。我们过去产量低主要是因为玉米的品种不好、

农机站的拖拉机手在检修机器

技术落后。假如改换了良种,再提高技术,一定可以增产。"(后来定为1000斤)讨论到其他一些作物指标时,农民都是700斤、800斤、900斤、1000斤那样提。有些干部说:"你们过去的产量这样低,将来怎能提得那样高?"农民说:"再不要拿过去做底子了,大家的眼睛应该朝前面看。"领导虽然拟了一个产量指标,但如何达到增产的方法还没有提出来,农民却先提出来了,他们认为每一个农民都应该有一个劳动定额,他们提出的定额是男女平均每人每年做200个劳动日,比《1956年到1967年全国农业发展纲要(草案)》里提出的指标还高。谈到全乡的规划时,哪儿是耕作区,哪儿是住宅区,哪儿是拖拉机道、渠道、林带、排水沟,他们都谈得头头是道。关于扩大耕地,例如五乡,领导的底稿是扩大500亩,但五乡农民认为可以扩大2000亩,而且他们说得很具体,哪儿有多少荒地,平埂填渠后又可增加多少,能够开出一笔账来。至于文教福利方面,农民也无不一一想得周全。仍以五乡为例,后来拟订在7年以内,要使12~18岁的学龄儿童有90%都能上学,小学毕业生中的30%能够读完初中。要培养出1个农业专家、15个农作技术员、15个机械师、5个拖拉机手、2个医生、3个护士、1个调剂员、1个兽医。要有一座可以容纳3000人的俱乐部,要有社办公所、图书馆、托儿所、医务处、体育场,此外还要有澡堂、缝纫部、分销处、轧花厂、砖瓦窑和可以容纳150头乳牛的乳牛场。领导的底稿中没有提到买卡车,农民建议要买一辆卡车。他们说:"为什么其他地方都想到机械化,送肥料就不想到机械化呢?"他们还要装电话、电灯和广播器,他们说:"将来可以用广播来调度田间的劳动。"并且他们规定在1957年内扫除文盲,至于社干部,则争取在一年以内完全扫盲。

在讨论中,有的农民希望政府赶快把拖拉机开进来。干部就说:

“拖拉机开来容易，你们谁能开？”有一个党员阿不都克日木沙吾提说：“只要拖拉机一来，我们在一两个月就能学会驾驶。我们乡支部向你们保证。”在我去色满区的前几天，两部崭新的、刚从苏联进口的拖拉机真的开到了色满。由于拖拉机站还没有建成，两部新拖拉机暂时停在一个桃花盛开着的园子里，这吸引了很多农民前去参观。区上也立刻从各乡抽调了22名青年农民学习如何掌握拖拉机后面的农具。有一次，我和那其中的21位在花园里座谈了一个下午，他们不仅学习了技术，而且思想上也受到了启发。这些青年农民都能对我算出一笔细账，例如拖拉机和人工的生产效率的比较以及两者成本的比较，使他们看到了科学技术的重要。他们说，经过这次学习，更想要好好学习文化，提高技术，这样才能大力发展生产。我在农村访问，无论走到哪儿，都能看到农民群众的情绪完全放开，努力生产和建设美好的社会主义社会的景象。

1956年4月，喀什

帕米尔高原上的牧业社

我在祖国最西部的帕米尔高原上旅行了几天，那宽阔深远的河谷，那磅礴矗立的岩崖，那层层不绝、直入云霄的高山，以及那从山巅到山根的、不化的积雪，都给人们一种高原旷迈的感觉。勤劳淳朴的柯尔克孜族就在这一带世代相传地牧放着他们的马匹、羊群和高原特有的牦牛。

我所旅行的一带正在国境边缘上，我两次投宿的地方都离中苏边境不到1公里。我所住的那个乡的乡长吐尔达列说："我们这个乡本来有200多户，后来人们逐年逃亡外地，到新中国成立的时候只剩下83户了。那时候大家生活困难，没有粮吃。一只上好绵羊只能换到60斤小麦，而且只有向国民党军队才能换到。新中国成立以后，人们在共产党的温暖的安抚下才陆续回乡。现在我们乡已经有177户了。新中国成立的时候，那83户共有2807头大小牲畜，到1955年底，已经发展到8647头，比1949年增长了2倍多。"

这个乡在1955年2月建立了一个红光牧业生产合作社，这是新疆全区第一批试办的3个牧业生产合作社中的一个。我访问这个社的时候，有些社员坦白地说："我们最初入社的时候，还没有能够充分认识到

新疆巩乃斯种羊场培育的新疆细毛羊

合作社的好处。那时候大家主要的顾虑是怕入了社以后，牲畜归公，不能自由处理，不能按本民族的风俗习惯生活。例如，怕过古尔邦节的时候不能宰羊过节了，有远客来也不能宰羊款客了。”有些坏分子造谣说：“合作社要用80米布做的大被子集体睡觉，要用40个耳朵的大锅（当地最大的锅有4只耳朵）集体做饭。”可是一年来的事实打消了大家的顾虑，击破了坏分子的谣言。过节要宰羊的仍旧可以宰羊，去年过古尔邦节，社里就有七八户宰了羊。社员艾衣库鲁有一个亲戚从外地来探望他，他仍和没有入社以前一样，宰了一只羊款待他远来的亲戚。另外一个社员戈德瓦衣的父亲去世后，他家仍旧按照民族风俗宰了一匹马请四邻吃饭，此外社里还给他贷了50元救急。还有些牧民到附近的农村里去打听了一下，知道农村里的合作社并没有大家住一个大被子里睡觉，也没有集体吃大锅饭的事情。

这一个新疆地区第一期试办的红光牧业生产合作社在第一年生产的总的情况是好的，说明党和毛主席所指示的合作化道路是正确的，合作社是具有明显的优越性的。社员阿力格许说：“我体会到的合作社的好处很多。我自己有牛有马又有羊，牛马羊吃的草不一样，习惯上不能把它们合群放牧，因此过去我总是顾了这顾不了那，使牲口放不好。在春天接羔的时候，一个人也忙不过来。由于劳动力不够，过冬以前也不能充分割储冬草。可是这些问题在参加合作社以后大都解决了。我现在的分工是放山羊，现在不仅不比入社以前忙，反而感到轻松得多，可以集中精力放好山羊。由于大家分工、各有专责，去年接羔的情况也很好，羊羔的成活率在95%以上（同年单干户的成活率最高的是85%，互助组的成活率是92%）。过去入冬以前无力多储冬草的，入社以后就有能力多储冬草了。"这一年来大家的牲口都有发展。阿力格许入社时只有3头牛、5匹马、20只羊，现在他有了4头牛、9匹马和45只羊。他说："过去单干的时候，除了依靠自己的牲畜繁殖以外，再不能增加自己的牲畜，可是去年因为我在社里劳动好，又学了兽医，替社里治好了250头病畜，单单在劳动分红方面就分到了12只半羊羔。一年来的事实使我充分认识到，社就是我的家。离开了社，再没有富裕的道路。"

社主任阿比沙里和其他社员告诉我，去年一年合作社除了放自己的牲畜以外，还代外地的农民放了200只羊，代国营牧场放了300只羊。去年入冬以前全社一共打了21万多斤草，平均为每只羊储冬草120斤。接羔时期是牧民一年中最紧张的季节。建社以后，他们改变了过去挖土窖育羔的老习惯，改用草帘搭成的小棚圈育羔。白天实行跟群接羔，夜间轮班起来3次接羔。为了照顾小羔的发育，一般都对母畜推迟挤奶15天（这是指挤给人吃的奶），或者原来一天挤两次的，改为一天只挤一次。此外还进行了改良草地、栽种苜蓿、栽种青稞、打柴打猎、组织妇女抓山羊绒、组织骆驼队给供销社运输货物等工作，以增加社员的收入。

去年红光牧业生产合作社年终分配的时候，社外一些互助组和单干户亲眼看到每户社员的收入都有了增加。二乡常年互助组组长库鲁说："你们办了一年社，指出了牧业生产合作社是我们牧民过幸福生活的道路，我们要向你们学习，明年也要转社。"

在我访问的那一部分高原上，除了去年建立的红光牧业生产合作社以外，今年又建立了一个红旗社。当我们翻山到达另外一个草场访问红旗社的时候，红旗社的主任提勒克一开头就告诉我们，他们的新社在接羔工作上有些什么样的新进步。他们在接羔以前先做了接羔计划。他们专门搭了一个蒙古包安放羊羔，让人畜分居，使羊羔能自由活动。白天把蒙古包的顶毡掀开，使羊羔得到更多的阳光。把10天以上的羊羔和不满10天的羊羔隔为两群，以免大的把小的踏伤。除了白天跟群接羔外，夜晚轮班守夜，随生随接，以免小羔冻死踏死。剪脐带的时候，也实行了先把脐带系紧然后再剪的科学方法，以免病菌传入羊羔肚里。

提勒克是一个年轻的贫牧，他一直笑眯眯地接待着我们。他说话的声音很低，人又很文静。我问他："大家选你当社主任，你愿意不愿意？"他说："过去我一直不懂得人是为了什么而工作的。现在在党的教育下，我认识到工作就是为人民服务。大家要我多为大家服务，我是很愿意的。"我说："办一个社，当一个社主任，都会遇到很多困难。你怕不怕困难？""困难是有的，但是我不怕困难。在劳动上，我自己可以苦干带头，来带动大家。只是我没有文化，在组织劳动力和制订生产计划上感到困难。在这样的情况下，我就一面请求党的帮助，一面经常和群众商量，我相信困难是可以克服的。"这时我们同行的同志问他："阿图什县今年新建的将尼奴尔牧业生产合作社向南疆各牧业生产合作社、互助组提出增产挑战，你们应不应战？"提勒克迅速而肯定地说："应战！"这个初看起来很柔弱的，然而意志却很坚定的小伙子，他的谈话给我们留下了深刻的印象。

在红旗社里，我们会见了新社员朱凯。朱凯去年曾经和红光社社员沙仁挑战过。沙仁告诉我们说："去年朱凯劝我不要入社，说入社以后牲畜就要充公了。"我因为相信共产党，仍旧决心入社。朱凯就说："你入我不入，各走各

帕米尔高原上的柯尔克孜族牧民在剪羊毛

专家给农民指导新疆细毛羊的鉴定工作

的，看谁的牲畜发展得快。”那时他和沙仁各有3头牛、10只羊。沙仁入社以后，生活上的困难都有社照顾，一年后，牲畜发展到5头牛、2匹马、20只羊。但是朱凯因为叼羊摔伤了腿，休养了3个月，他的10只羊只生了5只羔。为了解决一年的吃用问题，他宰了5只羊，又卖了5只羊，到去年年底就只剩了3头牛、5只羊了。朱凯说：“我认输了，我现在相信共产党和毛主席的话了。合作社确实好，所以我今年也决心加入社了。”

我在访问红光、红旗两个牧业生产合作社的时候，都看到他们生动的育羔劳动。每天清晨和傍晚，牧民们都亲热地抱着自己所接的小羔送到母羊身边吃奶。柯尔克孜族牧民有着异常敏锐的记忆力，尽管他们每户都接了几十只小羔，但是他们都能够一一记清楚哪只小羔是哪只母羊生的，绝不会弄错。他们吹着轻盈的口哨，呼唤着一只一只母羊前来喂奶。那些小羊羔，一会儿吸吮着它们母亲的乳汁，一会儿又在草场上乱蹦乱跳，活泼健康。生双羔的母羊很多。牧民们顾虑生双羔的母羊乳汁不够，就用牛角做成“奶瓶”，人工给那些双生羔喂奶。有一个妇女生产组组长阿衣夏，她去年接了26只羊，其中有8只生了双羔，一共生了34只羔，全部成活。今年她接了70只羊，成绩也很好。牧民们都知道，牧业生产发展主要是通过牲畜繁殖的方式进行的，所以大家都非常重视每年一季的接羔育羔工作。牧业生产合作社的建立和它所取得的初步成就，给牧民指出了一条幸福的道路。今年那一带有许多牧业互助组都要求转社，很多单干牧民也要求入社。在我离开的那一天早晨，一乡的常年互助组组长托吾提买合木提还特地请我代他向县领导机关反映，要求早日批准他们转社。虽然是在祖国的边陲，虽然是在雪峰连绵的高原，但是党和毛主席所指出的合作化道路也同样像一盏明灯照耀着祖国边陲高原上的牧民。

1956年4月，喀什

和田的缫丝女工

和田的蚕丝生产已经有一千多年历史，那儿也是新疆蚕丝生产最集中的地方。1941年是新疆历史上蚕丝生产最多的一年，那年全省发蚕种10万盒(25厘米装)，和田一地即发7.5万盒，生产生丝300多吨。在国民党统治时期，和田的蚕丝生产逐年下降，到新中国成立初期(1950年)，年产生丝已不足5吨了。

新中国成立后，南疆人民一再要求党和政府帮助他们发展蚕丝生产，并希望修建现代化的缫丝工厂。1953年，政府在和田兴建了和田缫丝厂，这个厂已在1954年的国庆节投入生产。当旅客到达和田近郊10公里的地方，就能看到那占地200亩、建筑着一幢幢新式厂房和办公楼、耸立着很高的烟囱和水塔的和田缫丝厂了。

政府一面施工建厂，一面选派了70多名少数民族女工到苏州去学习缫丝技术。当我在和田缫丝厂问那些去过苏州的维吾尔族女工的时候，她们一提起在苏州学习的那一段情景，都勾起无比温暖和幸福的回忆。在苏州学习期间的学习模范白西汉说："我很小的时候，就看到家里用一个小木车缫丝，要好几天才缫出一斤丝。后来听说沿海有很大的缫丝厂，我就想，要是和田也能有这样一个厂多好啊！新中国成立以后，政府决定在和田建缫丝厂，还要送我们到苏州去学习技术，我听到后高兴得不得了。到了苏州，我们刚在苏州第一丝厂门口下车，便被许多汉族大姐围了起来。虽然语言不通，但是我们依然能够体会到犹如亲生姊妹好久没见似的那种强烈的、火热的感情。我们参观车间的时候，只见机器转动很快，汉族大姐动作敏捷，简直让人瞧不见丝在什么地方。那时我们心中又有很多顾虑，怕自己学不好，但是汉族大姐一直耐心地帮助我们。她们先教我们打结、穿瓷眼、做鞘、捻添等基本动作，技术员又给我们上理论课，接着就把我们一个一个分配到车间实习。语言不通用手比，实在说不明白的事情，便用实物来说明。下了班在路上也是边走边解说。汉族大姐热心教我们，所以大家都很感激，一致保证要把技术学好。"她们最初是两个人管一台车，后来逐渐可以一人管一台车了。她们最初缫出来的丝都是一些次品，后来她们的成品也达到了双A级的标准，同汉族女工的成品一样了。

和田缫丝厂的工会副主席买合木提，1953年曾经陪同那批女工一起去苏州。他说："沿海汉族老大哥对从和田去的女工关切照顾无微不至。和田女工到达苏州不久就入夏季，她们不习惯江南暑天的炎热，领导便让她们在中午休息一段时间。江南雨多，地气较湿，有些女工脚开始肿，领导便立刻派医生给她们治疗。维吾尔族习惯吃馕，但是苏州没有馕，想自己做，又没有馕坑，也没有人会砌馕坑。后来领导想方设法，终于找到了一个回族同胞，专门砌了馕坑，做馕给她们吃。维吾尔族喜欢吃抓饭，苏州不容易买到做抓饭用的黄萝卜和羊肉，领导就专门派人到上海去买。过肉孜节和古尔邦节的时候，领导给维吾尔族女工放假3天，同时动员汉族女工代替她们生产，以免影响整个厂的生产计划。过节的时候，按照维吾尔族的习惯给她们宰了羊，又请她们看了电影。平时一到星期日，很多工厂、学校、机关争着和她们联欢，带她们上家里或风景区玩。在学习上，厂方不仅派最优秀的汉族女工耐心教她们，还经常派人来了解她们的学习情况，征求她们的意见。买合木提说："这些事使大家深切地体会到，这就是共产党和毛主席的民族政策的具体表现。"

这批少数民族女工在苏州学习了一年，1954年春天回到和田。以后厂里陆续招收了好几批少数民族女工，就由这些从苏州学习回来的女工和部分汉族女技术员教她们。白西汉说:“我一面教那些新招的女工学技术,一面给她们讲苏州汉族同胞是怎样热情地帮助我们的,这样大大鼓舞了她们。”我看到全厂450名生产工人中,大部分是当地的少数民族女工。在党和政府的培养下,在汉族女工的帮助下,她们基本上能够独立掌握缫丝作业中的主要操作了。

在和田女工从苏州回新疆的时候,有80名江南女孩子响应党和政府的号召,陪同这批维吾尔族女工到和田来支援少数民族的缫丝生产。她们有些是杭州纺织工业学校和苏州浒墅关蚕桑学校的毕业生,有些是无锡一些丝厂的熟练女工,有些是新招的并在无锡受过短期训练的青年女工。她们大都只有十八九岁,初到和田,正如和田女工初到苏州一样,在各方面都遇到一些困难。这些女孩从小都是吃大米长大的,一下子吃蒸馍和面条吃不惯,羊肉也吃不来。当时厂房还没完工,宿舍还没造好,饭厅还没修建,大家只好在露天吃饭,一阵风把沙子也刮进了菜碗饭碗。后来工厂投入生产了,当她们看到茧子小、茧层薄,丝时常断,水又浑浊,影响丝色,这一切都使她们感到工作不好做,对前途发展缺乏信心。再加上言语不通,人生地疏,所以有些人思想有波

和田缫丝厂的工人到苏州学习缫丝技术

动，不能安心生产。我访问了厂里两个先进女工郭凤英和朱玉兰。郭凤英说："我过去一直有不正确的想法，认为这里发展慢，要进入社会主义还不知道要等到什么时候。心里老想在这儿做上3年，帮助厂里培养出一批新的少数民族女工以后就回无锡。我怕越是工作做得好，将来越难脱身，所以初来时工作总不够积极。在党的教育和同志们的帮助下，我终于认识到，我既是一个党员，就应该服从党的分配，安心在这儿工作，并且要带头搞好生产。尤其现在全国农村中的社会主义高潮发展得这样快，我们工人更应该加紧努力，现在我们厂就要实行双班制，还要扩建，增加车台，听到这些消息大家都很兴奋，感到边疆的发展也很快。"朱玉兰说："北京青年志愿去黑龙江垦荒的新闻给我们很大的鼓舞，他们比我们更艰苦。我最初以为我们不懂少数民族语言，在生产上很难帮助维吾尔族姊妹。后来领导说只要我们汉族女工生产得好，也就可以激发维吾尔族姊妹向我们看齐。领导的话说得一点不错。维吾尔族姊妹总是那样虚心地找我们问这问那，她们那种虚心的学习态度鼓舞并教育了我们汉族女工，使我们觉得一定要把生产搞好。"

从江南来和田的一些汉族姑娘中，像张顺和、马丽娟、许品梅、姚冰澄等都已经能够用维吾尔语指导维吾尔族女工操作了。张顺和是技术员，我问她是怎样学习维吾尔语的。她说："我在苏州的时候，上级就分配我帮助维吾尔族姊妹学技术。后来和她们一起来新疆，在路上我就一点一点学习她们说话，并学着吃羊肉。到了和田，厂里招收了一批新工人，也派我担任教员，那时领导鼓励我们学维吾尔语，我就决心把维吾尔语学好。我和翻译阿乐布江合作，上课以前我先把讲课的内容告诉他，把一些有关的维吾尔文字先在簿子上记下来，这样我便跟他一起去上课，由他讲，我旁听。听不懂的地方我就记下来，下了课再问他。后来教操作，我就先学这样一些话：身体应该立直些、眼睛应该看哪儿、手应该放开些、手应该放拢些……先从和工作有关的话学起，说的次数多了，也就容易记住了。那些姊妹们看到我能说几句维吾尔语都特别高兴，我们之间就格外容易亲近。她们在学习上有什么困难总是主动地来找我问我，每天下班后，也总有许多少数民族姊妹们跑到我房间里来，亲昵地和我交谈。"

在党不断的教育和关切下，这批从江南来的女孩子现在都已安心在和田工作了,其中有些已经在和田结了婚。青年生产组长韦玉林说:"我们起先对新疆的建设不够关心,可是现在大家都很关心新疆的建设,看到祖国边疆的各项建设也发展得这样快都很兴奋。现在我们在这儿都做长期打算了。说个笑话吧,从前我们买暖壶,都只买竹壳子的,现在买起暖壶来,就都要买铁皮壳子的了。"

1958年3月,喀什

民族师资的培养工作

——新疆学院访问记

一

我在乌鲁木齐的时候访问了新疆学院。这是新疆的最高学府，从1958年起，这所学院将扩大成为新疆大学。

由于新疆过去遗留下来的历史原因、现在的客观条件以及少数民族地区的特点，在新疆发展高等教育有许多内地所没有的困难。成立一个学校的最主要的条件是学生和教师，而这两者在新疆学院都成了问题。新中国成立以前，除了伊犁、塔城、阿勒泰三区以外，新疆全省只有6所维吾尔族中学。盛世才时代曾经办了一所蒙哈中学，可是到国民党时代，这所蒙哈中学也停办了。此外，除了三区，新疆全省没有一所哈萨克族中学。那时新疆的一些中学，大都是初级中学，高中很少，这也就影响了学院学生的来源。1945年，新疆学院曾经因为没有学生而一度停办，后来从内地调了一批汉族学生到新疆学院来。1949年新疆和平解放时，新疆学院一共有学生379人，但少数民族学生只占到38%。女生数量也很少，在少数民族学生中，没有一个女生。

由于过去高中很少，既影响了学院学生来源的数量，又影响了学生来源的质量，因而学院不得不降低标准，招收一部分初中毕业的学生。1951年伊犁阿合买提江专科学校（相等于高中）的182名学生转入了新疆学院，这是新疆学院吸收的学生质量比较好的一批。由于新疆情况的特殊，对少数民族干部的需要极其迫切，新疆学院在1952年时规定两年毕业，到1953年才改为3年毕业，第二个五年计划期内将改为4年毕业。由于学生程度不同，第一年主要是给学生补习若干基本课程，余下只有两年，再加上翻译困难，学生实际学习到的知识有限，这样就必然影响了教学水平的提高。到1956年暑假，新疆在新中国成立以后新设的高级中学开始有学生毕业，以后新疆学院就保持了吸收学生应该保持的标准。

在学生质量上虽然受到一些限制，但这几年，新疆学院的学生数量一般是发展的。到1955至1956年这一个学年，新疆学院的学生已经从1949年的379人增加到1247人，其中有女生239人。1247名学生中，少数民族学生占到96%；汉、维吾尔、哈萨克、回、蒙古、锡伯、塔塔尔、塔吉克、柯尔克孜、乌孜别克等民族都有。少数民族学生占到绝大的比重，这是完全符合在少数民族地区设立学校培养少数民族学生这一正确的目标的。

学生的来源固然有困难，而师资问题尤其严重。在1950至1951年这一学年中，教员只有13人。其后内地支援新疆，陆续来了一些汉族教师。可是新来的汉族教师的支援并不能真正解决学院在教学上存在的困难，因为新来的汉族教师存在语言的障碍，不能直接给学生上课。每个人都需要配备翻译，但又没有那么多翻译可以调配，况且一般性质的翻译和教学上的翻译有很大的区别。当时也曾经从校外调进一些翻译，可是由于他们缺乏专业知识，例如化学、物理、数学这些课程，便很难翻译。那时学院里因为少数民族教师太少，翻译力量也不足，因而在课程比重上曾经出现过政治课和语文课开得较多，专业课开得较少的现象。这种情况继续下去将影响新疆学院的正常发展，因此少数民族师资问题成了新疆学院当时最迫切需要解决的问题。

1952年春天，学校开始采用培养实习助教的办法来逐步解决培养少数民族师资的问题，这是新疆学院发展中的一个转折点。当时从毕业班中挑选了40多名优秀的学生，分到各系或各教研组去，以带徒弟的方式进行培养。适当地减少他们一般性的课程，加强专业学习的指导。培养的方式主要采取教师给他们上课的方式。例如，马克思列宁主义基础、教育学、教育史、普通心理学、遗传学、物理学、数学、天文学、农业经济、达尔文主义、解剖学、棉花学、农机学、中国史、世界进化史、地质学、水利学、素描学、民族舞等课程，都由有关教师编好讲义分别给本专业的实习助教上课。给实习助教讲课的教师中也有少数苏联教师和少数民族教师，但主要是汉族教师。他们平均每周要给实习助教上14小时的课，有时还要专为某一个实习助教补开某一项他没有学过的专业课程。在教师们这样的培养下，成绩好的实习助教能够独立掌握某一门课程的，即由这个实习助教直接去给学生上课。假如还不能独立上课的，则由教师陪着他去上课，仍由实习助教讲，教师坐在旁边听，必要时给他一些指导和帮助。假如这样还不行，则教师和实习助教共同备课，由教师主讲，实习助教翻译，使实习助教通过备课和翻译的工作，能逐步成长为可以在教师的指导下给学生讲课的程度。因此，在新疆学院，教师都有双重的任务，既教学生，又教实习助教。通过这几年来的实际工作，大家清楚地看到，少数民族地区的高等教育事业不能永远由汉族教师来负担，要培养大批少数民族学生，首先要培养大批少数民族师资。因此对于汉族教师来说，培养少数民族师资是他们更主要的责任。从长远来看，假如他们能教好一个实习助教，就等于解决了一门功课，教好两个实习助教，就等于解决了两门功课，教好实习助教比之教一般学生，效果更为实际、深远。

目前，少数民族地区学校的教学工作除了由少数民族教师（包括少数民族助教）直接授课以外，还有一部分课程需要由汉族教师或苏联教师通过翻译的方式进行教学。而这种教学翻译，要比寻常一般性的翻译困难，既要具备一定水平的语文程度，还要具备适当的专业知识。这里面存在着很大的矛盾：一方面是急切需要更多的教学翻译，另一方面是找到合适的教学翻译很不容易。反过来说，教学翻译具备有关的专业学科知识，可是某一个人真的通达了某一门的专业学科知识，他就不会再当教学翻译。教学翻译也是少数民族学校教学中的一个困难，而要解决这个困难没有别的道路，只有自己培养。

中共中央新疆分局在新疆设立地方干部训练班

在培养教学翻译方面，新疆学院过去曾经走过一段弯路。过去新疆学院曾经在语文系增设过一个以汉族学生为主的维吾尔文班和一个以少数民族学生为主的汉文班，规定3年毕业，经过3年的语文学习以后，再留校分到各系去进行专业培养，担任专业翻译。但是这个办法费时多且效果不好。因为那些语文系学生经过了3年的语文训练，毕业后还要从头学习专业知识，情绪上都不安定。现在新的办法，基本上和培养实习助教相似，从各专业班中挑出一些专业基础和汉语基础较好的学生，减少他们其他若干课程，让他们着重学习语文，使他们在语文和专业两者相并发展，这样经过一段时间的培养，就可顶用。同时，这种对教学翻译的培养也可以和对实习助教的培养结合起来，通过教学翻译的训练，最后使那个翻译也能成为可以直接授课的实习助教。

这种培养少数民族师资的办法，现在在新疆学院已经取得了一定的成绩。在1952至1953年度挑出的40多名实习助教中，目前已经有3名像我后面要介绍的哈米提那样，能够独立开大学专科一、二年级的一至两门课程了。在过去3年中，新疆学院先后培养了113名实习助教，这113名实习助教已经成为目前新疆学院教学工作的一支主力和骨干。现在，全校每周授课1107学时，其中由实习助教开课的有654学时，占到60%左右。1955至1956年度全院所开270门课程中，有174门由实习助教在教师的辅导下直接讲课。现在，全院37个班中，35个班的班主任都是由实习助教担任的。这一支新的少数民族师资力量的成

● 少数民族学生在做化学实验

长，为新疆学院以及新疆文化教育事业的更大发展创造了有利条件。

二

我在新疆学院访问时，花了好几天时间访问了一些担任培养少数民族实习助教或教学翻译的汉族教师及被培养的实习助教和教学翻译。

有一天，我访问了数理系的物理教研室主任王怀德和他所培养的实习助教哈米提。哈米提是伊犁人，原在伊犁阿合买提江专科学校读法律。1951年2月，那时他还是八年级（即高中一年级），从阿合买提江学校调到新疆学院学习，改读数理。学了一年半，到1952年10月，学校便把他抽出来教书；1952年下半年，他教的是初中物理；1953年上半年，他改教高中物理，学校派汉族教师王怀德培养他。

哈米提说："1953年上半年我教高中物理时，我自己也才等于高中二年级的程度，心中很害怕。学校虽然派王怀德老师帮助我，但我那时连日常生活的汉语还不太会说，更不要说课程上的问题了。我讲课时，王怀德老师就去听课，经常给我提出意见：哪些地方不系统，哪些地方不深刻，甚至哪些地方讲错了。那时我们彼此语言不通，有时用手势来表示，有时在黑板上用画图来表示。要是我讲错了，经他改正后，我就在下次上课时更正，但是我觉得老是这样更正也不是办法，后来我便和王怀德老师一起备课，以便先弄正确了再去上课。

"那时我教高中物理学，王怀德老师有汉文本，我有俄文本（实际上是乌孜别克文），我们就一句一句讨论。王老师给我的帮助很大，有些地方，我本来以为已经懂了，经王老师一说，才知道我并没有真懂。这样就使我逐渐感兴趣，觉得汉族教师的确对我们有帮助。以后我们天天晚上都在一起备课。在王怀德老师的帮助下，我讲课的质量大大提高，学生大都表示满意，我的汉语水平也有进步，很多汉文的物理学上的名词我也知道了。

"后来，王怀德老师又让我看他的汉文讲义，不懂的地方就给我解释。在他这样热心的帮助下，我后来竟然能够把他的汉文讲义翻译成维吾尔文。王怀德老师不再跟我天天去听课，只是隔一两个星期偶尔去听一次。当他觉得我授课本身问题较少的时候，他便转而在教育方法上多帮助我，如指导我讲课应有系统，应该分出一般和重点，以及如何使理论联系实际，等等。

"我现在已经可以教大学专科二年级的物理，并且可以指导学生做二十几种不同的实验了。"

哈米提谈完后，我便请王怀德谈谈他的体会。他说："1953年，学院领导要我们担负起培养少数民族师资的任务，我们也觉得少数民族地区的教育工作老是汉族教师讲、翻译翻，不是办法，应该从根本上把少数民族师资培养成长起来，他们才是少数民族教育事业真正的骨干。至于哈米提，那时他自己只有高中二年级程度，却要担负教高中物理学的责任，我觉得我们应该好好地帮助他。那时学院培养少数民族师资的工作还只是一个开端，我们系里决定重点培养哈米提，并把他交给了我，我开始感到有很多困难，其中最主要的是语言。那时哈米提虽然认得几百个汉字，可是并不真正了解那些字的意义，他只能听懂很少几句话。我们在一起备课时，常常要借用手势来表达彼此的意思。有时遇上一些比较困难的问题，我们好几个汉族教师同时用了各种方法，还是没有办法让哈米提听懂。后来，我知道他有一本乌孜别克文的物理课本，而我又有汉文物理课本，两个本子的内容相同，这样就由我一句一句读，他一句一句听。但是乌孜别克文的文法和汉文的文法不同。我读的，有时他在他的本子里能找到，我们就先把找到的肯定下来。我重复再读时，他也就渐渐把最初没有找到的找到了。最初每句我都要读上五六遍他才懂，后来进步到读一两遍他就懂了。我们每天至少要在一起读两个小时，有时甚至要读到五六个小时，就这样读了半年。那时他一面给学生讲物理，一面又给我当实习助教上课的翻译。

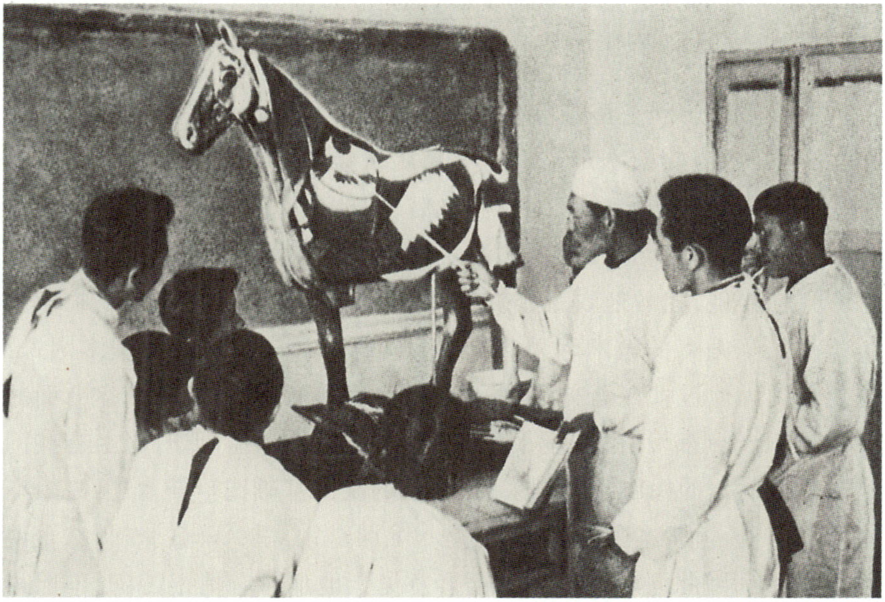

新疆学院畜牧系学生正在上课

每个人的口音腔调不同，他最初只能听懂我一个人的话，又经过了半年多，他慢慢地也能够听懂别的汉族教师的话了。

“哈米提虽然能听汉话，但还不能读汉文。1954年，学院要他教大学一年级的普通物理学。由于没有俄文课本，必须自编讲义。最初由我编，读给他听。他一面听，一面记下来，根据记下来的备课内容去讲课。后来，哈米提说这样不好，既费时间，对他的提高也没有帮助。他建议由他直接阅读我编的讲义，我同意了他的建议。由于我们多年相处，我知道他哪些汉字较熟，哪些汉字较生，所以尽量挑他熟悉的字写，尽量写得通俗简单。并且我努力按照维吾尔文的文法写成句子，尽一切可能让他容易看懂。这样试了一两个月以后，便在讲义中逐渐加上一些较新的字和较难的句子，并且把新字注出来，教他先学一下。这样，生字逐渐加多，又过了几个月，他就能够看懂我编写的讲义了。

“到1955年初，不再由我编写讲稿。我只在事先和他研究这一堂课的目的，应该分几个过程来讲，举哪些例子，画些什么图等，讲稿主要由他自己编写。到1955年初夏，一般的意见我也不再提了。哈米提经过逐年的锻炼和提高，已经能够独立担任这门功课的教学了。”

三

我接着又访问了畜牧兽医系的助教王殿兴和他培养的教学翻译乌布里·哈斯木。哈斯木是1955年8月从新疆学院语文系汉文班毕业的学生。由于学校决定哈斯木毕业以后，把他分配到畜牧兽医系当教学翻译，所以在1954年11月他还没有毕业的时候，畜牧兽医系就叫助教王殿兴培养他，先教他农畜繁育学一门功课。教了3个月以后，哈斯木就担任了王殿兴的教学翻译。哈斯木担任翻译工作时遇到很多困难，主要是因为他过去在语文系学汉文，完全不接触畜牧的功课，这方面的专业知识一点都没有，甚至很多名词术语也都不懂。那时班上有些同学是刚从兰州的民族学院调来的，他们的汉文基础比哈斯木还好，哈斯木心中格外害怕，本来会说的，可是一上课堂，心里一阵慌张，什么也说不出来了。因此同学们对他有很多意见。他那时心情很苦闷，不愿再搞翻译工作。王殿兴总是安慰他，告诉他什么工作最初都会遇到困难的。王殿兴对他说："我们汉族教师到新疆来的主要任务，就是要帮助你们培养少数民族高级师资，而翻译是培养工作中的一个桥梁，你做这工作对本民族是一种贡献。"就在王殿兴这样既热情又耐心的帮助下，哈斯木的汉语水平和专业知识都逐步提高。哈斯木说："我初学汉文的时候，许多字不认识，后来认识了又不会写。很多汉字外形差不多，例如'困''团''因'，不容易区别他们的意义。有些名词，在不同的地方意义完全不同，例如'组织'，说'组织起来'是一个意义，说'身体上的组织'又是一个意义，最初很难掌握。1954年我初跟王殿兴学习时，认识的汉字很少，草字一个也不认识。王殿兴写的都是正楷，后来也逐渐加上两三个草字，现在他写的草字我也全认识了。1954年我听王殿兴说话时，只能听懂40%，现在可以听懂80%到90%了。我初担任翻译时，同学们对我的意见很多，有些人甚至说我条件不够，现在同学们对我的工作已经没有什么意见了。"

王殿兴是1954年夏天在兰州西北畜牧兽医学院毕业的，毕业以后组织上分配他到新疆学院工作。他最初以为要他上课，学校里一定会给他一个翻译的，没有想到翻译要他自己来培养。最初他培养哈斯木时感到困难很大，主要是因为哈斯木没有专业基础。在备课的时候，一个很寻常的名字或者一句很寻常的话，王殿兴也要花很大的气力才能使哈斯木了解。王殿兴那时想，这样培养，不知要培养到什么时候。后来学院领导一再纠正这种不正确的思想，说关于少数民族师资和教学翻译的人才，上级不可能派给我们，校外也不可能派给我们，只有我们自己想法从下面挑对象进行培养。

"我们培养的翻译，一般说来，大都汉文差、专业基础差，而且又年轻急躁。"王殿兴先总结他的一部分经验说，"在培养他们时，有些具体的东西，他们容易理解，有些抽象的名词或理论就很难解说清楚，例如，生物有机体在生长发育过程中的质变与量变问题、泌乳量和含脂率的换算问题、家禽在产蛋时色素如何消退问题，甚至一些名词如什么叫'遗传性'、什么叫'变异性'等，很不容易解说清楚。有时有些字眼对说明某一个意义出入很大，不能随便改变，例如'渗入'不应说成'进入'、'细嫩的'不应说成'细小的'、'促进它发育'不应说成'使得它发育'、'尽可能'不应说成'一定'、'避免'不应说成'不能'等。用字改变了，意义就不同了。但是翻译因为不容易理解，有时就希望把难译的地方删掉。每当我写完一段讲稿以后，常常要查很多次字典，我指导他们哪些名字查一般字典，哪些名字查专业字典，先查《汉俄字典》，再查《俄维字典》。有时他查来查去，没有查到，为了省事，他们常会随便译上一个不恰当的字眼。在这种情况下，我们就需要极大的耐心，既要不厌其烦地反复解释，又要鼓励他们。他们查字典查不到，我就帮他们查。

"此外，我们还要照顾到翻译在学生中的威信。例如哈斯木，最初学生对他意见很多，要求调换。有时学生当场指出他的错误，使他下不了台。在这种情况下，我总是把哈斯木翻译的责任自己担当下来，说是我对他的帮助不够，并且告诉学生，哈斯木确实已有很大的进步，将来可以有更大的进步。下课以后，我约哈斯木谈话，帮助他改正错误，当他知道我在学生面前如何维护他的时候，就会使他更努力提高自己的学业水平，增强了我们彼此之间的信任和团结。"

关于具体的培养过程，王殿兴告诉我们，他最初先给哈斯木解释了一些一般常用的畜牧名词，如"营养""饲料""乳腺""乳静脉""分娩""妊娠""品种""鉴别""系数""指数"等，哈斯木懂得了这些名词以后，他就容易了解这门课程大概包括哪些内容，然后再把与农畜繁育学有关的名词，如"有机体""遗传性""变异性""获得性""新陈代谢"等解释给哈斯木听。但当时哈斯木即使懂得了这些名词，也不一定能找到适当的维吾尔文名词，因此必须再查字典，或者去问其他经验较多的少数民族翻译。为了使哈斯木容易记忆，王殿兴就帮他写了一个"名词记忆本"。王殿兴用汉文正楷写，哈斯木把它们一一译成维吾尔文。王殿兴写的时候，尽可能写得系统化，把同一类的名词写在一起，例如"羊毛的构造""毛囊""脂肪腺""毛乳头""粗毛""细毛""落毛""两型毛"等，都属于羊毛一类，就写在一起，以便哈斯木容易调查。王殿兴写讲稿时也全部用正楷，少用长句难句，多用短句浅句。王殿兴说："我们平时写行草惯了，一旦要写正楷，又慢又吃力。但用正楷写，哈斯木容易认，并且容易据此翻查《汉俄字典》。但假如我永远只写正楷，他就永远只认识正楷，所以隔了一段时间，我在讲稿上慢慢写上几个草字或简笔字。一年以后，我写的草字他已认识了80%，到现在，我写草字已经没有什么约束了。"

每次讲课以前，王殿兴都和哈斯木在一起备课，先由哈斯木把一些新的名词查出来，记在他的“名词记忆本”里面，然后再看讲稿，把不了解的地方提出来，由王殿兴解释。解释工作有时进行得很复杂细致，王殿兴举了一个例子说：“由于哈斯木同志最初不懂百分比如何计算，因而不懂如何计算含脂率，我便先教他学会百分比如何计算。我先举例子问他，现在有100个学生，其中维吾尔族50名、回族50名，我问他维吾尔族、回族学生各占学生总额的百分之几？这他很容易回答，维吾尔族学生占50%，回族学生占50%。但是我又问他，现在有7个学生，其中维吾尔族4人、回族3人，各占百分之几？他就说不出来了。这样，我就告诉他如何算，当他懂得如何计算百分率以后，然后再引导他计算含脂率。”

在备课时，有些问题王殿兴常常讲了好几遍，哈斯木实际上并没有懂，可是觉得不好意思，只好说懂了。王殿兴为了试验他到底懂了没有，就提些问题反问他。哈斯木说懂是懂了，只是还不能用汉语表达出来。最初王殿兴信以为真，可是后来发现学生问哈斯木时，哈斯木答不出来，王殿兴才知道哈斯木并没有真懂。王殿兴说：“在这种情况之下，我就恳切地劝导他在每次备课后，用汉语说一遍给我听。他最初说的时候也确实困难，例如把‘吃饭’说成‘饿了’，有时文法说错了，有时发音发错了。发音发错了，我就用拼音字母给他拼；文法错了，就帮他更正。困难虽多，但我总是一直帮到他真的懂了为止。”

1956年3月，喀什

教学结合生产
——八一农学院访问记

我访问了新疆学院以后又访问了八一农学院，这个农学院是新疆军区生产建设兵团领导的。它一方面是新疆生产部队和新疆各族农民的技术顾问，另一方面又是培养大批新疆农业生产技术骨干的专业学校。它的学生绝大部分都是从部队抽调出来的，其中很大一部分是新中国成立以后各地参军的青年。当我在新疆很多地方的部队农场访问时，经常遇到这个农学院的教师带领着学生在那儿进行生产实习，这个农学院的教育方针是“理论联系实际，教学结合生产”。这一教育方针的推行和前文叙述的新疆学院对少数民族师资的培养，是新疆高等教育中两个比较突出的教学特点，并且都取得了丰富的经验和良好的成绩。

我在八一农学院访问时，主要是了解他们“理论联系实际，教学结合生产”这一个教育方针的实施情况。八一农学院现分农学、林学、水利、土壤改良、畜牧兽医、农业经济6个系和一个农业机械班。我先后访问了在该校担任昆虫、园艺、棉花、牧草、水利等课程的教师。农学系的教师朱懋顺自从1952年八一农学院成立以后，几乎历年都带领着学生到部队农场进行生产实习。他们一年之中有半年在农场里，一般是

3月底或4月初下去，一直到秋收以后才回学校。朱懋顺说：“生产实习对教师、学生和生产部队都是有好处的，我们当教师的，通过这种生产实习，可以得到很多有价值的资料来充实我们的教材，提高我们的教学质量和科学水平。对于学生来说，生产实习不仅可以使他们把在课堂里、书本上所学到的理论知识和实际生产活动密切地联系结合起来，而且通过一次生产实习，可以让每一个学生完整掌握从播种到收割的生产程序。对于我们去实习的部队农场，他们不仅没有负担，反而非常热情地欢迎我们去实习，他们感到我们去实习对他们也有很多帮助。学生每次到部队里去，总会带去一些新的知识，从而提高部队的生产技术水平。很多战士都得到学生的帮助和指导，所以在部队里，战士都叫学生为‘老师’。生产部队和八一农学院成为血肉相连的两兄弟。农学院利用部队农场的各项条件来训练他们的学生，搜集实际的资料以丰富教师的教材；同时农学院的整个教育工作又是为新疆的生产部队，更广泛地说，是为新疆的农业生产而服务的。帮助部队农场解决他们生产上的一些具体问题，为生产部队培养大批技术骨干，研究新疆农业生产上的重要问题，并根据研究的结果更进一步地改进新疆的农业生产。”

下去实习时，教师先把学生带到师、团，先由师、团首长介绍一般情况，然后再把学生分配到连。那时地上雪还没有化，学生分配到连以后，立刻参加部队即将举行的备耕检查工作。这种检查工作对学生有很实际的

植物专家在田野调查植物分布

教育意义，使学生看到哪些处理是合理的，哪些处理是不合理的。例如，有些单位播种机不加遮盖就放在露天，这样对农具保管就是不好的；有些单位把种子堆在阴湿的地方也是不好的。检查种子的发芽率时，先用一个碗，盛着沙，放着水，把种子放在沙里，然后把那些碗放在火旁边（按照技术要求，气温应在20摄氏度左右，火旁边一般有15～16摄氏度），一般三四天就开始发芽。10天之内检查发芽率的高低，一般都在80%以上，但也有只达到20%或30%左右的，这就因为种子收时较湿，后来没有晒过的缘故，遇着这样的情况就必须换种。在检查各项农具的准备工作时，检查在两个桶的旁边是不是已准备着一根扁担，之字耙的螺丝是不是松了，耙齿的方向是否一致，播种机有没有安装好，锄和锨够不够锋利。朱懋顺说："这些小问题，我们过去本来也不大注意，后来看到苏联专家提托夫检查工作时非常细致，连这些小地方也都一一检查，我们也就学习他的先进方法，小地方也不放过。"

1954年起，八一农学院农学系的棉花和粮食两个专科规定每一个参加生产实习的学生都要负责200亩丰产作物的技术工作。地上化雪以后，学生们就纷纷下地，先划定自己的丰产田的面积，了解田地的种植历史，然后就把这一块地的土壤做许多剖面测定，分析这块土壤的质地和结构、过去的耕作情况、肥料翻埋情况和墒度情况等，以便制订今

教师指导中国人民解放军生产部队在田间洒药

年耕作措施时参考，并据此在一个星期内拟订出自己的生产实习计划。实习学生不能离开部队，因而他们的实习计划必须在连的生产计划的基础上制订出来。学生的计划须先送给连看，并由带领实习的教师批准。一切技术措施由学生提出，但仍由连领导确定。

计划批准后就立刻开始工作。这时正是进行春耙的时候，学生要先检查耙地的质量。按照要求，要对角线耙地，耙到4～5厘米深。假如不能达到这个要求，学生就得要求连里再耙。但是春耙是一项十分细致的工作。地湿不能耙，因为一耙反而耙成沟痕；地干了又失去了耙地的意义，对丰产会有影响；最好是在地面上稍稍有一些干的时候耙。所以在春耙的时候，必须随时勘察，随干随耙。在耙地的时候，学生进行着科学的测定工作。例如，用温度表来测量已耙地和未耙地之间的不同的影响。耙了的地，土松了，容易吸收日光，因而地温较高。没有耙过的地，地温较低，一般要相差1～2摄氏度。科学的测定工作，可以使学生从书本上获得的理论知识在实践中完全得到证实。

接着就是春播，这是一场紧张的战斗。对于这一年的整个生产来说，这一场战斗是只许成功，不许失败的。我们现在以种棉花为例，春播前第一步工作是棉籽处理，如晒种、药剂拌种，都由学生指导处理并亲自操作。因为要提高产量，促使棉花提早成熟，部分棉籽用春化处理。最初部队还不会做种子的春化工作，由教师做总的指导，学生做具体工作，部队则跟着学生学习春化技术。种子春化时，一面加温，一面喷水。学生通过实际的操作，获得很多实际的经验。例如，喷雾器必须事先检查，否则如临时发生障碍，不能给种子喷水，就会发生很多问题。水的供应也要注意，在大规模的春化情况下，水的需要量是相当大的，种子在春化的过程中不能临时缺水。朱懋顺举了一个实例说："1954年我们在农场做春化工作时，把两口井的水都用完了，早春渠水因山雪未融，水源枯竭，意外地发生了水荒。部队紧急动员全团的战士用脸盆和木桶从一两里路以外打水供应才算安全渡过难关。那次虽然没有造成事故，但已经搞得非常紧张，这都是因为我们缺乏经验，事先估计不够充分的缘故。像这样的经验教训，在教室里是讲不出的，而且也是预想不到的。经过这样一次实际的经验，将来再拿到教室里去说就更生动具体，更具有说服力了。"

在播种时,学生的主要任务是检查播种的质量。学生不是仅仅在田里看一下就算,还要跟着播种机走。这时有些值班的学生满身插50~60厘米长的芦苇短秆,假如播种机有漏播的地方,就随时在漏播处插上一根苇子,以便补播。另外一些学生还要检查种子的深度和密度。一般要求1米地播70粒种子,假如距离这个标准太多或太少就要停机检查。还有些学生在棉田地上进行种子拌沙的工作,使种子能够均匀地播下来。另有一些学生则参加农机的技术测定,实习的学生没有一个不是在紧张地工作着的。

学生在实习过程中,每经过一个阶段就要做一次总结。春耙以后要做一个春耙总结,春播以后又要做一个春播总结等。累积各阶段总结后,最后还要做一次生产实习总结,全面地运用实习中所搜集的材料加以分析。这种总结对学生学业的提高帮助很大,因为他们亲自做了一系列的工作,理论联系了实际,对许多问题更容易获得深刻的体会。

春播完毕以后就进入田间管理的阶段。当棉苗稍稍显行的时候就要中耕,以便提高地温。接着进行查苗补苗。棉株生长一两个真叶时就要间苗定苗。部队每年都有新来的战士,学生就做了几十根尺子带领这些新来的战士做这些工作,教他们怎样的苗算好苗,怎样的苗算坏苗,以及怎样留苗。一般的中耕、追肥、整枝、灌溉等实际操作,都由部队担任,学生的任务主要是掌握技术。例如,中耕的深度、追肥的时间、整枝的时间、田间的墒度、要不要灌溉等,都由学生掌握,并和连长商量执行。学生对作物的生长情况也须及时记载,以供连、团参考。但在这一个阶段里,学生和部队在某些问题的看法上经常会有些分歧。在这种情况下,一般的程序是,学生把提出的意见先交小组长,再由小组长报告教师和连长。连长对学生提的意见,有时接受,有时不接受。连长不接受时,小组长便再向教师反映,假如教师同意学生的意见就向团里提出,团里调查后再做出决定。但是这样的程序有时会引起连里的意见和误会。因此教师和学生深切地感到,要使连里信任学生,首先要自己做出成绩来,有了成绩,部队对自己自然信任。这方面的事例很多。当棉苗生长后,蚜虫也出现了,接着就要展开防虫的工作。杀虫药水按规定是用烟草0.5斤、熟石灰0.5斤、水60斤的比例配制的。但是1954年农学院的学生在玛纳斯河流域某一个部队出场实习时,发现如法配制的药水，灭虫效果只有10%。学生很着急。后来经过反复检查，才知道烟草是1952年的，因而性能不足，学生建议改变配制的比例，改为烟草1斤、熟石灰0.75斤、水30斤，以加强药水的效力。但是连里因为这个比例是上级规定的，不同意改变。学生就反映给教师，教师和团里都同意改变配制的比例。后来按照学生所提的办法重配以后，杀虫药水的效力提高到82%，那一个农场的蚜虫因此得以基本消灭。同年还有一个例子，那年玛纳斯河流域垦区在苏联专家提托夫的指导下，要求把灌溉的方式从沟灌再提高为细流灌溉。在苏联，细流灌溉是用橡皮管子灌溉的，我们没有这个条件。农学院二年级学生刘世伦，创造性地设计了一块小木板，把木板插在每一条沟口，在木板上开一个小孔，水由小孔里慢慢流出来。最初战士们认为这个方法没有什么意义。但是刘世伦整天在田里试验的结果是：普通沟灌，一人一天可放水11.2亩地；用有孔木板细流灌溉，一人一天可放水14.4亩地。用刘世伦的设计进行细流灌溉，比普通沟灌的效率提高27%。刘世伦因此得到师、团的物质和名誉奖励。1955年，农学院的学生朱光熹、汤剑夷、杨宝丰3人认为原来的单管喷雾器所花费的劳动力太大，建议连里修改，并由他们3个人合力设计。在教师张学祖、张新寰的指导下，把8个喷雾器放在一起，用马拉，在轮子上做杠杆，利用轮子走动，杠杆一上一下，进行喷雾，工作效率提高了5倍。这些事实都说明，学生用实际的成绩来赢得部队的信任，从而更进一步帮助部队提高生产。

7月麦收以前，各个农场都要做一次冬麦鉴定工作。这种鉴定工作比较复杂，一般战士还不能担任，所以通常都由实习的学生来做。学生做这种鉴定工作时，还要连带做很多科学的分析工作。例如，有些麦田每亩产量450斤，有些只产250斤，其中的原因究竟何在？这里面就要进行一系列的分析研究。例如，用牲畜耕地和拖拉机耕地有什么不同？春耙过的和没有春耙过的有什么不同？幼苗时曾经倒伏过的和没有倒伏过的有什么不同？缺水的和不缺水的有什么不同？施过磷肥的和没有施过磷肥的有什么不同？在不同时期收割的有什么不同？这样细致的分析研究，就会使学生发现很多问题，搜集很多材料。例如，经过这种分析，他们知道春耙过的土地的产量比没有春耙过的高6.2%，这样就使学生对春耙的重要性更增加了认识，并使他们以后指导他人春耙时，可以用这些具体的事例来说服他人。

科学的分析研究工作贯穿在整个的生产实习里，教师则负更大的责任。1955年春天，某些农场的冬麦死亡率很高，部队就问教师要不要翻种。当然，究竟翻种不翻种这个问题应该由部队自己决定，但是带领着学生到部队农场实习的农学院教师，他们同时担任着师或团的农业生产委员，对部队提出来的疑难问题应该负责地提出自己的意见。由于教师的意见会很大程度影响部队的决定，因而教师们在回答这种问题时感到所负的责任很重。但是这种问题既不能完全依靠理论和书本，也不能完全依靠过去的经验，主要靠调查现场的情况，根据实际的情况再做决定。教师根据所得到的资料，认为那年有些冬麦的死亡主要是由于耕作技术不当所致，因而加重了冬麦受雪腐病的危害。教师一面分析研究，一面把怎样测定分蘖数和分蘖节入土深度的方法以及如何检查雪腐病的方法告诉学生，叫学生也到现场进行调查。学生通过实际的工作学会了怎样测定的方法，同时他们测定以后也可以提出他们的意见。学生测定的结果和教师测定的结果一致，这就更增强了资料的可靠性。教师根据调查的资料，认为有些分蘖还可发芽，只要加强田间管理无须翻种。他们提出加强田间管理措施后，结果每亩获得了200斤的产量。在新疆，不仅1955年发生过冬麦死亡的现象，过去也经常发生冬麦死亡的现象，所以教师不仅具体地帮助部队解决了那次要不要翻种的问题，而且通过实际的调查，搜集了很多资料，以

八一农学院的学生在生产一线进行土壤分析

便回学校以后进行进一步的研究。八一农学院的学术委员会根据教师们的实习报告，把这个冬麦死亡问题列为1956年的研究题目之一。这种研究工作既可提高教学的质量，又可为新疆农业生产解决一些根本性的问题。

八一农学院师生在部队农场进行生产实习，对部队生产和新疆农业生产的发展也有很多贡献。1955年春天，教师关晋桀和学生郭宽子经过多次的挖掘发现了这样的规律：在秋耕秋灌地的田埂的南坡3～5厘米的地方藏有棉铃虫的蛹。这是一个很重要的发现，因为过去一直找不到棉铃虫的蛹究竟潜藏在什么地方。一个蛹一般可产800个卵，假如能及早消灭一个蛹就等于消灭了800个棉铃虫。后来部队照这个经验在全师展开了挖掘棉铃虫蛹的工作。另外昆虫学的教师张学祖在荒地调查时，发现在一种紫草科植物上有棉铃虫的寄生物。根据这个发现，再检查棉田中的紫草科植物上也同样有棉铃虫的存在。过去以为棉铃虫都在天仙子植物上，这时才知道紫草科植物上的棉铃虫比天仙子上的棉铃虫还多，因而建议部队农场消灭棉田中的一切紫草科植物。

八一农学院教师通过指导实习，对提高苜蓿产量和利用芦苇做青储饲料也是有贡献的。在北疆一带，通常苜蓿只能年收2次。但根据八一农学院的试验，认为可以年收3次。在苜蓿每次开花时收割，不仅可收3次，增加产量，而且质量也好，质地较嫩。1955年在玛纳斯河垦区中推广后，由原来每亩年产800斤的，可以提高到每亩年产1000斤以上。有的甚至可以年收4次。关于利用芦苇做青储饲料，1954年夏天也试验成功，在部队推广时受到广泛的欢迎。当芦苇长到7个叶子或8个叶子时，割下铡成2～3厘米长。入窖密封，使之自然发酵，产生乳酸，牲畜吃了很容易消化。新疆各地的芦苇很多，用芦苇做青储饲料，既充分利用了当地的自然资源，又可减低牲畜饲料的成本。假如用玉米秆做青储饲料，每100斤的成本约为1元；但用芦苇，每100斤的成本只有3角。1954年用芦苇青储喂养乳牛，乳牛产乳量提高了26%，现在南疆有些地方也在推广这个经验。

我在八一农学院访问了教师以后，又访问了农学、林学两系的好几位同学。他们过去大都没有接触过农业生产，进了八一农学院以后，最初虽然从书本上获得了一些理论知识，可是初下去实习时还是经常闹笑话，许多具体问题一下子摸不到头绪。后来经过亲自操作，才一步一步把理论和实际联系起来，学到了很多实用的知识，增加了很多实际的经验。他们举了一些生动的例子，说明八一农学院的"理论联系实际，教学结合生产"的教育方针是正确的，对他们有很大的益处。农学院四年级的方孝庭同学说："有很多问题，虽然书本上也说到了，教师在课堂上也讲了，但不经过实际操作还是搞不清楚。书本上说的只是一般的原理，具体做时还要灵活处理。"例如喷药，书上只说用药水喷杀蚜虫，但怎样的喷法，什么时候喷效果最好，这些问题书上都没有说明。他们经过实际的摸索，知道早上喷要比中午喷效果好些，因为早上气温低，大气下降，喷的药水容易下沉。到了中午，地上晒热了，空气上升，药水就不容易下沉。要是经常在棉田中杀虫，就会摸索出害虫究竟在棉花的上部、中部还是下部。再比如，棉盲蝽一般都在棉花嫩的地方，而红蜘蛛开始在棉花的下部，后来则慢慢爬到了棉花的上面。喷药时，假如只是一面走，一面喷，这样还是打不死蚜虫，要来回往返地喷，生长点上还要特别多喷些。方孝庭同学还说了一个故事。有一次他们喷药时，正巧前一天田里刚刚灌过水，地没有干，按照他们原来的规定，1亩地是喷3斤"六六六"，但那次他们1亩地喷到5斤上下，这是因为地湿不好走，走得慢，药也就费得多。这种经验只有从实际操作中才能体会到。

又如绿肥的问题，书上只说绿肥可以肥土，以补畜肥的不足。但绿肥的肥力如何计算书上没有谈到。后来他们在教师的指导下，实际学习了如何测定绿肥肥力的方法。他们计算出每平方米内茎叶和根的重量，然后得出每亩绿肥的重量，也就是测出每亩可产多少肥力。绿肥开花的时候肥力最大，通常都应该在绿肥开花的时候就把它翻入土中。测定绿肥的肥力也应在它开花的时候测定，而不是等它结了荚再测定。这些他们都在实践中得到了实际的经验。

书本上说，小麦如灌水过多，茎秆因之发软，麦秆容易倒下。假如小麦在灌浆时期（乳熟时期）倒下，产量就将有较大的损失，因为麦秆倒下以后，养分就无法充分输送到麦穗中去。有一次方孝庭他们看到一块地里的冬麦都倒了下来，他们就问战士，这块地上的冬麦是不是在同一个时候倒下来的？战士回答，有一部分冬麦是在拔节时（即开始长茎时）倒下的，有一部分是在乳熟时期才倒下的。在那次收割的时候，他们就把在拔节时候倒下的、在乳熟时期倒下的以及没有倒下的冬麦，每种取1平方米若干点，做了一次比较研究。结果是：假如没有倒下的代表正常，作为100；在拔节时候倒下的，仅损失5%；而乳熟时期倒下的，损失达到58%。方孝庭同学说："书上说到小麦如倒伏，产量有损失。也曾说过，某种情况的倒伏损失小，某种情况的倒伏损失大，但是究竟小到什么程度，大到什么程度，书上没有说明。我们经过这次分析实验得到了具体数据，同时也知道在小麦灌浆的时候对于小麦的灌溉以及田间管理都应更加注意。"

农学系的学生都学过农机（包括拖拉机动力和农具部分）和植物栽培这两种课程，在进行中耕的时候，就要把这两门课程密切地联系起来。关于中耕器入土的角度，书本上只说：入土的角度愈大，翻土愈深，但在调节中耕器的深度时，究以何种深度为切当，书上就没有说明了。理想的中耕是：前面中耕器走过，开成一沟，后面覆土器走过，就把两旁的土覆盖，正好把地盖平，而要达到这样的理想境地，就只有通过实际

八一农学院师生深入沙漠研究沙丘运动规律

操作逐步摸索。又如中耕时，要经常注意马的休息，不使之过分疲劳，而这种经验，书本上根本没有提到过。

方孝庭同学叙述了很多的事例以后，总结他和他们一班同学的学习时说："我们经过4年在八一农学院所受的训练，现在大家都有这样一个基本思想，就是学习一定要联系实际，并且把自己的学习和研究为解决实际问题而服务。我们初进八一农学院时，对于农业生产什么都不懂，这几年来在党的培养下，我们成长起来了，我们就应该发挥自己的能力，全力发展新疆的农业生产。我们现在都在准备毕业论文，而我们在选择毕业论文的题目时，首先考虑的一点就是在部队农场中是不是存在着我们打算研究的那个问题。我们最主要的是想把我们学到的理论知识应用到一些具体问题上去。例如，我们有一位同学搜集了车排子、炮台、乌鲁木齐一带的气象资料，他搜集这些资料的目的，乃是使他自己可以独立思考来研究一个问题，而他要研究的问题就是北疆的棉花播种期什么时候为最适当。我们现在要使自己养成独立思考的能力，养成独立思考解决具体问题的能力。我们这一班在1956年都要毕业，我们现在每个人都想在技术上、工作上、思想上全面做好准备，希望毕业以后走到具体的工作岗位上去，为具有无限发展前途的新疆农业生产而努力。"[1]

[1] 本篇报道，原书未注明写作时间与地点。

新疆远景

新疆是我们祖国的一块宝地。它的土地辽阔，但生活在这一片土地上的人不多；它的景色壮丽，但称道并欣赏它的景色的人很少；它的物藏富庶，但认识它开发它的人更少。新中国成立以后，在共产党的领导下，这一大片土地逐渐活跃起来，它逐渐受到人们的注意，为很多爱国青年所向往，并被一致地认为有着极大的开发前途。它的突出之处，不仅是由于它的土地辽阔，更重要的是由于它具有多方面的开发价值。

新疆目前还是一个农业地区，将来新疆也永远是我们祖国一个具有巨大潜力的农业基地。谈新疆的农业，得先谈新疆的水利。自古论新疆的人都有这样一句话：有水斯有土。在农业生产上，灌溉地区是最珍贵的农业地区，因为水受人力的控制，不致遭受天然的灾害，而新疆的农作区几乎都是灌溉地区。新疆每年究竟有多少水量？旧时代遗留下来的水文资料很少。这几年，新疆陆续在各大河流设立了60多个水文站，今年计划再增设100个水文站，到今年冬天，大体上可以估算出一笔水利账来。按照目前的估计，新疆全年地面上的水量约为600多亿立方米。除了地表水以外，新疆还有着巨量的地下水，将来也需加以利用。但新疆的地下水究竟有多少，必须先做好水文地质调查工作，而

新疆天池风光

且要把新疆的地下水源全部搞清楚才能算出这笔账来，目前还不容易估计出一个近似的数字。

这些水能够灌溉多少土地，首先决定于1亩田要消耗多少水，这就牵涉到土地的灌溉和水的管理是否科学合理的问题。目前新疆水的浪费是很大的。一方面是灌溉浪费，一方面是损漏很多。苏联水利专家沃洛宁1954年在新疆玛纳斯河流域视察时报告，包括渗漏和蒸发等损失在内，每亩地消耗的水量约为750立方米。但是这每亩消耗750立方米水的计算，按照近几年来的观察，其中只有十分之三上下真正灌溉了土地，其余十分之七上下都是渗漏损失掉了。我在1955年1月27日的《新疆日报》上看到一篇文章，说玛纳斯河和奎屯河的水约80%都流失了。随着国家对农业生产管理的日益加强和农业技术的日益提高，国家对水的管理必将逐步提高，灌溉日益合理，每亩的平均用水量可望逐步降低，同样数量的水将来就可以灌溉更多的土地。例如，乌鲁木齐河的水量，在新中国成立前灌溉6万亩土地还嫌不足；新中国成立以后，由于上游兴建了水库，又用石块补砌渠道，减少了渗漏，现在已经可以灌溉23万亩土地。新疆的全部面积将近170万平方公里，约等于25亿亩，其中可耕地过去一般的估计是1.1亿至1.2亿亩，近来估计约为2亿亩。假如一方面增开水源,加强水的管理,一方面合理灌溉,减少水的浪费,新疆的水和新疆的可耕地,大体上也还是可以求得平衡的。

到1955年底,新疆全区的耕地面积是2552万亩,播种面积是2238万亩,预计在12年内要开荒6000多万亩,到1967年,新疆的耕地面积将扩大到8600万亩,播种面积扩大到7500万亩。但要扩大耕地,须先兴修水利。为了把不用的水蓄起来,以便用之于需用之时,就要建设很多水库;为了把水从它所在的地方引送到需要它的地方,便要修建一系列的渠道;为了进一步利用地下水源,将来还要更多地运用坎儿井、自喷井和深井抽水等方式。现在新疆正在积极地有步骤地进行全自治区的河流普查工作,编制流域规划,新建和改建各项水利工程,以创造大规模发展农业的条件。现在我在这儿谈一些简单的轮廓。先说天山北麓。天山北麓的主要农业地区之一是玛纳斯河流域垦区。这个流域东起玛纳斯县的塔西河,西至乌苏以西的四棵树河,可耕地约为500万亩。在这一流域里,将修建一系列的水库。目前已修好及正在修的,从东往西有大泉沟水库(蓄水4000万立方米)、车排子水库(蓄水2000万立方米)和柳沟水库(蓄水7000万立方米)。计划要修的有夹河子水库(蓄水1.2万立方米)、蘑菇湖水库(蓄水2万立方米)、安集海水库(蓄水

新疆红雁池蓄水库的低水位放水闸

5000万立方米)、奎屯河水库(蓄水4000万立方米)和钟家庄水库(蓄水2000万立方米)等。这些水库,预计在1960年前都要修完。天山北麓的另一个农业区是乌鲁木齐河流域,这一流域东起奇台,西至玛纳斯县,可耕地为400万至800万亩。在这一地区,已修了红雁池水库(蓄水5000万立方米)、猛进水库(蓄水6500万立方米)和八一水库(蓄水3000万立方米),还要修头屯河水库、三屯河水库以及乌拉泊水库。另外可能再在达坂城修一个水库,但那是打算给吐鲁番地区送水的。在天山南麓,计划中的大工程之一是开都河的改道。目前,开都河的水流入焉耆东面的博斯腾湖,再由博斯腾湖经哈满沟流入铁门关以南的孔雀河。博斯腾湖沿湖一周约为300公里,开都河的水在这个湖里绕一个圈子,要半年以后才能流入孔雀河。博斯腾湖的湖面很广,水的蒸发量很大,从开都河流入湖里的水,三分之二以上都被蒸发掉了。同时,湖的水位高,开都河下游和沿湖地带的地下水位也随之提高,从而增加了土地碱化的程度。目前,计划在焉耆西面的阿拉毛墩开一条新河,把开都河水直接引入孔雀河。这样,一可以避免河水因盘旋于博斯腾湖而被大量蒸发;二可以降低博斯腾湖的水面,使滨湖地区增加100万亩左右耕地;三可以降低开都河下游的地下水位,减轻那一带土地盐碱化的

横跨开都河的90余孔的大桥

中国人民解放军用拖拉机开垦荒漠，使原野变成了良田

威胁。

开都河水直接流入孔雀河以后，将从孔雀河再开一条新渠道，经过尉犁县的东面流到从尉犁到若羌之间的铁干里克一带。在历史上，那一带曾经有一个时期，也是一个水足草秀、农牧并茂的地方，后来由于塔里木河的改道，水走了，土地遂被遗弃荒芜。计划中的新渠道开辟后，那一带的土地将重新复苏过来，估计将可开垦300万到400万亩。这条新渠道将长达200公里以上，河面宽，流水量大，并且将来可以通航。

在开都河的上游将修建一个大水库，称为裕勒都斯水库。水库的库址已经找到。目前，全国水库的库容以官厅水库为最大，计21亿立方米，造价也以官厅水库最低。计划中的这个裕勒都斯水库，库容和官厅水库相似，但造价比官厅水库还要低些。此外，当把开都河水通过铁门关引入孔雀河时，也将利用地形发电。

天山南麓的另一个大计划是要把阿克苏河流域和渭干河流域连接起来。阿克苏河的水量较大，它的年净流量有60多亿立方米。目前生产部队在阿克苏河的西面开了一条长达100多公里的胜利渠，把阿克苏河水引到沙井子和哈拉库勒一带，开了3个胜利农场。还打算把胜利渠的水引到阿克苏河下游南面的乌鲁桥一带去。胜利渠将负担灌溉大约100万亩的耕地。在阿克苏河的北面，即从阿克苏、温宿、拜城，一直通到沙雅和新和，这一大片土地上有1000万亩以上的荒地可以开发。计划中要从阿克苏开一条长达300公里以上的渠道通到库车。这条新渠道规模很大，它的流量将达到100～150立方米每秒，将来也可在渠道中通航。目前，库车到阿克苏的公路，是从库车西北翻山经过拜城县到达阿克苏的。这条公路线不久即将改道，新路线将向南移，离开库车后即向西南方向通到阿克苏。改线是为了这一大片处女地的大规模开发。同时，将来在库车还要修筑水库，并把新的渠道继续东开，一直延伸到尉犁。

以上就是在可以预见的短短几年以内将要实现的天山南北改变自然面貌的巨大计划的一部分。按照这个伟大的改造自然的计划，在天山的北麓，从奇台到精河这长达600多公里的一大片原野上，将有自有历史以来荒芜至今的一千几百万亩土地被开垦变为良田。仅仅是新中国成立以后这几年，我们在天山北麓这一条公路上走过时，已看到公路两旁的面貌有着很大的改变。那一带不再像人们所想象的那样荒漠连片，很多地方都已变成了肥沃的棉田和粮田，作物和防护林给人们带来了象征着生命和希望的翠绿的颜色。很多地方出现了一幢幢新式的建筑，夜晚走过还看到闪闪耀目的电灯。要是再过五年十年，这一带必将出现更多的规模巨大的国营农场和新的农庄，水库和渠道将接连成为一个有机的灌溉网。公路和电线四通八达，将成为这一片土地上无数活血的脉络。不仅农牧产品有巨量的增加，随之而来的是工业的发展及各族人民物质文化生活的不断改善。

水利工程的放水涵洞

在天山以南，自然面貌的改变将比天山以北更要显著突出。在阿克苏河、渭干河和塔里木河这一块三角地带，一向是一片苇湖、草滩和丛林的处女地，现在将被英雄时代的英雄人们英勇地开垦出来。另外，从尉犁到铁干里克那些素来被人遗弃的地方，由于新的渠道的修建和巨量土地的开发，不久将会出现新的城市。两地的垦荒工作，都将在规模巨大的、完全正规化的，并在很大程度上机械化的情况下进行。而且由于那些地带过去荒无人烟，所以在开发过程中将不会发生任何土地纠纷问题。开都河的改造工程1956年即已着手进行，从阿克苏开一条新渠到库车的计划，1957年就要进行。这些计划实现以后，那两个原来是荒芜安静的地方将变为富庶热闹的地方。这确实是巨大的可以自豪的历史改变。将来还有可能从阿克苏河流域通过新建渠道，一直通航到开都河流域，这也是前人做梦也想象不到的事情。至于那条历史上久享盛名的塔里木河，在这伟大的改造自然的计划下也将改变它的命运和地位。这一条河将来虽然仍将存在，但是不再成为南疆的一条主流。在社会主义社会里，它也将负担起新的历史任务：它主要将成为那一带巨大的农业区的一条总排水道，并容纳来自天山的特大洪水。

根据上面所谈的轮廓，可以预见新疆农业生产的广阔前景。到1967年，新疆年产各种粮食共达205亿斤。7500万亩的播种面积中，棉田面积将达1500万亩，1967年棉花的总产量约为16亿斤皮棉。在作物的品种上，除了小麦、棉花、水稻、玉米、高粱以外，还要扩大大豆、油菜、芝麻、薯类、甜菜、烟叶等作物的种植。棉花生产中，长绒棉将占到10%左右。新疆的瓜果也很有名，要大力发展葡萄、哈密瓜、苹果、香梨、桃、杏等园艺生产。瓜果的种植面积要从1955年的65万亩扩大到1967年的550万亩。农业生产的巨大发展使得新疆有能力解决自治区数倍于今日的人口的粮食、瓜果和蔬菜的供应和将近6000万头牲畜饲料的供应，并有条件供应一部分轻工业所需要的经济作物原料，为新疆大规模发展工业创造有利的条件。

新疆地域太大，国家的地质勘测力量有限，对新疆的地质调查工作还是一个开端，要把新疆地下资源估算出来还需经过一段相当长的时间。新疆工业建设的远景，现在只能谈一个轮廓。先说石油。新疆的独山子油矿已有20多年历史，人们很早就知道新疆出产石油。最近在准噶尔盆地的西部、独山子北面约160公里的克拉玛依发现了规模巨

新疆的煤炭资源

大的油田，引起了全国极大的注意。这个地区的地质情况简单，油层浅，油出得快。关于这一个油区的开发前景，我已在前面《访前景壮阔的克拉玛依油区》一文中叙述过了，现在国家正在大力加速开发这个油区。公路正在积极修筑，房子正在大量修建，巨量的器材和人力正像潮水一样从各地拥进去。要不了很久，在那荒芜的原野上就将出现新兴的石油工业城市。在新疆，石油资源并不仅限于天山北麓，从乌拉斯台经独山子到安集海以至更东这一条山前洼地线和从克拉玛依到乌尔禾这一个地台区，在南疆的库车、拜城一带和喀什、莎车、巴楚这一个三角地带，地下都有石油。吐鲁番盆地也有石油。新疆的石油资源是丰富的，有着很大的开发远景。

煤是工业的主要动力原料之一。新疆煤炭资源也很丰富，在天山北麓，东起奇台，西迄乌苏、精河一带，这一条煤线长达五六百公里，煤的厚度达到100米以上，含煤系数达到18%。现在乌鲁木齐市的地下就是一个大煤田。乌鲁木齐市区过去主要集中在乌鲁木齐河的东面，由于地形的限制，不易发展。现在再加上市区地下是一个待开采的大煤田，这个城市将有计划地向西北移动发展。哈密也有煤，目前柴达木盆地用的一部分煤就是由哈密供应的。伊犁也有煤，可供将来当地发展工业的燃料之用。在天山南麓，从库车到阿克苏和从莎车到和田这两条煤线，都长达300公里以上，煤的储藏量很大。阿尔泰山一带的煤田较少，目前仅知额尔齐斯河南面的和布克赛尔山中有煤，其他散在天山南北各地的零星煤矿也还很多。将来青海和甘肃河西走廊的一部分用煤也将要由新疆供应。

新疆铁的储量也是丰富的。伊犁地区尼勒克的赤铁矿是有名的，成分也好。在富蕴和和静也有巨大的铁矿。鄯善的硫铁质量也很好。吉木萨尔和乌鲁木齐则都有菱铁矿。到1967年，尼勒克将成为祖国最西部的一个综合性的钢铁工业基地。

除了石油、煤、铁以外，新疆还有很多矿产，如铜、铝、铅、锌、钨、锰、重晶石、盐、石膏、硫黄等等。南疆的库车、拜城、乌恰一带都有铜矿，尼勒克也产铜。铅锌矿的分布很广，主要在乌恰到莎车一带，焉耆一带也有锌矿。过去钻井泥浆所用的重晶石都是从苏联运来的，最近在伊宁发现了重晶石矿，并已生产。至于新疆的盐，几乎到处皆是。阿尔泰山地区还出产稀有金属。

在轻工业方面，新疆将成为祖国的纺织工业基地之一。前面说到，到1967年，新疆将年产皮棉16亿斤，大约可供500多万个纱锭之用。在12年内可能设置大约200多万个纱锭，可以消费本地所产棉花的半数，其余半数供应。按照现在国家的要求，一个纺织厂最适宜是设置9万个纱锭，每6个纺织厂为一组，再加上一个印染厂、一个热电厂、一个化工厂，构成一个联合企业。到1967年，新疆将建成4个组，其中一个组设在石河子，两个组设在库尔勒，一个组设在阿克苏。石河子的纺织厂1958年就要兴工，库尔勒的1960年兴工。

考察队进行田野调查

工人师傅学习发电的程序和机器的构造

除了上述四大工业以外，新疆当然还将有很多其他较大的工业。农业生产既然在一个巨大的规模上发展，必然随之要建立一些农业机械厂和拖拉机修配厂。在伊犁，将建立玻璃制造厂。在乌鲁木齐，除了现有的水泥厂以外，将再建立一个规模较大的水泥厂。为了配合南疆的发展，南疆也将建立水泥厂。在和田、莎车、阿克苏，将分别增建缫丝厂。此外，新疆还要修建毛纺织厂、麻袋厂、榨油厂和制糖厂等等。

将来我们从东往西看，在新疆的中路，哈密、乌鲁木齐、石河子、乌苏、尼勒克、伊宁都将成为新兴的工业城市。哈密地势开阔，位居新疆东口，在内地对新疆进行物资供应的交通线上占有有利条件，将来这里会出现若干大的工厂。石河子将成为北疆的一个以纺织工业为重点的新的轻工业城市。除了纺织工业以外，由于它有着整个玛纳斯河流域垦区作为它的原料基地，因之它还可能有制糖工业、榨油工业和食品加工工业。独山子、克拉玛依和乌苏可以联成一个单位，这一带将成为石油工业及其附属工业的一个工业地带。在新疆的南麓，库尔勒、库车、阿克苏、喀什、莎车、和田将成为一条未来的工业城市线。库尔勒也是以纺织工业为中心，铁门关的水力发电对那儿的工业建设是一个有利条件。将来莎车的发展前途也很大，因为它的燃料和水力条件都比喀什好。在新疆的北部，富蕴已经成为一个工业城市。

配合这样规模的工业建设就应该有相应的电力工业。伊犁河、开都河、玛纳斯河、阿克苏河、渭干河等河，都可以水力发电。再加上火力发电，新疆将来的电力是十分充足的。

新疆地域辽阔，交通问题是有史以来一直未能得到解决的问题。不要说从前骑马或步行的时代，就是有了汽车以后，在新疆旅行也还是一件十分困难的事情。现在坐运输公司的汽车，从乌鲁木齐到伊宁要走4天，从乌鲁木齐到喀什要走7天。过去从兰州到乌鲁木齐要走十二三天。可是这个历史上一直未能解决的交通问题，在12年以内大都可以得到解决。目前兰新铁路日益西进，预计1958年可以铺到乌鲁木齐。这一条铁路基本上解决了从内地到新疆的交通问题。第二个五年计划内，将从吐鲁番延伸一条铁路，经库尔勒、库车、阿克苏到达喀什，这条铁路预期于1967年以前通达喀什。这条铁路通车以后，加上早已通车了的兰新铁路，基本上解决了新疆维吾尔自治区内部的主要交通问题。第三个五年计划内，还要从喀什向东修一条铁路，经过莎车、和田、且末、若羌通到新疆和青海交界的金鸿山口。由此再分两路，一路向东经茫崖和柴达木盆地的铁路衔接，另一路向东北经敦煌和甘肃衔接。另外，再从库尔勒修一条铁路经铁干里克到达若羌。这样，南疆的交通问题就全部得到了解决，而且环成一圈。至于北疆，将从乌苏修一条铁路翻过天山通达伊宁。另外要修一条铁路到阿勒泰。由于最近克

兰新铁路永登以西的庄浪河二号桥

拉玛依油区的发现，通达阿勒泰的一线将由独山子附近延伸出去，通过克拉玛依油区而达阿勒泰，这条路线将提前修筑。这样，北疆的交通问题大体上也算得到了解决。

目前，新疆的航空交通已经相当普遍。从乌鲁木齐到兰州每星期有5次飞机，通过兰州可以和国内其他大城市通航。在新疆维吾尔自治区内部，乌鲁木齐到伊宁、库车、阿克苏和喀什，每星期都有2次飞机。最近南疆的航线又扩展到了和田，使从和田到乌鲁木齐公路长达2400多公里的路程，乘飞机一天即可到达。从乌鲁木齐到阿勒泰的航线最近也已开航，这样，新疆各主要城市就都能在一天以内到达乌鲁木齐。

在旧时代，由于文化闭塞、交通阻隔，新疆和内地在经济、文化等交往上都受到很大的限制。就内地来说，大多数人对新疆的情况不了解，对新疆真正巨大的价值不了解，并由此在感情上对新疆不关切，不向往。旧时代偶尔从新疆回返内地的人们，常常片面地夸大新疆落后的一面，以致长期来，人们受着那些片面的不真实的传说的影响，一提到新疆便以为那儿除了寒冷、荒凉、贫穷、落后以外，一无可取。其实，在新疆，在冬天，天山以北虽然较冷，天山以南却很暖和。像喀什、和田一带，过冬可以不穿皮衣，不穿棉鞋，比北京的冬天还暖和。就新疆的面积来说，北疆只占三分之一，南疆占到三分之二，也就是说，新疆的冬天，冷的地方少，暖和的地方多，可是从来只听到人说新疆冷，很少听到人说新疆暖。即此一端，可见过去对新疆的谈论，偏而不全。又如很多人以为新疆有大戈壁、大沙漠，既然戈壁、沙漠都是不毛之地，便以为那儿出产很少，地方很穷，生活很苦。实际上，新疆地利之肥，矿产之富，土地之广，前途之大有可为，都是极其吸引人的。虽然改造沙漠、戈壁要花很大的力量，但目前新疆除了真正的沙漠、戈壁地带以外，等待着人们去开发的处女地还很多，除了2亿亩可供农业耕种之外，还有4亿亩可供发展牧业之用。新疆的工业资源不仅储量大，而且品种多。这些都说明新疆有着巨大的综合开发价值。兰新铁路通车以后，全国对新疆的人力、物力、技术的支援就可以在较大的规模下源源西移。这几年来，党在新疆的努力，等于为开发新疆写下了一页序言。一个巨大的、崭新的、划时代的建设局面接着就要广泛展开。在新疆，要走几十、几百里才能遇到一个村子的那种荒凉的景象将逐步成为过去，而物质和文化繁荣富庶的程度将与日俱增。各族人民在党的领导下，将更大地发挥他们在建设祖国边疆的社会主义事业中的力量，用自己光荣的劳动来创造富裕幸福的生活。而数以千万计的优秀爱国男女，在党的爱国主义号召下和少数民族政策教育下，也都庆幸自己能够获得光荣的机会在那广阔无边的大地上纵横驰骋，为祖国的边疆建设贡献自己的才能、智慧。这个各民族结成的铁的巨人正在豪迈地奔向一个又一个新的胜利！

1956年7月，北京

天山上的红领巾

当我访问石河子新城的时候，我抽出一天时间去游了天山。先在紫泥泉子和石场两地参观了生产部队的种羊场和休养所以后，便一弯接着一弯地徐徐上盘，要翻过达子庙高峰。当车子越上越高的时候，呈现在我们面前的景象也就越开阔壮观。纵目北望，看到那铺展在我们脚下的、直到新中国成立以后才创造成为祖国的一个杰出的大棉区的玛纳斯河流域大平原，这时已是莽莽苍苍，成为一片烟雾了。我们祖国的大地是无极无终的，我们祖国的富藏是无竭无穷的。然而那样美好可爱的土地，过去竟然荒芜连年。现在历史改变了，在这片广阔肥沃的大平原上，拖拉机在安静的旷野上开始发出粗犷的声响，泥土在河水的滋润下不断吐出芬芳的气息。粮田和棉田的面积，一年比一年扩大。不要很久的时间，铁路就要在这大地上通过。铁路将像一支输血的针管，当它一扎进了这枯竭多年的土地，就将使这片大地更加跃动起来。

当我们终于到达达子庙高峰峰顶的时候，另一幅震人心弦的巨大的图景又出现在我的面前。啊，这就是天山！当我在小学教室里读书的时候，就听到过天山，中国有多少人在很小的时候就已经知道中国有一个天山啊！而现在，我终于第一次站在它的面前。虽然从达子庙峰峰顶到对面的山岭，中间依然隔着好几公里的浅谷浅坡，然而那开阔的浅谷不仅没有冲淡对面山岭矗立的深度，反而格外衬托出它的豪迈浑厚。满山的云杉，姿色挺秀，色调森严，而在那长满着云杉的山岭后面，是层层雪峰，上接云天。浅谷中随处扎着一些蒙古包，使这深邃幽致的山林里更增加了边疆的民族风情。在这旷荡的山坳里，一个蒙古包远看起来只剩下白白的一点，而这白白的一点又反过来衬托出山林的深大旷静。

我们越过峰顶，不久就到了林场。从奇台西迤伊犁，绵延千里，都长着这种绰约多姿、既高又直的云杉。天山的树木，只长山阴，不长山阳；不长山顶，不长山麓，只长山腰。这一带的林木，最高的达到40米以上，一般也都在30米上下。直径最粗的有70~80厘米，平均直径约20厘米左右。林区最稠密的地方，一平方千米中有1600多株。这绵延千里的丰富的木材，成为新疆社会主义建设的一个巨大的富源。

正当我和林场工作的同志谈话时，蓦地听到背后有一个女孩子的声音："伯伯，您好！"

这一句问候使我在一刹那完全忘了我是在石河子、在天山，我以为我是在北京的街道上遇见了什么亲眷。然而当我接着听到那像倾盆大雨跌落而来的你一句"伯伯，您好"、他一句"伯伯您路上辛苦了"的时候，我的

天山中部常年覆盖冰雪的群峰

维吾尔族少年看画报

神志立刻恢复过来，原来我被几十个少先队员包围了起来。他们的骤然“袭击”竟然解除了我的思想准备，使我一下子不知所措。他们每个人都争着和我握手，前面的孩子不肯让，后面的孩子又争着挤过来。

我那时完全沉浸在热情的海洋里。孩子们是那样天真热情地欢迎着一个生客，因为这个生客是从我们伟大祖国的首都来的，是从党中央和毛主席所在地来的。

他们集中了所有的热情问候毛主席。他们的脸涨得红红的，眼睛睁得大大的，他们是那样自发而又一致地问候毛主席。实际上，他们不仅关心毛主席的健康，还关心着毛主席的一切，他们是多么想知道更多有关毛主席的事情。你听他们问：“毛主席每天吃些什么？”“毛主席睡不睡午觉？”“毛主席看不看电影？”他们是多么天真，又多么真挚，当我告诉他们毛主席的个儿比我还高、还魁梧的时候，他们是多么兴奋地鼓着小手掌，嘻嘻哈哈直乐！他们太清楚他们自己和毛主席的关系了。他们今天所能享受到的一切幸福，都是同毛主席的名字分不开的！然而这还不是真正重要的。真正重要的是：在他们的一生里，他们将永远跟着这个伟大的领袖走，遵循着伟大领袖所指示的道路，把自己的全部生命毫无保留地贡献给自己伟大的祖国和伟大的社会主义建设事业！

各族少女走在林荫大道上

孩子们蹦蹦跳跳，要我讲北京的故事。可是北京的故事该从哪儿讲起呢？幸而一个女孩子给我解了围，她要我讲讲北海。于是大家就安静地在山坡上坐下来，我给他们讲北海：讲琼岛白塔、讲九龙壁、讲五龙亭，说五龙亭后面有一个“少年之家”，说北京的少先队员经常在星期日去北海过队日，有的还划着小船和海军联欢。我又说北海的南面有个中南海，中南海里长着密密的树林。夜晚，你从那用汉白玉砌成的、有着五个桥洞的、像一条玉带似的横跨在北海和中南海之间的北海大桥经过，看到南面那远远地倒映在水面的堤岸灯影，美得真像一个神话似的地方，我们各族人民的伟大领袖毛主席，就在那儿辛勤地劳动着。毛主席一直关心我们的下一代，嘱咐你们要身体好，学习好，工作好！他希望你们好好学习，好好锻炼身体，将来争取做一个建设社会主义社会的模范旗手！我问：“你们的身体好不好？”“好！”“学习好不好？”“好！”“生活过得好不好？”“好！”“谁给你们带来了幸福？”“共产党、毛主席！”“你们大了能不能参加祖国的社会主义建设？”“能！一定能！”

我们这样一问一答，一唱一和，说说笑笑，就像一盆水在地面上泼开了似的，孩子们都乐开了。

这些孩子就是我前一天在石河子新城参观的第一子弟小学的学生。他们是由几个老师率领，自己带了米、菜、衣、被，翻山越岭，到这林场来度夏令营生活的。这地方一面是葱郁的森林，一面是绿油油的草坡，孩子们在这儿爬爬山、讲讲故事，生活得多么轻松愉快！孩子们上天山过夏令营，这简直是不能想象的。这就是新中国的生活，这就是新中国的气派！当我要回石河子的时候，孩子们又拥了上来。车轮在人海中一寸一寸地移动，每个人都在扬着手，扬着手帕，扬着红领巾，每个人都热情地、一再叮咛地托我回北京时问候毛主席。

我们循着原路下山，出山口的时候已快傍晚8点。那时候，西方虽然还泛着鲜红的晚霞，而薄薄的暮色却已掩近大地。远边的原野就像一片蓝色的海洋，那无边的海洋和无数的红领巾将永远是我们国家不朽的财富。

1955年1月，乌鲁木齐

从内地到新疆来的年轻人

这一年多我在新疆旅行，无论在矿山、工厂、部队、农村或者城市机关，都接触到很多来自祖国各地的爱国青年。在党的爱国主义教育下，他们都具有不怕艰苦的勇敢精神。虽然各人的工作不同、所在的地区不同、担负的责任不同，但他们都热爱新疆，热爱新疆的各族群众，忠实于自己的工作岗位，兢兢业业地献身于伟大祖国的社会主义事业。

我在独山子油矿会见了在苏联专家培养下第一个成长起来的中国青年钻井技师王炳诚（我在下面一篇文字里还要专门介绍他，现在先简单地谈一谈）。1951年，王炳诚在北洋大学毕业以后，被分配到独山子工作，和他一起到独山子的还有其他一些大学毕业生。他们到独山子后，苏联专家要求他们从工人做起。这对于当时怀有不同理想的青年知识分子来说，确是一次严峻的考验。王炳诚遵循了苏联专家的指示，每天在井架上扫地板、搬东西、擦机器、洗泥浆槽子、给机器上油，有时还要到井架下面去洗井口，或者爬到那40多米高的井架上去清理冰块。在相当长的一段时间里，他一直做着这样简单的体力劳动，没有接触到技术。王炳诚说："苏联专家指示的道路是对的，党要求我坚持下去是正确的。"由于从一个普通工人做起，这就使王炳诚在实际的工作

油田修井操作

中熟悉了钻井技术每一个操作过程。王炳诚也搭过井架，安装过机器。他按部就班地一步一步学，使他后来升任为钻井技师，去年又升任为独山子油矿的代理总工程师。担任了钻井工程的领导工作以后，他体会到很多想象不到的益处。王炳诚不仅在技术上掌握了钻井工程的全部环节，而且由于他和工人在一起劳动、一起开会、一起生活，穿一样的衣服，讲一样的语言，怀着同样的感情，因而缩小了他和工人之间的距离，工人把他看成自己的一个伙伴。王炳诚这种踏实的作风，带动了矿上其他一些青年知识分子，使大家后来也都走上了同样的道路。在王炳诚之后，又有更多的中国青年钻井技师在苏联专家的培养下成长了起来。

在新疆金属公司的富蕴矿、阿勒泰矿和康苏矿上，我都遇见很多从内地来的青年学生。在富蕴矿，我遇见了清华和北大毕业的张稼栋和刘履中，他们都是学电机的，最初都被分配在水电站工作。富蕴冬季比较冷，从10月开始，水上就有浮冰。为了不让滤水纱被冻住，要经常用棍子扒冰、打冰。张稼栋说："那时我们人少，每人每天都要工作12小时，也就是要打12小时的冰。打冰时，水沾在衣裤上，衣裤就结成冰；水沾在铁棍上，手也会冻在铁棍上。有时涡轮叶被冻住了，还要进入水深及膝的安装水轮机的坑里去工作。"张稼栋经常要带头下水，带动大家。刘履中刚到富蕴时，做的也大都是一些体力劳动。他第一次拉大锯时，不是拉不动，就是锯歪了，搞得满头大汗。为了不使新铺的洋灰地面冻裂，发动大家抬木屑去保护地面。他抬不了多久，就腰酸气喘。

可是尽管筋疲力尽，他还得咬紧牙关干下去，即使已经下了班，但别人不走，他也不好意思走开。这些都是他俩在1951年、1952年年初到富蕴时所经受的考验。凡是劳动好的人，总会得到机会发挥自己的才能，更多地为祖国服务的。当我访问富蕴的时候，他们两人都已经担任了矿上一个部门的领导。

新中国成立以前，新疆没有现代工业。新中国成立后这几年，乌鲁木齐陆续建立了钢铁、电力、纺织、农具制造、汽车修配以及面粉、水泥等工业。很多青年工人从内地前来支援新疆的工业建设，像我访问过的八一钢铁厂、七一纺织厂和乌鲁木齐农业机械厂，大部分的工人都是从内地来的。八一钢铁厂建立以后，它基本上供应了这几年新疆在基本建设、水利工程、农具制造以及民用方面的钢铁需要。乌鲁木齐农业机械厂从1952至1955年一共制造了大小农具14万件，对这几年新疆农业的增产运动起了一定的作用。而那14万件农具70%的原料是八一钢铁厂供给的。七一纺织厂建立以后，各个民族都能够买到更多更便宜的布匹。内地工人到新疆来不仅支援了兄弟民族的经济建设，而且还帮助了兄弟民族学会生产技术。在许多工厂里，很多兄弟民族工人在汉族工人的帮助下成长了起来。少数民族工人大都来自农村，过去没有见过机器，没有在工厂里生活过，没有集体劳动的习惯。他们初

北京初中毕业生出发，到祖国西北参加建设工作

知识青年和农民一起剪枝

到工厂时，在技术上和生活上，需要汉族工人关照他们。我在七一纺织厂访问时，一个织布车间的维吾尔族女工库里娜告诉我，她的老师赵富华（汉族女工）不仅在车间教她，下工后还到宿舍里去教她，有时教到很晚。库里娜学了3个月就能独立工作，她现在已经能管24台织布机。库里娜当学工时，津贴较少，有一次她把钱花光了，没有饭票，只好不去吃饭。赵富华知道后，就去买了几块钱饭票送给库里娜，叫她去吃饭。

另一个精纺车间的维吾尔族女工布沙衣告诉我，她的老师姜保兰耐心地教她各种操作方法，教她怎样才能少出废花，怎样才能提高工作效率。姜保兰不仅教她技术，还在政治上帮助她，鼓励她立功，鼓励她入团。现在布沙衣可以一个人管600个纱锭。她参加了工会，参加过乌鲁木齐的青年积极分子大会，并且加入了中国共产主义青年团。另外一个汉族女工王淑英，她在很短的时间内带了5个徒弟，其中有3个是少数民族女工。有一个叫艾孜追的维吾尔族女工，恳切地要求拜王淑英做老师。后来艾孜追每次领了工资都交给王淑英，由王淑英帮助她先买足了饭票，再买肥皂、牙膏这些日常用品，有余钱再帮她买鞋子、做衣服。艾孜追对人说："我的老师比我妈待我还好。"王淑英最初怕影响自己的产量，教了一个不想再教第二个，教了第二个不想再教第三个。但是党对她说："为了满足新疆各族人民的需要，我们厂里就要增加机器。假如我们不能耐心培养更多的少数民族女工，我们就不能给全疆人民供应足够的布匹。"在党的教导下，王淑英不仅一连带了5个徒弟，而且由于她和她所教的少数民族女工建立了很好的感情，她说："我现在愿意再多带几个少数民族姊妹。"

在新疆军区农业生产部队里，也有很多从内地来的青年参加着各项生产建设。当我在玛纳斯河流域大泉沟水库工地参观时，会见了好几个1952年响应政府号召到新疆来工作的山东姑娘。她们本来没有什么文化，也从来没有接触过机器，可是现在她们都成了很好的拖拉机手。有一个叫周长兰的，她在学习驾驶拖拉机的时候遇到很多困难，什么前轮叫"引导轮"、后轮叫"主动轮"，又是什么"前后横轴""中横轴"，单单这些名字就把她搞得头昏脑涨。困难虽多，但是她终于还是学成功了。另外一个女拖拉机组组长李庆云，不仅学会了驾驶拖拉机，还学过驾驶挖土机。她所领导的一个组在当时的大泉沟水库工地上是有名的：团结好，分工好，工作质量好，机器保养好，而且事故少。李庆云说："回想我在山东的时候，不过是一个普通妇女。到了新疆以后，在党的教育下，我也能够驾驶着现代化的农业机器来参加国家的建设了。这将永远使我感到安慰和自豪！"在生产部队农场里，经常有八一农学院的学生在那儿实习。这种生产实习，既可以使这些学生把理论和实际联系起来，同时对于部队农场来说，也是一种技术上的帮助。这些八一农学院的学生将是新疆发展农业生产中未来的技术骨干力量之一，而这些学生大都是新中国成立以后从各地参军后而被分配到新疆来的一些青年。

在阿勒泰、塔城、伊犁、乌鲁木齐、吐鲁番以及南疆各地，都有从内地来的青年农技干部深入农村，帮助当地农民改进各项农业技术。仅在南疆的喀什、叶城、和田3个地方，我就见过浙江农学院、华中农学院、西南农学院和西北农学院4个学校的毕业生。在吐鲁番葡萄沟，我曾经遇到一个园艺干部，他一个人负责整个葡萄沟的技术指导，听不懂话，要学语言还得自己做饭吃。在阿勒泰，我看到两个农技干部，屋子里没有桌子、椅子，他们要绘图或写材料就伏在地上做。他们的艰苦劳动，对这几年来新疆农业生产的提高是有贡献的。在和田地区，还有一批从江南来的蚕桑干部，其中一部分是从苏州浒墅关蚕桑学校毕业的。她们有的在和田缫丝厂工作，有的在和田蚕桑试验站工作，有的就直接深入乡间帮助农民育蚕。1955年，和田县一般农民平均每盒蚕种（18厘米装）产茧31斤，但是有蚕桑干部指导的重点社，平均每盒产茧50斤，最高的达到75斤，这说明她们的工作是有成绩的。

新建的新疆医学院

上海的女孩子，特别在最近一两年来新疆的很多，她们有一部分被分配到医药卫生工作岗位上。我曾在乌鲁木齐的军区医院住过一段时间，那儿的护士绝大部分都是从上海来的。上海的女孩子大部分是在财经贸易系统工作。在新疆，无论到什么地方，在贸易公司、百货公司这些单位里，你都会遇见这些活泼美丽的上海姑娘。她们的长处是机灵细心，很适合做售货以及会计、统计等工作。这一批十七八岁的江南姑娘成了目前新疆商业系统的一支重要的力量。此外，这些女孩子还活跃了当地的一部分社会生活。举行舞会要是有了这一批“生力军”参加，会场就更显得欢腾活跃。

当然，还有很多从内地来的青年在新疆担任了机关行政工作，其中应该特别提到的是许多区委书记。新疆地域辽阔，常常一个县比内地的一个专区还大，一个区比内地的一个县还大。从一个区的这头到那头，常常要骑马走上两三天。就在这样一大块区域，所有关于党的政策方针的宣传、传达，以及上级规定的任务的布置、推动和检查，都要通过并依靠这一个区委书记。区的编制中没有翻译，区委书记不懂维吾尔语也得硬逼着学，否则就无法工作。区委书记不是在农村，就是在牧区，生活上更要入乡随俗。这些区委书记忠于党的事业，全心全意地为边疆建设服务，为兄弟民族服务，数年如一日。知道他们的人不多，但他们做的工作却不少。

这些从祖国各地到新疆来建设边疆的青年男女，大都赞美新疆的风光。他们都安心在新疆长期工作下去。在党和毛主席的民族政策教育下，他们都能够尊重当地少数民族的风俗习惯，并且和兄弟民族相处得很好。依靠他们和全疆各族人民的共同努力，这几年新疆各方面的建设工作都取得了很大的成绩，整个新疆的面貌已是焕然一新。同时，这些勇敢有为的爱国青年，他们自己在实际的锻炼中也茁壮地成长了起来。

1956年5月，乌鲁木齐

从工人做起

——记独山子油矿青年钻井技师王炳诚的成长

一

我到独山子的第二天，就在130号井上会见了独山子油矿在苏联专家培养下成长的第一个中国钻井技师王炳诚。

我是在夜晚到达独山子的。1954年11月4日下午4点，我从石河子新城出发，过安集海大桥时已经是暮色苍茫了。不久就看到远处摇曳着一丛灯火，驾驶员指着那灯火处说："那就是独山子。别看前面就是灯火，走走还得一小时哩。"我们真的又在公路上疾驰了一小时才离开乌伊公路向南折入去独山子矿区的支路。

进矿区时，哨兵向我们盘问了一下，并给我们指点了去矿务局办公大楼的方向。我们看到很多一排排或一幢幢新盖的漂亮的宿舍和办公大楼。明亮的灯光透过各种花色的窗布投射到马路上。虽然是夜晚，但是载重汽车和拖拉机仍在马路上来来往往，紧张地输送着各处井上所需要的器材。广播器柔和地播放着音乐。这一切都让我感觉：这毕竟是一个工业城市！

第二天上午，我们便到矿山上去看看各井。矿山在矿区的南部，从宿舍区或行政区向南看去，就像一条山冈一样。但当我们奔上这条山冈时，出现在我们面前的又是一片开阔平坦的场地。从东向西，疏疏密密，到处是高耸的井架，构成了矿区的主要景色。

当我们的车子经过井段段长的办公室时，引导我参观的那位同志招呼驾驶员把车子停了下来。“王炳诚的马在这里，我下去看看他在不在。”没隔几分钟，他真的带着一个人出来了。是一个小个儿，脚上套着一双长筒胶靴，穿着一身泥渍的青色棉制服。那位引导同志开了车门，说：“这就是王炳诚。”

我们在老远就能判别哪一口井是130号井。因为在所有的井架上，只有130号井架顶上飘着一面红旗。我们很快就到了130号井。在井架北头四五十米的地方，有着一间小木屋。这是王炳诚的工作室，他请我到那间小房子里先坐一下。

那时，井段段长、苏联专家库拉科夫同志也来了，他是来收井架上的工作自动记录表的。他每天上午都要亲自到一个一个井上去收集这种自动记录表，通过这种自动记录了解各井每天的工作进度以及在工作中发生的各种情况。库拉科夫同志中等身材，瘦瘦的，但是脸色红润，显得和蔼诚恳。在谈话中他特别向我介绍了王炳诚。当他提到王炳诚和沙布林诺夫挑战的一段，他得意地说：“沙布林诺夫是王炳诚的老师，可是王炳诚却向他挑战。结果王炳诚打破了沙布林诺夫所

油区建设初期的石油工人

保持的一昼夜(24小时)钻204米的全国最高纪录,创造了一昼夜钻231米的全国新纪录!"

二

7年以前,王炳诚中学毕业。他是天津人,考入了天津北洋大学的采矿系采煤组。1949年新中国成立,党看到石油工业干部的缺乏,在1950年,北洋大学就号召一部分同学转学石油系。要王炳诚从采矿系转入石油系,他在思想上是有些想不通的,因为他在采矿系已读了3年,多少学到些知识,现在转入石油系,等于要从头学起。但当时王炳诚的班里,只有他一个人是党员。他终于响应党的号召,带动了其他几个同学一起转入了石油系。

1951年,王炳诚在北洋大学毕业,组织上分配他到独山子油矿工作。那次,北京、天津被分配去新疆工作的学生有好几十个。到了西安,又会合了从中南和西南来的一批。他们虽然都被分配到新疆去工作,但各人脑子里却有着各种不同的想法。

那时的独山子相当荒凉,一共才有10座砖盖的宿舍,大部分人都住在地窝子里面。他们第二天到井上去参观,走了半天才看到一口井,又走了很久才看到第二口井。事实上,那时独山子油矿也就只有两口井。

就在同一天,公司领导约他们谈了一次话。那一次的谈话对到达独山子矿区工作的那批青年学生日后的学习和工作都有着巨大的意义,尤其是对王炳诚。首先是中苏石油公司苏籍总经理德·聂列金讲话。聂列金一开头就宣布了一个明确的思想:这次中方来的同志都应该被培养成为将来的中方的专家,帮助中国培养技术干部是苏联的党和政府给来中国的苏联专家的主要任务之一。聂列金询问这些青年学生已经学了些什么,他们把自己在学校里学了些什么告诉了他。聂列金说:"你们学的东西太多了。"有些学生听到聂列金这样说很高兴。但在王炳诚看来,聂列金显然是说他们学得不专。聂列金又征求他们的意见:到独山子以后希望怎样学习?这些青年学生就说,第一希望学什么,第二希望学什么,第三……他们充满着热情,希望一下子就能学到

天寒地冻条件下的钻井工作

很多东西。关于学习的方式,他们希望苏联专家给他们讲课,这些年轻的刚出学校大门的学生,依然习惯于学校里那种学习的方式——听课的方式。

在这个问题上,聂列金对他们进行了一次诚恳的批判,他说每个人应该在一门具体的工作中从头学起。要钻下去,要学得透,将来在工作中要能够独立解决问题,并使工作达到百分之百的正确。他严肃地要求大家采用苏联的学习方法,就是亲自动手,从头做起。要成为一个真正的"专家",不仅要指挥别人干,而且还要能自己动手做,理论必须和实际相结合。所有的苏联专家都是在这样一种方法下训练出来的。在这样一种方法下训练出来的人才能实事求是,结实顶用。

什么叫"从头做起"?"从头做起"就是从普通工人做起。先当普通工人,做一个普通工人所应该做的一切工作。这样的做法对于那些刚从学校里出来的青年知识分子,确实是一个严峻的考验。在聂列金之后讲话的是中苏石油公司党委书记钱萍,他号召大家在思想上、行动上放下包袱,积极地按照聂列金同志指示的去做,亲自动手,从工人做起，通过劳动来改造自己，使自己能够成为真正的工人。这个号召引起了一系列激烈的思想斗争。有些人对今天是这样，明天也是这样，做的永远是一些体力劳动工作的状况感到非常单调。“这些工作何必要我们来做呢？”这就是一般知识分子最典型的想法。有些人认为这样学下去，恐怕要学20年才能成为一个工程师。有些人提出可否改为实习半天，理论半天。王炳诚听了聂列金和钱萍的讲话后，他是很激动的。他检查了自己：他发觉自己过去只是在理论上认识了共产党，而在感情上还没有能够真正和工人阶级结合起来。他是一名共产党员，他决心响应党的号召，按照聂列金指示的，钻下去，从工人做起，并带动大家。

钻井工程本身就是很艰苦的工作。一个井开钻了以后，就需整日整夜钻旋不停。别的工作有星期日、有节日，但钻井工作是没有休息日的，过年也好，过节也好，都须按时上班。在夏天，沙漠地带所特有的那股蒸人的热劲儿袭击着他们，使他们很容易感到疲乏和烦躁。冬天条件更艰苦，经常是零下20摄氏度到零下30摄氏度，有时没日没夜地飞着密密的雪花，他们没盖没遮地在井上工作，连续8小时不吃任何食物，脚上穿着毡袜，毡袜外面再套上毡筒，身上在小皮大衣外再加上一件大皮大衣，戴上皮帽皮手套，整个人弄得像一个圆圆的大冬瓜似的。即使这样，还是寒冷彻骨。尤其夜里，要是站久了，鞋子就会在地上冻住，要是坐久了，就会站不起来，胡子眉毛都会变得白白的，就像在黑刷子上粘着一些白糖一样。有时要是身子长久不动，一动时，就会把冻得硬硬的衣服都折裂了。

对于一个没有经过锻炼的人来说，一下子把他投入整整8小时的不停止的体力劳动中，也委实是够乏死人的。王炳诚初上井时，他每天做的工作就是扫扫地板、搬搬东西、洗洗泥浆槽子、擦擦机器、给机器上上油。他每次到下班时，都已累得要命。他一面坚决地遵守领导的指示，从普通工人做起，一面在思想上又有着一些矛盾：为什么一定非做这些不可？

尤其是上井架，那委实是各项考验中最尖锐的考验。这样一个仰头望去就像触着了云天的40多米高的井架，仅仅是由一些稀疏的钢条架起来的，使人一看就已经有些胆寒了。要沿着在这样空疏的钢架外面所附设的单薄的铁梯爬上去，那简直是令人心悸胆裂的事情。当王炳诚第一次往梯子上爬时，他的心不能控制地扑通扑通地跳动着。他的两条腿不自觉地软了下来，就像两条泄了气的车胎再没有气力前进一样。他毛孔里冒出了一粒粒的冷汗，他全身紧张，甚至有些发晕。他那时心里尽管明白这没什么可怕的，然而却有一种不是用理性可以解释的畏惧的气氛包围着他，仿佛他那时整个身子凌空地悬挂在生死莫测的深渊里。

有一天夜晚，井里喷出瓦斯，水和泥浆都喷得很高，井架上很多地方都结成了冰块。假如不把那些冰块清除，机器一旦开动，井架上的冰块掉落下来就容易把人砸伤。钻井技师叫王炳诚上去把井架上那些冰块清除掉。那时正是凌晨两三点，黑乎乎的，什么也看不清楚。一级一级的扶梯只装到24米的地方，再上去就不是梯子而是一格一格钉在井架上的一些扶手了。王炳诚就一格一格地在这些扶手上爬上去。那时有一条冰块，王炳诚看来好像是一个扶手，可是一把抓住时，冰一碎，他扑了一个空。幸好他另外一只手还没有放开，他的身子在空中剧烈地颠荡了一下，总算没有摔下来。他吓得出了一身冷汗，以后连着好几天，连梯子都不敢看一眼。

在冬天时，经常要到井架底层去清洗井口的泥土。井架底四周没有一点遮蔽，又没有太阳，风特别大，特别寒冷。但当领班通知大家下去洗井口时，别的工人说下就下，王炳诚总不免迟疑一阵。有一次，他刚穿上一件公司发的新的工作服就要下井清泥，他觉得穿着这样新的衣服去清泥委实有些可惜。晚上他检查自己的思想和工作时，就感到："啊，我还没有成为一个真正的工人，我和真正的工人之间还有多大一段距离啊！"

王炳诚决心要按照党和苏联专家指示的道路，从普通工人做起，然而他有时又感到一些空虚。天天是扫地板、擦机器、洗泥槽，而且言语不通，学到的东西那么少啊！工作忙的时候还好，一下班，就困在黑夜和风的世界里，又是多么寂寞啊……然而每当王炳诚感到烦恼、彷徨的时候，党总是安慰他、鼓励他，坚定他的信心，党说："当前的环境对于你来说的确是一个陌生的、困难的环境，工作是生疏的，地方是生疏的，天气确实冷……然而一名共产党员不能像一个普通人一样。党的任务是要改变自然的面貌，改变历史，把地下的财富搬到地面上来，把荒凉的地方变成繁荣的地方。党的政策，党的理想，就要通过每名党员来实现。特别是在独山子矿区，从部队转业来的战士比较多，从学校里来的学生比较少。作为一名共产党员，又是一个大学毕业生的你，就更需要在青年知识分子中间起带头作用。我们必须扭转过去知识分子习惯于坐在屋子里做一些上层工作的那一套旧的做法。那套旧的做法已经和旧的时代一样，永远是过去了。革命的知识分子必须深入到群众中去，然后再从群众中来，这不仅是你一个人的问题，这是牵涉到很多知识分子的问题。在独山子，你如果坚持下去，坚决地走工人的路，别的知识分子就会跟着你走，就会使更多的知识分子变为真正的工人。"党要求他更坚强地坚持下去，把自己的工作和去朝鲜的战士的艰苦战斗联系起来：那儿流的是血，这儿流的是汗！

党的指示是简单的，也是有力的。每次王炳诚听了党的谈话回来，内心都生长起一种巨大的力量，感到有一股热劲儿像电流似的通过全身。"为什么我和工人之间总有着一些什么不同？我是大学生，是知识分子，为什么苏联专家就和工人一样在水里、泥里干活？"王炳诚这样质问着自己，又这样提醒着自己："不要忘了我是一名共产党员！"

当一个人变得坚强起来的时候，本来感到的一些困难都会悄悄地溜走，正如太阳上升了，黑夜就自然地消失了一样。有一次，王炳诚去接班，还没有走近井架，就看到井上又发生了事故，所有在井上工作的人都被喷得一身是泥。苏联专家也是一样，在那儿紧张地、忙碌地工作着。王炳诚那天正巧刚换了一身干净衣服，脚上穿的又是一双新棉鞋，然而当他一想到自己是个共产党员，他就立刻走上井架，毫不犹豫地把自己整个的身心都投进那水和泥的世界里去了。

在党的教育下，在苏联专家的影响下，王炳诚勇敢地面对着摆在他面前的严峻考验，一步一步走过去。那时王炳诚做的始终只是一些体力工作，他还没有接触到技术性工作，然而在那冰天雪地之中，他终于能和其他工人一样做一些事情了，在那巨大的工程中，也有着他微小的一份，他对此开始感到愉快。他觉得他和工人之间的距离一点一点缩小了。当他和工人在一起做着一些普通工作的时候，他不仅不再感到委屈、感到没有意思，而且开始感到光荣。这完全是一种新的感情，这是他过去没有体会过的感情！当他满意于自己的工作，当他对自己的工作感到愉快的时候，他就不再像从前那样对自己的工作感到单调和疲乏了，甚至忘掉了疲乏。

这完全是一个新的、来以前无法预料、来之后又无法控制的变化。就说泥浆吧，王炳诚初上井时，看到自己的工作既离不开黑黝黝的机油，又离不开黄糙糙的泥浆。"为什么非有泥浆不可？"有一天他对自己简直问起这样可笑的话来。泥浆确实讨厌，搞得一年到头井架上都是水、都是泥。然而现在，泥浆已经成为王炳诚生活里的一部分，而且将和他的生命同时活动下去。当他用手撩着在泥浆槽里流着的泥浆时，就像缝衣工人扬着布料、印刷工人掀着纸张、油漆工人搅着油漆一样的自然，不再有什么生硬的感觉。并且他可以从井口里出来的泥浆的颜色和质量，判断井里的现象是不是正常。当井里的现象是正常的，他便会说："你瞧，那泥浆多漂亮，亮光光的。"但是井里要出了些毛病，泥浆里掺进了一些油或瓦斯时，王炳诚便会说："像坏了的豆腐一样，多难看！"

王炳诚发现，每一个工人在业务上几乎都有各人独特的一套。于是，他虚心地向他们学习，掌握了很多窍门。他既认识到他们的能力，又认识到他们的品质。工人们都知道王炳诚是一个大学生，然而他们并不以一个大学生看待他，他们不再把他看成是一个外人。"感谢党，我在工人之间不再是孤零零的了！"事实上，他已经是工人中间的一分子了。

三

王炳诚的学习是刻苦的。

王炳诚初上井时，首先碰到的困难是语言不通。那时，整个钻井处一共只有8个人能说汉语，至于王炳诚所编入的一个班，不是苏联专家，就是兄弟民族，而他们两者的语言王炳诚一句都不懂。王炳诚初上井时，受苏籍钻井员衣格利的指挥。苏联同志是最讲究工作效率的，假如衣格利单纯地为了工作效率，那么有些事情最好由他自己来做，或者叫其他一些懂俄文的兄弟民族来做，而不必叫王炳诚做。正因为要培养王炳诚，所以衣格利总是热情地教王炳诚做这做那。常常出现这样的情形：衣格利要他拿锤子，而他却去拿了绳子，弄得两个人非常尴尬，旁边的人都捧腹大笑。由于语言不通，有时衣格利就硬是拉着王炳诚的手，放在操作把手上，扶着他的手教他，像老师扶着小学生的手握着毛笔练习写字一样，一面说一面教。就是这样，教了还是不懂。后来，王炳诚就把衣格利说的俄文用中文注音记下来，或者叫衣格利教几个俄文工具的名字记下来，在走路的时候，在下班的时候，嘴唇嚅嚅微动，默念着这些生字。从一些简单的俄文名字记起，一直到慢慢地听懂苏联同志说话，并且自己也能勉勉强强用不连贯的俄文答话。

第一个教王炳诚钻井实际操作的是苏联钻井技师莫可尔前。莫可尔前不仅要教会王炳诚关于钻井的整套操作技术，而且还要训练王炳诚成为一个独立的钻井技师。因之在培养的过程中，莫可尔前就用各种在技术管理上允许的假动作来锻炼王炳诚。有时他有意把什么东西弄坏了，要王炳诚修；有时在王炳诚冷不防时，他在王炳诚身旁弄出了一个巨大的震人的声音，来观测王炳诚是否能够镇静地照样工作下去；有时他造成一种钻井工作不正常的现象，迫使王炳诚运用智慧来解决这种虚构的问题。莫可尔前要训练王炳诚的是：不仅能操作，而且还要能安全操作，并且能独立解决问题。凡是在生产上一切可能发生的事故，他都告诉了王炳诚。当他最初让王炳诚独立操作时，他不回去休息，经常留在王炳

油区艰苦创业的场景

诚的身边，观察王炳诚操作，不断地提出意见，答复疑难的问题，以提高王炳诚的技术水平。他保护了同时又鼓励了王炳诚，使王炳诚在初次独立操作的过程中变得勇敢、沉着，在学习中终于一步一步地能够自己独立了。

另一个苏联钻井技师沙布林诺夫也用着同样的风格来训练着王炳诚。那时王炳诚已经升为副钻井技师，他担任了沙布林诺夫的副手。沙布林诺夫在交代工作时，先把一切说清楚，要王炳诚去独立执行，然后他来检查。有时发生了一些问题，这些问题应该如何处理，沙布林诺夫胸有成竹，但是总要叫王炳诚先提出处理的意见。在王炳诚初次尝试独立操作时，在工作中一定是会有一些漏洞的，而沙布林诺夫就来指出这些漏洞，这样就让王炳诚获得了充分的学习和提高的机会。

苏联专家在工作中所表现的高度的忘我劳动和勇敢负责的精神，使王炳诚受到深刻的教育。王炳诚在过去从来没有听说一个人可以连续工作24小时、48小时、72小时，甚至96小时，然而他终于在独山子矿区亲眼看到了这种伟大的、崇高的品质。在钻井工程中，每钻到某种深度时，就要下一次套管，以防井壁的塌倒。每次下的套管，都有几百米长，一个接一个地从地面上送到地层里面去，所以要花费较长的时间。王炳诚亲眼看到一些苏联钻井技师，因为下套管或其他意外事故，常常半个月，甚至一个月，一直留在井上，一直等到工作完成或者问题解决后才离开井回到自己的寓所去。他看到苏联钻井技师库拉克也夫和莫里阔夫等，他们都已五六十岁了，竟然能在井上连续工作三天三夜，甚至四天四夜。有一次，当莫里阔夫做完了他的工作时，他已疲乏得连话都没有力气说了，然而当别人劝他先回家休息一下时，他坚决拒绝，一直要等工作做好后才肯休息。

每逢有些井发生了一些意外的事故时，苏联专家总是奋不顾身地参加抢救工作。有一次，68号井的水泥还没有钻完，钻杆还没有提出，就发生了喷井事故，原油从井底喷出，无法制止，形势非常严峻。钻井处的总机械师瓦亭临时亲自画了图样，并亲自到修理厂去做好了一个铁套子，想把这个套子套到套管上去，以便制止原油上喷。但是铁器碰上铁器，容易冒出火花，要是遇到瓦斯就会引起爆炸，造成很大的危害。所以套套子的工作不能随便交别人做，仍由瓦亭亲自来干。瓦亭在抢救的工作中，不仅从头到脚溅了一身油，而且两只眼睛被油和瓦斯熏得赤红，无法睁开。但是他跑到旁边的救护车那里用药水洗了洗眼睛以后，又继续到井口去安装套子，一直搞到夜晚才把喷井制住。又有一次，80号井瓦斯上喷，那时因为井上正在进行修理，所以上面挂了一盏机灯。上升的瓦斯把那盏机灯冲得左右摆动，最后把机灯的玻璃荡碎，导致起火。那时井架上还系了打泥浆用的橡皮管子，这东西是最容易引起燃烧的。井段段长米哈依洛夫和钻井技师康姆卡特依爬上井架去把橡皮管子拆下来。当时的形势是危险的，因为下面已经烧了起来，假如火再大一些，他们上了井架以后就可能下不来了。然而他们两人是那样勇敢，不惜冒着生命的危险去抢救公家的财物。这些事情，有的是王炳诚亲眼看到的，有的是听到很多同志都这样说的。苏联专家不仅在先进的科学技术上教导着王炳诚，而且也在思想品质上滋养着、熏陶着王炳诚。

四

1953年9月，矿务局领导批准王炳诚升任钻井技师，他是独山子油矿在苏联专家培养下成长的第一个中国青年钻井技师。王炳诚开始独立担任钻井的领导工作了。

王炳诚开始独立担任领导工作时，心中多少有些忐忑的、不踏实的感觉。他第一个领导钻的井是第25号井，当时领导的那个队的政治面貌并不怎么好，只有一两个积极分子，而且其中有些人，王炳诚当普通工人时还向他们学习过。队员对于王炳诚也没有什么信心，有的人抱着观望态度，要是王炳诚领导得好，他们就做下去，要是不行，他们就想转到由苏联专家领导的队里去。

王炳城接受钻25号井的任务首先要和全队团结好。党多年来这样教导着他：和群众团结好，依靠他们，是做好一切工作的关键。但是当你想去依靠群众时，群众并不是一下子就给你依靠的。群众根据他们自身多年的经验，常常先要试试你，然后才能和你有交情。当王炳诚最初订出计划、征求大家的意见时，大家并不发表意见，只是说，技师怎样说我们就怎样做好了。然而当群众了解了你,肯定了你的态度是真诚的时候,情况就会改变。王炳诚在团结全队的工作中,首先是团结好队里的几个钻井员。他们是实际掌握钻井操作的人,什么事都先和他们在一起共同研究商量,并通过他们更好地团结并带动全队,使大家的责任感逐步提高。

在钻25号井时,开始还比较顺利,但是后来机器常常出毛病,发生卡钻的现象,使得王炳诚很苦恼。他的经验限制着他,看着不困难,做着真困难,他想不出解决的办法。那时他还没有结婚,除了下山吃饭以外,其余的时间整天都守在井上。有时他连脸也没有心思洗,只是呆呆地徘徊在井架上,苦苦地思索着怎样解决井上所发生的那些问题。他想:假如不是由他而是由别的人来领导,这个井就不会出现这些毛病,也就不会使国家财产蒙受损失。他又想到:他是独山子油矿的第一个中国钻井技师,连这样一个浅井所发生的困难都解决不了,这是多么可耻的事情,苏联专家一定会笑我们!有一天夜里,他竟然苦恼里哭了起来,责任心、能力不够、惭愧、焦急……这一切都集中地向他攻击着,他一直哭到很晚,整个脑袋好像要爆炸了似的。他打电话给上级领导,说明他的能力不够,要求上级领导另外派人来领导这个井。当上级领导在听筒中听到他在哭泣时,就安慰他,告诉他一个人在开始工作时总会碰到很多困难的;一个成熟的领导干部不是在一天一夜间成长起来的,必然要在很多困难甚至失败中逐渐磨炼出来。对于一名共产党员来说,遇见困难,正确的方法是努力去克服那些困难,而不是设法逃避那些困难。关于苏联专家会讥笑我们的问题,领导严肃地给他指出,这样的想法是错误的。领导要他冷静一点,让他再好好地想一想。

领导对他的指示既温暖又冷静,既简单又明确。他放下了电话,原本脑袋像一个鼓鼓的皮球似的,这时却平静了下来,好像一个小孩儿大吵大闹后,被母亲软软的手一抚,听母亲唱了一段歌,就一下子变得平静舒服起来。"该死!"他突然想到,"我怎么这样幼稚,这样冲动!这是凌晨4点,硬生生地把负责同志吵醒!正如领导说的,假如天下的事情都那么顺利,那为什么还要有共产党员?"他又想到苏联专家会笑他的问题,这显然还是狭隘的资产阶级想法!他回想起组织决定叫他独立工作时，苏联专家是多么热烈地祝贺着他，同时又关心着他啊！他们常常跑到他井上来看看，问他有没有什么困难。而他呢，却想到人家会不会讥笑他！他想到自己是多么狭隘啊！“党是正确的，党是正确的……”当他这样反复体会着时，他终于在长期的紧张和疲倦之后睡着了。

经过党的指示后，他变得勇敢和坚定起来。他在苏联专家的帮助下，解决了井上的一些技术上的困难，不久也就很顺利地完成了25号井的钻探任务。当他回想最初这一段经历时说：“当你下了决心的时候，好像钢铁也会为你让步似的。”

他接受的第二个任务是钻84号井，这是一个比较艰巨的任务。1942年，在离这84号井20米的地方，曾经发生过喷井事故。当时瓦斯已经从井内出现，井口的防喷器虽然总算被关住了，但是由于这一地带地下的瓦斯压力太大，瓦斯竟然穿过地层，在山腰里穿了一个大洞仍然喷了出来，后来用了很多水泥才把喷出的瓦斯堵住。这是十几年以前的事情。这个84号井不仅离地下的瓦斯很近，而且还有泥浆漏失现象，同时可能还会发生井塌现象。这样一个情况比较复杂的井，对于一个经验丰富的老钻井技师来说也许不算什么，但是对于王炳诚来说是一次考验。王炳诚这样想：“领导要我领导钻84号井，是不是在考验我？”钻井处处长依凡金米达维基说过，假如这个井能钻好，其他的井就都能钻了。

在技术上，钻84号井困难的关键在泥浆的比重问题上。泥浆是由水、泥、小苏打、煤、烧碱和重晶石这些成分构成的，在一般情形下，泥浆和水的比重是1.8∶1。但是王炳诚为了预防井内瓦斯的上喷，必须考虑用一种比重很大的泥浆，以便这种泥浆注入井内后，能够封住井壁，从而防止可能从井壁冲出的瓦斯。王炳诚考虑要用2∶3比重的泥浆，而这样比重的泥浆在独山子矿区还从来没有用过。但问题是，假如泥浆的比重不够，正如上面所说的，恐怕不容易防止瓦斯；但是泥浆里的重晶石成分要是太浓，则泥浆就容易沉淀，一沉淀，钻杆就可能拉不出，同时会影响泥浆的正常循环。王炳诚整日整夜地思索着这个问题。后来，他苦苦地钻研，在苏联专家的协助下，总算避免了一切可能发生的危险，安全地完成了84号井的钻探任务。当84号井终于出油时，大家都祝贺王炳诚，说他“大考及格了”。

王炳诚钻完了84号井后，又钻完了52号井，接着又开始钻89号井。这时王炳诚所领导的钻井队政治面貌已经提高，他自己和全队同志的技术经验都比从前丰富成熟一些，全队的团结也比过去更坚固了。这些使他有可能响应领导的号召，要求大家展开社会主义的爱国运动竞赛，班与班挑战，个人与个人挑战。而作为整个团队来说，他和他从前的老师沙布林诺夫所领导的一个队挑战，他要超过他们的成绩，为全国创造钻井进度的新纪录。

油区生产一线

那时沙布林诺夫领导的一个钻井队，由于采用了苏联的先进快速钻井和用3个吊卡接单杆的方法，创造了一昼夜钻进204米的全中国最高纪录。这个方法王炳诚在书本上曾经看到过，但不会运用，所以就向沙布林诺夫讨教，沙布林诺夫丝毫没有因为王炳诚是在和他挑战，就不愿把他所知道的教给王炳诚。正相反，沙布林诺夫把他所知道的都告诉了王炳诚，并且对他说：“你要超过我的纪录，也非采用这个先进的方法不可。”

王炳诚向沙布林诺夫学习以后，就回去把自己的钻井队组织起来一起学习。他知道，任何一个成功的工作不能单靠一个人或少数人的力量，他要把大家的力量有组织地都发挥出来。他夜以继日地在井上领导着全队学习、研究。他在沙布林诺夫传授给他的方法的基础上，又创造性地提高一步，使每次接杆的时间由15分钟缩短为7.5分钟。这7.5分钟时间的节省，有着巨大的效果。所谓接杆，就是钻井的钻杆每次从地面上钻下去，快完的时候，就要接上新的钻杆，这样一根一根地接着，一直钻到地层1000多米或2000多米。假如一昼夜要钻200多米的深度的话，则大体上要接20次左右的钻杆，假如每接一次要15分钟的话，就要用5小时，也就是说，一昼夜24小时中要停止工作5小时，这个百分比是很高的。假如把接杆时间从15分钟缩减为7.5分钟，一昼夜接杆的时间就可以从5小时减为2.5小时，而这节省出来的2.5小时就可用在钻探工作上，借以增加钻探的进度。

此外，王炳诚又把井架上两部柴油机的运用组织得更为合理。在过去，每当因为接杆停止钻旋的时候，两部柴油机也同时停下来，以便加油加水。现在王炳诚设法不让两部柴油机同时停下，而是这一部停下来加油加水时，另一部仍在发动着；把这一部油水加足而发动了以后，再把另一部停下来。这就是说，在任何时候，不使井架上的动力停止。这样，当钻杆一旦接好时，就可立刻开动钻旋，不受动力停止的影响，并因动力经常在开动着，所以在动力的速度上也经常保持着充分的速度。这些，都帮助增加钻旋的进度。

除了上述两点外，当我单独访问沙布林诺夫时，他还给我补充分析了一个原因。他说："王炳诚在钻89号井时，根据地质技术施工单的规定，钻到某个深度时，是应该在泥浆中掺用重晶石的。但是由于王炳诚研究了具体的地质情况和地层厚度，他当时没有用重晶石，用的仍是轻泥浆，这样一面减轻了井架设备的负担，一面也可以加速钻井的进度。这样大胆的试验，是王炳诚勇敢地创造的结果。"

王炳诚就是这样在苏联专家的帮助下，在他所领导的钻井队全体的团结努力下，在他自己的刻苦细心的钻研下，终于创造了一昼夜钻进231米的全国新纪录。

所有的苏联专家知道了王炳诚这个新纪录后都非常高兴，他们热烈地祝贺着王炳诚。他们说："这是王炳诚的光荣，是中方技术干部和技术工人的光荣，也是我们苏联专家共同分享的光荣。"

五

王炳诚认识到，我们伟大的国家，需要培养的钻井技师不是几个、几十个，而是几百个、几千个。特别在新疆，更需大力培养兄弟民族的技术干部和技术工人。作为一个钻井技师，又是一名共产党员，王炳诚不仅在技术上、业务上领导着全队，而且还须在政治上、思想上领导着全队。每当他接受一个新井任务时，他首先要把全部计划向全队报告，让大家对即将开始的工作有一个全局概念。然后他进一步解释这个计划如何完成，如何钻法，泥浆的比重应该如何，钻到什么地方可能遇见什么情况，到什么时候大概要下什么套管，等等。他经常在井上和大家一起开会，研究业务上的问题，启发大家热烈讨论、提出意见，使大家在思想上对自己所担任的工作有着充分的认识和准备，并且集合大家的智慧来克服工作中可能发生的各种困难，提高大家的责任感和积极性、创造性，使钻井任务完成得更好更快。为了能够更好地帮助并团结兄弟民族，除了俄文，他又学习了维吾尔文，以减少语言交流上的困难，增进他和少数民族同志之间的团结和了解。在他现在所领导的“青年钻井队”里，他已经培养了4个副钻井技师，其中1个是维吾尔族，1个是哈萨克族。另外又培养了1个哈萨克族钻井员、1个维吾尔族副钻井员、2个维吾尔族架工、1个维吾尔族女柴油机技工。他除了对大家进行业务指导外，还经常进行思想教育，讲民族政策、党的历史等。由于王炳诚也曾是一个工人，大伙儿不再把他当外人看待，因此大大便利了他在工人间的活动，使他能够更好地完成党交给他的各项政治任务。现在他的队里已经有了3名党员和好几名团员，全队的战斗性非常强，这个“青年钻井队”已经成为独山子矿区的一面旗帜。

我会见过王炳诚领导的钻井队里一个维吾尔族副钻井技师阿尤甫。他是1939年到独山子矿区的，那时还只有12岁。他在独山子矿区一共干了5年，什么都没有学会。他说他在那5年中只学会了3样东西，就是喝酒、赌钱、打架。新中国成立以后，1951年6月他第二次到独山子工作，在最近这3年中，他从普通工人、副钻井员、钻井员，一步一步被提拔到副钻井技师。自从共产党来了以后，民族平等了，他们不会，汉族同志就帮助他们。过去他不会写俄文，也不会说汉语。自从他在王炳诚领导下工作后，一天到晚和王炳诚在一起，慢慢地连汉语也学会了。他现在的汉语大体上还说得不错，我和他谈话时就是直接谈的，没有用翻译。他过去不会写俄文，现在也勉强能写了。他现在就用俄

新井出油

文把井上每天的工作记下来，王炳诚帮助他修改。过去他不会填自动工作记录表，王炳诚教他如何填。过去井架上的工作向来是由钻井技师支配的，但是在王炳诚的领导下，总是先问副钻井技师和钻井员的意见，要他们先动脑筋，以提高他们的工作能力。阿尤甫说："王炳诚经常和我谈党的历史、党的政策，有空时谈，下班路上一起走的时候谈，有时去我家里谈，使我的政治认识逐渐提高，并在1954年6月介绍我入了党。"

王炳诚不仅关心着他自己的井，而且也关心着别人的井。他不仅帮助自己一队的同志，而且还帮助别的井上的同志。当他向沙布林诺夫挑战时，沙布林诺夫毫不犹豫地把自己所知道的快速钻井法传授给他。这种伟大的无私的友谊感动着王炳诚，并使王炳诚受到了深刻的教育。所以，凡是王炳诚自己学到的什么东西，他也是毫不吝啬地愿意告诉别人。当别的井上一些年轻的同志来找他去看看时，他总是很热情地去看看他自己能不能帮助他们一些什么。

王炳诚每天从井上回家，告诉他爱人的第一件事情就是这一天又钻了多少米。后来，当他每天从井上回家时，他爱人便先问他这一天钻井的进度。他的爱人钟珊告诉我："他是那么全神贯注地扑在他的工作上，即使回到家里，他脑子里想着的还是他的工作。作为他的爱人，我首先应当关心他的工作，假如他一回来，我首先问他的工作，他就显得兴致勃勃，要是我忘了问他，他便显得不那么得劲儿似的。"

是的，对于王炳诚来说，工作是他的第一生命。除了他平常的工作时间外，不论是在深夜，还是刮着多大的风、下着多大的雨或雪，只要井上需要他，他总立刻就到井上去。除了节日或一些特殊场合外，他总是终日穿着在井上工作时穿的工作服。他说换来换去多么费时间！有时难得要去看一场电影，也要估计井上会不会有什么情况。有一次，他换了一身新衣服，正和他爱人要上什么地方去，突然接到井上的通知，他连衣服也不换，拔脚就向井上奔。

王炳诚是1954年2月和他的爱人钟珊结婚的。结婚4天后，他爱人便因为工作从独山子调到乌鲁木齐去了。1954年4月30日，王炳诚领导钻的第52号井正巧钻完，领导为了照顾他，劝他到乌鲁木齐去休息几天，看看他的爱人。他说："没有时间啦！"井段段长库拉科夫说："我给你7天假期。"而且，库拉科夫就用自己的吉普车把王炳诚送到了乌鲁木齐。那是5月2日的事。就在那天晚上，他和爱人一起去看电影，那天演的电影正是《远离莫斯科的地方》。他看到石油管理局局长巴特曼诺夫、总工程师别里捷、副总工程师阿列克塞以及一些积极分子如丹妮亚、罗戈夫在那样艰苦的环境里英勇地斗争着：在大风雪中输送油管、架设电话、开凿海峡……他是多么受到感动和鼓舞啊！然而只看到一半，王炳诚忽而显得紧张起来，因为他突然想到，他所领导钻的52号井虽已钻完，但是还没有正式交给油田处。对于一个钻井技师来说，一个井从开始钻的时候起，一直到正式交给油田处止，他始终是应该负责的。而现在，井是钻成了，但还没有交给油田处，而自己却跑到了乌鲁木齐来！万一井上出了什么意外，谁在那儿负责？这样想时，他简直连电影都看不下去了。"到乌鲁木齐来玩玩儿！看望爱人！把个人利益放在国家利益之上！我是多么地糊涂啊！”他这样无情地在内心里谴责自己。他决心第二天就赶回独山子去，他要对井负责，对公司负责，对国家负责。我问钟珊：“他第二天走成了没有？”钟珊说：“他决心要赶回去，第二天就带着他的手提包到石油公司运输站的门口去等车，终于在第三天的早上搭到便车回独山子去了。”

1955年1月，乌鲁木齐

新疆纪行

浦熙修 著

迪化[1]印象

1951年7月16日，中国人民赴朝慰问团的一部分同志，从兰州飞往迪化进行传达工作。4个月来的经历仿佛云海般涌上我的心头。从斗争最激烈的朝鲜前线，我懂得了为什么要打击敌人，应该怎么样打击敌人。从北京开始，经过天津、西安、兰州等地做了无数次的传达报告后，我一次比一次加深了在朝鲜的感受——爱与恨的界限。当你沉浸在群众欢呼的海洋中，控诉着敌人的暴行，赞扬着我军的英勇时，那眼泪与欢乐凝结在一起的激情场面，谁能不为之深深地感动？我们都不是孤独的人，都能放下沉重的包袱和人们一齐愤怒地高呼，一齐欢乐地歌颂！飞机飞了6小时，经过积雪万年的祁连山畔又飞到了耀目欲眩的天山顶上，越过了瑶池，前面便是目的地了。我们心中说不出的高兴，今天要和生活在边疆的兄弟民族一齐欢呼，一齐歌唱了。

王震将军、包尔汉主席、苏联总领事地米扬诺夫，以及新疆各族各界的代表们在飞机场上已经等候好几个小时了。那大戈壁滩上的天然

[1] 乌鲁木齐旧称迪化。

飞机场仿佛已被鲜花覆盖起来，各兄弟民族以他们最出色的民族歌舞来欢迎我们。我爱听那维吾尔族、哈萨克族用不纯熟的汉语唱着的《东方红》，我更爱看那乌孜别克族跳的劳动生产舞。右边又传来了悠扬的声调："过去是冰雪掩盖的沙漠，今日变成了美丽的花园。"左边一面舞着一面接着唱道："劳动生产才能开鲜花，你要过好日子，就要劳动来发家。"美丽新疆的面貌就这样呈现在我的面前了。

我们的汽车直驶省府第一招待所，那过去是新疆的外交特派员公署。我在新疆所见的一些官府建筑物都相当富丽堂皇，这不仅在迪化如此，就是在南疆各偏僻县份的专员公署或县政府也是如此，各地都有容纳两三千人的大礼堂或俱乐部。这在内地各省份尤其是少见。

我们会见了王震将军，他正坐在这座大厦的办公室里为新疆各族人民筹划着幸福的生活。他在新疆二十万分之一的地图上像作战一般的用红绿线画出精密的水道，指挥军民生产工作。人们熟知他当年在南泥湾领导军队开荒的故事，人们信赖他，相信在他的领导下会把戈壁变为绿洲。办公室面对着白雪皑皑的天山，他望着窗外的雪山悠然神往地对我们说："新疆雨水很少，有的地方终年不下雨。耕地全靠水利灌溉，这雪山上的雪水够3000万人口之用呢！"

他又细算着这笔账："新疆13个民族现在只有530万人口。已开垦的土地军民一起共为1500万亩到2000万亩。全军指战员1950年原定开荒60万亩，但结果超额完成96.2万余亩，收获量为6500余万斤。今年不扩大耕种面积，抽调一部分人兴修水利灌溉工程，但要注意单位面积的收获量。今年全年共耕种98万亩，预计收获量为1.08亿斤。据苏联土壤专家估计，新疆可增加垦地至1亿亩，平均每人以3亩计，可供3000万人口之用。"

他回忆着过去南泥湾开垦的情况说："这要比南泥湾的开荒困难得多，但其发展的前途是不可计量的。"

我们在他的地图上看见了一个兴修水利灌溉工程的五年计划。这计划从1950至1954年共修水利灌溉工程500万亩。这是一个伟大的计划，全军指战员将从渺无人烟的戈壁滩上修建5条大渠——和平渠、南大渠、北大渠、胜利渠、红星渠，五大渠的主要干渠全长共为380.5公里，加上支渠将为800公里。这些渠道完成后，新疆即将经营大规模的

农垦战士

机械化集体农场。

我们从他的谈话中又看见了新疆工业化的远景。

“北疆将建立工业区，迪化附近正在修建的有苏联专家设计的一个全国最大的汽车机械修理装配厂，有自上海迁来的纺纱厂与炼钢厂。另外水泥厂、发电厂、制糖厂等也都已勘定地址即将动工了。

“中苏合办的乌苏油矿及有色金属矿也都已开工了。明年乌苏油矿即将大量出油，乌苏的油质比甘肃玉门油矿的油质好得多。新疆的交通、工业、农业将赖以大大地发展。”

我这时仿佛觉得有几千辆拖拉机正在广漠的原野上驰骋，美丽的天山正照耀着林立的烟囱，新疆各族人民正在集体农场上，或正在各种工厂里愉快而幸福地工作着。这伟大的景象来到新疆并不太遥远了。

新疆各族人民正以加速的步伐迈向这伟大的前途。在迪化街头，我看见人们指着天山大厦骄傲地说：“国民党时代造了几年没有完成的建筑，我们今年几个月便修起来了。”天山大厦是省人民政府的办公厅，里面有大会堂与大礼堂，省府的各厅处都集中在此办公。我们曾和各族人民的领导人在里面举行过多次晚会并听过戏。令人骄傲的事情多着呢！我们曾去迪化郊外30里的大戈壁滩上，参观红雁池蓄水库的修建工程。这也是国民党时代就计划修建的，但从来没有放过水。去年在中国人民解放军与工人们的忘我劳动下，那险峻的山坡上便出现了一座高大的建筑。今年5月初在这高大的建筑物的涵洞中流出了一股激流。蓄水库的低放水闸近代化的工程宣告完成，这使3.6万亩农田得到了水利的灌溉。预计今冬可完成高放水闸工程，灌溉的农田可增为6万亩。这不仅值得骄傲，而且是奇迹了。

抗美援朝运动更加快了新疆各族人民迈进的步伐。举例来说，我们到时，迪化市正在修建柏油马路。在我们做了传达报告后，迪化市各族各界人民展开了献工献款运动，用加速修好马路作为抗美援朝运动的具体工作。迪化原来是满目风沙的市区，两个月后，当我从南疆回来，它的面貌完全改观了。路面是那样洁净平坦，马路两旁的臭水沟也都疏浚一新，沟两旁砌了石板，沟底灌上水泥凝结的细沙浆，上面盖上新木板。清澈的流水从南梁一直流到北门外。这是什么力量驱使着人们这样做呢？志愿军的英勇行为给了他们克服一切困难的力量。

最感人的一件事是住在迪化七区五街的一位102岁的维吾尔族老太太吾湖尼沙汗也订立了爱国计划，她要每月纺线增产180元新币买飞机大炮。（新币每元折合人民币350元。新疆于1951年10月1日改用人民币。我们到时尚未改，故此处仍以新币计算。）迪化的各族各界都签订了具体而切实的爱国公约。我们走进办公室，或者每个家庭，常会发现墙头贴着各自的爱国公约。这是各族人民走向光明建设大道的里程表啊！

我从南疆回来正赶上迪化国庆日的大游行。12万人的都市组织了10万人的游行队伍。在那灯火辉煌之夜，各族人民以无限的欢腾检阅着自己的队伍，他们用智慧创造着自己的理想。首先是一列用彩灯扎成的“迪兰号”火车开驶过来了，人们用震天般的欢呼声迎接了这5年或者10年后的事实。接着飞机、坦克、汽车、轮船等各种各样的彩灯依次前进。秧歌队与民族歌舞队掺杂其间，“民族大团结”的歌声响彻云霄。我呼吸在这欢乐的空气中，想到了北京的国庆之夜，我想念着毛主席。我心不能安，我走出了城郊。乌鲁木齐河正沿着迪化城西缓缓地流着，河那边成千只的羊群已经随着牧羊人晚归了。一队清脆的驼铃声仿佛正为这欢腾的都市奏着优美的节拍。北京啊，迪化啊！祖国的每一块大地啊！因为有了您——毛主席，才显得这般庄严与瑰丽。

南山之游

在迪化传达报告完毕后，包尔汉主席约我们到南山一游。

南山是哈萨克族的牧区，距迪化74公里。我真描写不出那是怎样一个别有洞天的地方！汽车走了两小时，便进入山区了。崎岖的山路，使得汽车时时抛锚，我们索性下车步行。满山的云杉挺立秀拔，它不是北京公园内的苍松，也不是朝鲜山头清秀的小松，它像一座座宝塔似的直耸云际。山脚边开遍了各色野花。还是7月中旬的气候，我穿着毛线衣已感觉寒冷了。走过曲曲折折的山路，前面豁然开朗，那一望无际的高山草原仿佛天然铺设的绿绒地毯一般，马、牛、羊群逍遥自在地在上面散步。

我们的来临，使得牧民们忙碌起来了。他们有的赶着马驹子从下面山沟里担来了一桶桶的清水，有的骑在马上背来了一顶顶大帐篷。妇女儿童们一齐动手就在这绿绒般的草地上搭起了帐篷——这是一种游牧包，也叫蒙古包，他们又在树根前搭起了炉灶，并且从羊群中挑选了两只肥大的来宰。空气是那么清新，景色是那么美丽，我们都禁不住挑选了马匹试马于天山脚下。他们用惊异的眼光望着我们那不熟练的姿势，他们时时赶着前来扶一把，教我们怎样骑得更好些。啊！我真陶醉在这大自然的怀抱中了。

试马归来，我们就在如茵的绿草地上和他们举行了座谈会。通过翻译，我们仅仅了解到：这里是南山最大的一个乡，共有300户人家。其中50户是牧主，但仅10户有牧场。最大的牧主有100匹马、50头牛、300只羊（此地所谓的“牧主”恐怕也包括富牧、中牧了）。中等人家有10匹马、10头牛、50只羊，其余250户都是贫苦牧民。有的一家七八口人，只有一两匹马，七八只羊，也有的什么都没有。贫苦牧民终年为牧主劳动，但还养活不了全家，有的便只有靠伐木为生了。

“政府目前应该帮助你们解决些什么问题呢？”我们问他们。

“我们不晓得为什么自古以来牧场便是有钱人的，我们放20匹马、20头牛，吃4个月的草，便要给牧场主3岁的牛5头。有时牧场主要钱不要牛，而我们的牛一时又卖不出去，那就不得不把牛贱价折钱，吃亏的当然是贫苦的牧民。因此我们希望政府的减租反霸政策要在各民族间无区别地执行。牧区也须要减租反霸，最贫苦的牧民应该无须再付租金了。”（新疆农业地区今年已普遍试行减租反霸，唯牧区尚未实行。）

“其次，贫苦的牧民一般是靠伐木为生。但自政府禁止砍伐树木以来，我们断绝了生活的来源。我们不知道树林中倒下去的废料是否还准我们砍伐，同时我们也希望政府有另外救济的办法。”

和我们同来的新疆分局第三书记张邦英同志记下了他们的要求，他答应回去仔细研究后予以答复。

他们对今日人民政府能够深入了解他们的痛苦并予以解决感到莫大的欣慰。他们说：“过去官家人来总是住在大巴依家里（新疆各族人民称财主为大巴依），哪有我们穷人说话的余地。现在不同了，你们专门来照顾我们穷人。这是毛主席的大恩典啊！”他们商议了一下，共同献出9只羊给我们。我们说：“毛主席关心你们，会知道你们的痛苦的。这些羊应该留下来为你们自己用。”

人民政府给这里的哈萨克族牧民们带来了什么好处呢？他们最感激的是今年春天牲畜的口蹄疫传染病的防治。他们说：“过去牲畜患口蹄疫传染病的死亡率最高曾达90%，经过人民政府兽医专家的治疗，这种病的死亡率已经大大减少，今年只有10%，目前可以说已经停止了。”

牧民们长久以来所受的深重苦难不是一下可以解除的。新中国成立后，新疆分局与新疆省人民政府曾派遣了工作组深入各民族地区调查。他们在牧区中调查到：牧民所受牧主在政治、经济、宗教等各方面的剥削，其程度之深已到了不能生活的地步。牧区蒙古族、哈萨克族的人口因此逐年在减少，这在新疆分局陆续编印的《新疆社会调查》中，都有详细的记录，我不在这里多说了。我深信人民政府是能避免这种危险的，我深信人民政府是能为各族人民谋求幸福的，我深信5年、10年后再来到此地的时候，哈萨克族牧民们已经过上幸福的生活了。

草地上的游牧包已经搭好了，包尔汉主席邀请我们进去聚餐。那是一个多么别致的餐会！地下铺着和田地毯，上面再铺上一层白色的餐布。我们在游牧包内坐成了一个大圆圈。各种果品、各色菜蔬杂陈着，其中最珍贵的当然是羊肉了。我们先吃用铁钎子穿起的一串串烤羊肉，再吃煮羊肉，再吃羊肉抓饭。哈萨克族把最宝贵的马奶端来了一大脸盆要我们当酒喝，这是发了酵的新鲜马奶。他们把马奶挤下后，便存储在大缸中。这需要随时用棍子在缸内搅拌，等过了两三天或一个星期马奶便发酵变成酒了。包主席说：“马奶最滋养人，他过去因坐牢而得的肺病全靠喝马奶好了。”我们喝着真像酒一般鲜美，但喝不了很多，包主席却一天能喝上几大脸盆。在这种场面上哈萨克族、维吾尔族人民总是高歌曼舞以表欢乐，而我们不免相形见绌了。

饭后，我们又参观了包主席的住处，那是在山沟小溪旁用四个游牧包搭起来的，祖孙四代都在此过夏，包主席每星期来此休息一日。他说：“母亲过惯了山中的生活，每年必携儿孙辈来此度夏，一尝游牧的生活。这真是恢复健康的好地方。”他们的游牧包中都有一个储存马奶的大缸，这已成为日常的饮料了。游牧包中已生了火炉，四壁挂着鲜艳的和田地毯，一切日常用品俱全。整日在青山绿水间，牧羊驰马于草原上，这是多么美满的生活！新疆各族人民健壮的体格、能歌善舞的传统，就是这样培养出来的。今天人民生活在这美丽的自然环境中，这美妙的自然风光与优良的民族传统，更将无限量地发扬光大了。

夜幕降临了，哈萨克族人民为我们预备的两个大游牧包里已经铺上了厚厚的毡毯，包外燃起了熊熊的柴堆，我们便凭借着这火光在原野上睡了一个舒适温暖的觉。清晨起来只见万道红霞，昨日的阴霾已经一扫而空，雪山显得愈加美丽，草原显得愈加青翠。黑白黄棕相间的牛羊马群在我们面前散步了，我这时再不感觉寒冷。我沐浴在清晨的阳光中，精神焕发，我今天要和哈萨克族的牧民们一齐歌唱了！附近的牧民们聚集了千人以上，他们是特地前来听关于朝鲜前线的传达报告的。抗美援朝的热潮早已涌入了这片草原地带，牧民们曾经提出实报牧税就是支持抗美援朝的爱国工作。有一次他们在群众会上就曾检举过企图分散牲畜逃避税收的牧主马的牙，一位叫作哈季的贫牧虽然自己只有4只羊，不够起征点，但他也非要缴税不可。

他们听了我们的报告后，又进一步了解了实际的情况，那一种忽而愤怒、忽而狂欢的感情，深深地感动着我。哈萨克族真是一个非常诚实朴素的民族，他们参加新疆省人民政府工作的干部，被誉为最能脚踏实地工作的好干部。“我们要坚决保卫我们的祖国！”一位牧民在听完报告后兴奋地流着眼泪，他牵了1匹马、13只羊前来捐献。我一看，他就是昨天那位和大家商量要送9只羊的人，我们这时再不能拒绝他了。这是他对祖国的献礼，对祖国最可爱的人——中国人民志愿军的献礼！

哈萨克族牧民又表演了他们的民族歌舞及赛马、摔跤、叼羊等。那万马奔腾在草原上的雄姿，永远萦绕在我的脑际。那彼此骑着马飞奔抢夺的叼羊显得那般强健矫捷。最后他们又表演了哈萨克族男女追逐恋爱的传统

猎人与鹰

风俗。男女双方骑马追逐，男先追女，将及，女则拐鞭欲击，男又纵马急驰，女则在后追赶。女终赶上以鞭击男，男女追恋游戏宣告完成。这仿佛是一首健康而美丽的古诗，这古诗真令人心驰神往。这别有洞天的南山蕴藏着哈萨克族牧民们的喜怒哀乐，我相信只有在共产党领导下才能消灭他们的哀怨，发扬他们的喜乐，幸福的生活不久将要成为他们的美景。

焉耆的新气象

一、横越天山到焉耆

在迪化工作完毕后，我们分为四组到全疆各县进行传达报告，我参加第二组去了南疆。

从迪化到南疆越过白雪皑皑的天山，这是一段艰苦而有趣的行程。

7月28日上午10点从迪化出发，我们面对着耀目欲眩的天山南行，30里便入山区了。由葱岭到哈密，天山的重峦叠嶂，相错而不相接，像覆瓦般地横及在新疆中部。我们虽然进了山区，但天山仿佛仍是可望而不可即。再前行经过芨芨槽、柴窝堡便到了南北疆分界线的达坂城。达坂城海拔1100米。这时向东看见了有名的博格达峰，前后左右也都是绵延的山脉。我们仿佛一直行于平滩戈壁中，真不知道是怎样上来的。前面的白杨河便是通往南疆的大道了。这里有两条路：一到吐鲁番，一到托克逊。我们循后者而行。托克逊与吐鲁番都低于海平面，为世界有名的洼地。夏天最热的时候室外温度常达48摄氏度。我们傍晚到达托克逊，真是汗如雨下，坐卧不安。我们吃过晚饭在露天睡了半夜，于凌晨2点便又起程前进了。黑暗中走过了渺无人烟、寸草不生的干沟，东方发白的时候我们已经爬上了海拔1680米的俄霍布拉山口。这时大家睁开了蒙眬睡眼，看着高耸的山势和嶙峋的怪石，不觉精神为之一爽，托克逊的热劲儿早被抛之九霄云外了。大家都已穿上了厚厚的绒衣，有的甚至披上了皮大衣。从此下坡西南行，天山便在我们的北面了。我们赶到库米什吃早餐，和硕吃午餐，于傍晚7点抵达焉耆。

二、新的焉耆

焉耆为南北疆之咽喉，自古以来为战乱征伐之地，今日和平解放了，自有一番令人兴奋的新面貌。

焉耆城不大，只有两条比较热闹的街道，它在表面上是看不出什么新气象的，但你接触到那里的任何一个人、任何一件事，你自会觉得这边疆上古老的城市正在急剧地变动着。我们所住的专员公署，是所有南疆各地公署县府中最古老的，因为房屋不够分配，所以办公室都挤在一处。今年夏天专署全体工作人员动员参加半日劳动，他们在后面广场上不到三个月便修建了十余间屋子。我们初到时还和他们挤着住，等我们自和田归来，他们不仅把办公室布置得井井有条，并且宿舍也有了。

这里的各族人民听报告是那样地动情而热心，2.9万人口中维吾尔族占70%。我第一次用翻译向维吾尔族千余干部做报告，我以为通过翻译的报告其效果会不好。但那天我从清晨7点报告到12点半，每一个人都在细心地记笔记，没有一个人显出半点疲倦之色，这当然要感激专署的好翻译热依曼同志。

他们希望有一架"焉耆号"飞机出现在朝鲜上空，各阶层的人民都在节衣缩食地捐献。这使我在报告中不得不强调增产捐献，并且说明政府绝不要人民因捐献而降低已经不高的生活水平。他们的回答却干脆："今天我们的生活问题总算解决了，为着抗美援朝，我们一定要捐。"有个回族妇女听完报告后匆匆跑回去，把存了不知多少年的一段绸子送来捐献。我深深地被各族人民的热情感动着。

在焉耆，令我不能忘怀的是3个维吾尔族的巴郎子(维吾尔语男孩称巴郎子)。他们一个叫依敏(9岁)，一个叫乌沙尔(10岁)，一个叫墨罕默德(12岁)。我在第一天的欢迎晚会上便认识他们了。乌沙尔最淘气，他会用纸片撕成整齐的五角星，贴在自己的脑门或贴到别人的小帽上，他一次次地撕不完贴不完，这便引起我的注意了。这3个巴郎子每会必到，到必挤在最前列，于是我们熟识了。墨罕默德会说几句汉语，他便充当了翻译。我真怀念那小依敏，那天欢送大会上他赤着脚大胆地爬上了主席台。他一一和我们握手告别，乌沙尔和墨罕默德也跟着上来了。第二天我们真要离开焉耆了，想不到依敏和墨罕默德清晨6点便等在专署门口来送行。他们说他们是两兄弟，乌沙尔不和他们住在一起，所以没去通知他。我们的汽车已经走得很远了，“牙夏颂，毛主席”(牙夏颂，维吾尔语为万岁之意)的声音还是久久飘荡在我的耳际。

这种天真而淳朴的感情说明什么呢？中华民族是个大家庭，在这里真正体现了。在这新生的一代中正滋长着多么美好的民族友爱和睦的花苗呀！

我们只要再进一步看，就会看见焉耆的面貌是和全国各地一样，正以惊天动地的力量在改变着。

新疆缺少水，但焉耆西门外的开都河却是一片汪洋，河床宽达300米以上。这焉耆的大富源过去不但没有被利用来灌溉可耕地，而且当春水泛滥的时候，还阻碍着西行的交通。1940年，黄汲清先生到南疆做地质考察时，在他所著《天山之麓》中便载着：“曾被大雨阻于开都河畔。”如今这里已是长桥玉立，再无行路之苦了。驻此的中国人民解放军利用这宽阔的河道，正在开建焉耆南北两大渠，预计可灌溉耕地200万亩。开都河的上游为小尤勒都斯河、大尤勒都斯河及屯博克达岭水，三水合流至焉耆城西5里为开都河，东流入博斯腾淖尔(淖尔，蒙古语为湖泊之意)后自淖尔溢出，西流至库尔勒为孔雀河。因此，这伟大的水利灌溉工程完工后，将和开都河的上游与西南的孔雀河等相联结，形成一个完整的水利灌溉系统。

我们曾参加了南大渠的放水典礼。该渠从去年10月便开工了，到现在已完成了一部分干渠，全长为80公里(支渠不在内)。当一湾清澈的流水自开都河南岸引入新的水泥砌碎石的渠道时，附近的农民欢声雷动。新渠道的水马上由支渠灌溉了附近一大片农田和没有开垦过的碱地。我们离开焉耆到库尔勒时，沿公路的两旁还都是荒芜的碱地，但等我们从和田回来时，两旁的碱地都已被一望无际的流水深深地浸湿泡过一冬，把碱泡了起来，明年便可以春耕播种了。北大渠今年7月才动工，全长105公里，预计3年完成。我真想象不出3年后自焉耆以北到和硕，和自焉耆以南到尉犁以西，这广大的荒原上将出现多少个机械化的集体农场！

我曾几次出焉耆西门，徘徊在那风光旖旎的开都河畔。美丽的雪山常隐约于变幻云层间。两岸垂柳如荫，三五红衣小儿女嬉戏于河畔。河里的鱼，有的比人还长。河滩低处，维吾尔族渔夫们正在撒网捕鱼。向着雄伟的开都河大桥，焉耆名马正自远方驰来。（焉耆马与伊犁马皆驰名于世。焉耆马身材适中，善行走；伊犁马高大难驯。）这般美丽的景色已经令人依恋不舍，将来周围的沙漠变成了绿洲，我真不知道又将是怎样丰富的内容了。

三、“明屋”吊古

我们在参观南大渠放水典礼的清晨，由当地老百姓引导到焉耆四十里城的“明屋”吊古。（明屋，维吾尔语为千佛之意。）我们完全行走于渺无人烟的沙漠中。到了目的地后，也不过仅是几个土堆而已，但还看得出来古时庙宇的残迹。这里的宝贝早让英国人斯坦因于1907年盗窃一空了。我们此来考古，毋宁说是吊古。同行的向达教授曾在山前山后，每一处土墙中、每一个石窟中仔细觅见和考察。他终于找到了一两个残存的半截泥塑头像，那姿态之美完全和斯坦因所著《斯坦因西域考古记》中印的图片一般。那是印度极西北边流行的希腊式佛教美术的作风。（《斯坦因西域考古记》，向达曾翻译为中文，中华书局出版。）我们正在痛惜新疆的古物被盗窃殆尽的时候，有人忽然在一个石洞里喊着：“我发现了窃盗的证据。”原来在那壁画全剥落的石壁上有一行“湘阴蒋资生在此勘古”的题字。蒋资生便是斯坦因在《斯坦因西域考古记》中一再提到的他那中国好助手蒋师爷。斯坦因前后4次来到新疆考古，他主要的任务是来测量新疆地形、绘制新疆最精密的地图，他在新疆各地满载而归的几百箱古物不过是他附带的收获。

我们此行虽然没有什么有关考古的收获，但是我们更深一层地体验到中国人民解放军的可爱。他们在新疆的大进军中，在艰苦地开荒中，常常发掘到汉唐时代的古钱、古刀剑等文物，他们都小心地交给政府保存。唯有人民的军队才能保卫人民的文化遗产。有了强大的中国人民解放军，帝国主义也再不敢来侵略我们的边境了。

四、维吾尔族的“偎郎”

维吾尔族是一个善歌舞的民族，他们无论男女老少都喜欢以“偎郎”（维吾尔语为歌舞之意）来表达他们的情感。今天的“偎郎”也随着新中国成立而有了新内容。焉耆的盛大晚会曾予我以深刻的印象。那天会上共有21场偎郎节目，并且有相当规模的乐队伴奏。男女演员的少数民族服装都艳丽极了。男的穿着袷袢，是一种大衣式的。女的穿着轻盈的舞衣，长袖圆裙，和西欧的服装相似。21场节目大致可分为4类来说。

第一类是歌颂领袖的，如祝领袖健康，向伟大的领袖致敬等。大都是四五对男女边唱边舞，无数次地用手齐指着毛主席的像，告诉人们，是他给人们带来了光明与欢乐。

维吾尔族学员表演新疆舞

第二类是描述要求学习文化与参加劳动的。如学习、学习、再学习，把戈壁变为绿洲等。这也都是男女合舞，在舞姿与歌声中表达了这种情感。

第三类是表现他们在学习与劳动过程中怎样克服困难的。这一类大半由男女两人装扮成夫妇出场。或是男的不肯参加学习，而女的加以规劝。或是女的不肯劳动，而男的予以说服。我记得有一首歌中女的唱道："我要穿上海绸缎，我要吃抓饭(一种饭食，用羊肉加作料和米焖熟，以手抓吃)，我不愿意劳动。"而男的唱道："不劳动便不得吃。"他们经过斗争后，女的终于觉悟了，和男的一起参加劳动。

第四类是情歌。这是由康巴尔汗的学生娜汉表演的。康巴尔汗已经去西安担任民族学院舞蹈系的主任了，她的学生却能传其衣钵。娜汉共表演了3场，两场是独唱，一场是单人舞，都博得了最多的掌声。

这4类节目大致表现了维吾尔族人民今日的思想与生活的情况。

焉耆的面貌在转变中，各方面都表现出无限的新兴气象。等到将来焉耆完成了一切新建设后，我真想象不出这些欢乐的人们将怎样来表达他们的情感。他们将会舞得更欢、唱得更乐，创造出人间最美妙的景象。

铁 门 关

从焉耆到库尔勒的公路上有一个地方叫铁门关，我来南疆曾两过此地，我一次比一次地留恋着它。至今想起来，我还觉得悠然神往！

美丽的孔雀河从博斯腾湖溢出后，便顺着焉耆西南流到了库尔勒。在广漠无边的新疆旅行，看见有水处便已觉得欣喜若狂了，何况我们现在一直傍着这条河岸而行呢！两岸的山势有时高耸入云，有时又盘旋曲折。河身亦因山势而变化无穷，有时仿佛深渊莫测，有时又缓流见底，水草滋生。在这样渺无人烟的仙境中走了2个小时后，忽然前面有一片稻田在望，并有农舍三五散落着，这便是铁门关了。

汽车进了铁门关需要办理登记检查等手续，我们便趁此游览胜地。那依山傍水的雄伟气势不用去说了。我最爱的是：那孔雀河流至此，因山势的关系，发出了奔腾万钧之力，而两岸则垂柳深沉，有的低拂水面，显出另一番幽邃的境界。我们跑下河岸，坐在深入水中的柳树根上，有时俯身弄水，真觉得心旷神怡。对岸的风景更加吸引人。隔岸望过去，树木深处仿佛有一栋别墅似的房子，房后有一大片果园，高高的山岭在后面紧抱着。我们找到了一条可通行的木桥走了过去。原来那别墅只残留着一个门面，里面残破不堪，主人早已不在了。这大概与民国当匪帮的驻军有关。中国人民解放军来此后还无暇做清洗和修理的工作,他们最初仅在果园后面开了十几亩荒地,防守着关卡。现在又从事一个伟大的工程,这我将在后面再提到。果园中有着桃、梨、葡萄等各种果树。我初来时它们才刚刚结果,等我从和田归来,它们都已经熟透了。那有名的库尔勒香梨真是清甜可口,(铁门关距库尔勒仅20余公里,隶属库尔勒县)那桃子个儿虽小,却比关内的水蜜桃还好吃。

出了果园,便看见蜿蜒的山势了。随行的一位维吾尔族翻译指着那高岭的一个坟墓说:"这是塔依尔和柔和娜的麻扎(麻扎,维吾尔语,即坟墓)。"这里传颂着维吾尔族的一个爱情故事。当时我们的翻译没有把这个故事说清楚。后来我在库车、喀什、叶城等地曾连续地看了苏联影片《铁门》三次,据说这片子是完全根据这个传说拍摄而成的。这真是一个美丽的故事呢。

这故事是非常曲折复杂的,我这里只能说个大概。这是古焉耆的一位公主叫柔和娜和丞相之子叫塔依尔的恋爱故事。他俩从小便在一起长大并受着国王宠爱。后来那位丞相因为请求国王释放一位被关在死牢中的革命分子,又屡次向国王直谏,便失宠于国王,最后被国王暗杀了,这便注定了塔依尔和柔和娜的悲剧命运。塔依尔的父亲死后,国王便干涉柔和娜的婚事,不许她和塔依尔再恋爱,要把她嫁给一个绰号叫"黑英雄"的奸臣之子。塔依尔被关在一个箱子里,顺着孔雀河水放逐出境。他流出了国境后被正在游船的另一位公主救起,那一国老态龙钟的国王看见塔依尔英俊有为,便想招他为驸马,并请他继承王位。塔依尔却回答说:"你的财富和王位,加上你的公主也比不上我的柔和娜的一个小手指头。"他顺着山路偷偷地跑回了自己家。

柔和娜自从塔依尔被逐后,因为和父亲抗争无效,便病倒于宫中。父王为着使她恢复健康,假造了塔依尔的信来安慰她。等她的健康逐渐恢复了,父王又强迫她嫁给"黑英雄"。正当宫中悬灯结彩宣布公主婚礼的那一天,想不到这对情人又会面了。原来塔依尔被边境上的老百姓装在箱子里当作"嫁妆"送到了宫中。被迫穿上嫁衣的公主正含着眼泪打开这箱子时,可爱的塔依尔站立起来。于是"黑英雄"进来和塔依尔比剑,被塔依尔击毙于剑下。这悲剧的结局是塔依尔被处以绞刑,公主到父王面前苦苦求情,也被愤怒的父王扼死在地下。当边境上的人民赶来救援时，这对纯真的相恋者已经死去，人们沉痛地抬着并列的一对恋人的尸身，悲愤地唱起挽歌，以沉重的步伐缓缓地走向高山举行葬礼。我们所看到的那高岭上的坟墓正是当时人们留下的纪念碑。这对纯真的相恋者在古代封建社会虽然注定了悲剧的命运，但当时他们那种斗争的精神却永远留在人们的记忆中。

我感谢苏联朋友对我们兄弟民族的这种文化上的帮助。这部片子几年来在新疆放映过千百次——那真是百看不厌，这主要是因为表现了维吾尔族人民自己的故事。其次这部片子是被译成了维吾尔语才运来的。他们人人看得懂，因此更加喜爱。我们关内的文艺工作者，尤其是电影工作者，在这方面做了些什么呢？那真是太少了。即使有一些影片运到新疆，因为没有翻译，他们看着也茫然莫解。我想到新疆各族群众那种渴望了解祖国的热情，那种渴望获得文化的需求，我不能不向我们的文艺工作者，尤其是电影工作者呼唤：请多注意边疆人民的工作！

最令人感动的还是驻疆的中国人民解放军了，他们无时无刻不在新疆创造着奇迹。我在迪化时，曾听见王震将军说："我们要在铁门关利用孔雀河水修筑一个水力发电厂。"我初过铁门关时，这事仿佛还没有影迹，但等我从和田回来，却已经开始动工了。他们正计划着把铁门关东面的一座山炸开，使绕山而流的孔雀河水能够直泻而下，以增加水力。这项工程将于1952年完成，预计可发电2万千瓦时，可供焉耆到库尔勒的全部电力。一车车的钢条、水泥、火药等正自迪化运来，一座座的帐篷已经在铁门关外，美丽的孔雀河水仿佛更加有力地为这伟大的工程伴奏着胜利进行曲。

这真是一个令人怀恋的地方，我永远忘不了那幽邃的景色、那美丽的传说和那正在进行的伟大工程。我不能想象当那神秘而幽美的仙境一旦灯火通明，将变成怎样壮丽而辉煌的人间乐园！

铁门关啊！我怀念着你，我更祝福你。

库尔勒、轮台、库车所见

新疆在地形上，从迪化越过天山便是南疆。但在行政划分上，过了铁门关才算真正到达了南疆。

广阔无垠的南疆的每一个县都是沙漠中的绿洲，我们常在渺无人烟的戈壁滩上奔驰几百里才到达一个县。县与县的距离，有时比内地省与省之间还大。

我在库尔勒初次领略了南疆的风光，它远离着南疆的公路干线。过了铁门关，在大戈壁上，远远地望见那隐约在地平线南端的一块长形绿洲，那便是库尔勒了。汽车折向南行，绿洲的面貌便逐渐呈现在面前了。我们到达绿洲后，曾横越小桥流水，傍着沿河的三五人家而行，又穿过杨树参天、柳荫遮地的整齐街道。一望无际的肥美的农田向你展露笑靥，丰盛的果园从矮墙上向你探首弄姿。这是多么令人心旷神怡的景象啊！

我在这里深深地感受到了南疆维吾尔族妇女的热情，我曾在果园中单独为维吾尔族妇女做了一次报告。除了住在城乡的妇女外，还有远自二三十里外抱着瓜、排着队、举着旗子前来听报告的，那红艳艳的服装把绿油油的果园装点成锦绣一片。已经是8月上旬的天气了，这里的炎热依然未消。从树隙间射进来的阳光在她们因跋涉而疲劳的面庞上,又激发出粒粒汗珠。但她们是那样悄无声息地找了个合适的位置坐下,专心地听着报告。有时孩子烦躁得不安了,母亲赶快把带来的瓜给孩子吃,以免搅扰会场。

我曾绕遍半个绿洲到离库尔勒50公里的苞头湖——部队的生产地去做报告。那将近6000亩的荒碱地如今已铺满了一片金黄色的麦浪,饱满的麦穗仿佛低垂着头在含羞地欢迎远客。我最爱的是那站在麦田里的雄赳赳的战士们。看,他们把坎土曼(坎土曼是一种农业生产工具)东一堆、西一堆地放着,旁边还有一个小小的闹钟。这已是集体化农场的雏形了。他们正在试用马拉收割机进行秋收。这种收割机每架每天可收割百亩上下,可抵50个人的劳动力。战士们还不怎么熟练地拉着马拉收割机赶入麦田中。马在前面奔驰,收割机便在后面把一片片的麦秆割断了,一队队的战士们跟在后面把麦秆一捆捆地扎起来。附近的维吾尔族百姓都喜欢来看这种新式收割。他们常常带着自己种的瓜送给辛勤的战士们,战士们也就用自己劳动的果实来回敬,军民融洽得像一家人。新疆的农业集体化已经打下了很好的基础。新疆的生产部队中有着不少从湖南新招来的女战士,她们大多只有十五六岁,最大的也不过20岁。有的初中毕业,有的高小程度。这里的十几人编成了一个学习班,她们日出夜入地从事修整棉田工作。一位身体胖胖、面庞红红的小女兵跑过来对我说:"你看我们多么健壮,多么愉快啊!"我详细问了她来到新疆的经过。她说:"不瞒你说,我们初来时还哭过鼻子呢!但现在已经过惯了部队的生活,我们喜欢向老战士们学习,我们可以锻炼得更好些。"其中有一位,上级要把她调做行政工作,她多日来都在闹情绪,她不舍得交出光荣的"中国人民解放军"的称号。我深深地向这些死心塌地在边疆服务的他们和她们致敬!他们和她们都是共产主义的光荣!

报告完毕,我又参观了库尔勒的十八团大渠。这是引用孔雀河水,将来要与焉耆南大渠相联结的一条42公里长的渠道,可灌地20万亩。工程已经完成了一半。它修得那么好,几个闸门都用石头水泥木板砌住。清流已经放入,但可以随时开关。修渠的人中有一位女英雄叫吴梅苏的,原是关内的大学生。她来此后每天和战士们一

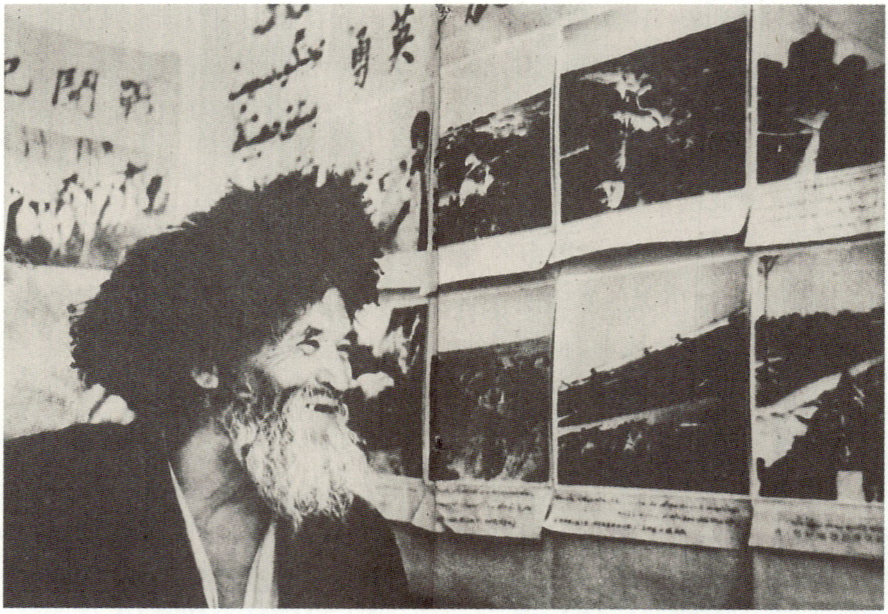

在新疆和田举办的图片展览会上，70岁的维吾尔族老工人看到人民解放战争胜利的照片露出了微笑

同到五六里外的山上背石头，她曾创造了每天背17趟，每趟背80斤的最高纪录。新中国的好儿女无论在朝鲜前线或后方生产战线上都同样地以忘我的劳动精神保卫祖国、建设祖国。我们伟大的祖国怎会不强大起来呢！

我们临别库尔勒的那天，在来道别的群众中我又一次地看见了维吾尔族妇女们热情的脸庞，她们那明亮的眼睛仿佛照耀着这美丽的沙漠绿洲的前程。

轮台维吾尔族老乡们交纳公粮的工作曾予我以深刻的印象，这真像办喜事一般呢！男人们穿着新袷袢，女人们戴着满头的鲜花，他们举着红旗敲着鼓，把一队队驮着粮食的骡马或粮车赶向县政府。县政府后面的大粮库早就打开了，收粮的同志天蒙蒙亮便在那里等候着，老乡们笑嘻嘻地卸下粮袋来比较着谁的粮食好，女人们便在粮库前面的广场上跳舞欢唱。粒粒金黄的稻谷过秤后被倒进了大粮库里，人们看着自己辛勤所得的一部分果实贡献给了政府感到十分轻松愉快！这是为人民办事的政府啊！县长冉广田同志前来向老乡们问好，并表扬他们这种遵守政府法令、如期交纳公粮的工作，是支持抗美援朝的具体表现，是光荣的行为。老乡们兴奋地说："我们以后一定要提早交纳公粮。"这里洋溢着维吾尔族同胞们无限的爱国热情与朴实的作风。

"我觉得在边疆工作，"冉县长转向我说，"除了言语不通的麻烦外，其他方面比内地还容易呢！只要政府说是光荣的事，老乡们没有不踊跃参加的。国民党反动派统治时期把民族问题搞得乌烟瘴气。因此，我们去年的征粮工作还有些困难。今年不同了，人民政府一年多来建立了威信，今年又经过宣传动员后，你看他们是多么热烈地来交纳公粮啊！妇女在这里也起了很大的作用，她们督促丈夫儿子要把好粮食交给政府，生怕在大伙儿面前失了面子。"

那天从清晨到傍晚，一个乡的公粮共有10余万斤，它们全部被装进了一个大仓库。县政府后面的空场上共有五六间大仓库，有的已经装满，有的还空着。他们的征粮工作已经开始了两三天，计划一个星期便可全部完成。我9月下旬从和田归来正碰见了这件盛事，我站在粮仓前面看他们交粮的盛况久久不忍离去。过去听过我报告的维吾尔族妇女们认出了我，她们纷纷把插在头上的鲜花拔下来送给我。我捧着一大堆鲜花真不知说什么好，那又感激又兴奋的心情简直让我说不出话来！

我们来到南疆有名的大城市库车县了，这里有回汉两城，县政府在汉城，它的规模几乎与迪化的督办公署相当，当然在建筑方面是远不及的。前面有着一排整齐而堂皇的两层办公大楼，后面有一个大厅作为礼堂，并且还带着一个花木丛生的后花园。最引人注目的是那办公大楼前面的空地上放着两块未经雕琢的、有石墩般大的、碧绿色的和田玉。我当时想，如果这两块大玉石搬到北京中山公园，那将受到多么大的欢迎啊！

我爱现在的维吾尔族县长吾买尔同志，他日夜不息地为我们主持报告会。有一天忽然没有见到他，原来他到距库车40里地的渭干河的水闸上，为库车、新和、沙雅3个县分配水力去了。过去3个县人民为了争取渭干河的水力常闹出人命案子，如今每届春秋两季，3个县的县长必亲自到那里为3个县人民公平分配用水量。

县政府是热闹得很呢！各地调训的减租训练班及教员训练班的维吾尔族男女学员都住在里面。每当我从办公楼走向后花园时，不论在前面空场上，或者后院的树荫下，以及花园的小亭子里，总看见他们一组一组地热烈而认真地在讨论。我们抗美援朝的报告也是他们讨论的主题。有一天，我遇见他们在大月亮下讨论。我看见了一个仿佛熟识的人影——是那一位在我报告了6小时后，还递上条子来说“这样的报告就是听三天三夜也不厌”的女学员。我把翻译请来问她在讨论什么。她说：“抗美援朝的报告使我提高了阶级觉悟，我知道怎样做减租反霸工作了。”新疆的减租反霸工作正在各地热烈地展开。我在和田时，曾参观了重点试办的区域。我从和田回来，在这曾经熟识的县政府的办公大楼前面的空场上又遇到了这些曾经熟识的人们，他们是342人组成的一支大军，现在正准备出发，到乡间去进行减租反霸工作。我怀着无限的兴奋预祝他们这场战斗取得胜利！那两块和田玉也仿佛在一旁默默地对他们闪烁着光芒！

我们到的那天，正赶上了这里的巴扎。赶巴扎的日子，远近各乡村的男男女女都来到了。他们带着各自的货物前来交易，他们欢腾得仿佛过节一般。沿街摆满了地摊，有菜市、肉摊，也有卖旧衣物和新皮靴的。最引人注目的是南疆别具风格的鲜艳的各色小帽了，这种小帽单独摆在一条街上，称为帽子巴扎。维吾尔族老乡无论男女老少，无论春夏秋冬都戴着这种小帽。女帽用各色丝绒做成，上面绣着彩花，有加用金银线或珠子的。男帽比较朴素，有在黑绒上绣着白花的，亦有用红绿丝绒做成的。这都是些精致的手工制品，最珍贵的要卖十五六个“天罡”一顶呢！（我们到时，南疆还盛行以银圆计价，维吾尔语“天罡”即银圆，现已渐形禁止。每顶最高价合人民币30万元以上，也有两三万元一顶的。）库车的黑子羔皮是全国闻名的。我们走过了拥挤的人群，又回到了大街上，看见了两旁挨门比户的皮货店。那黑色的小卷毛皮筒显得油亮亮的，有的已经制成了冬天戴的苏联式的皮帽。这种羔皮筒在当地只卖人民币三四十万元一件，但运到关内，因为交通阻塞，价高两三倍以上了。

我们曾走向库车河的大桥上，这桥梁上的匾额，一面题着“龟兹古渡”，一面题着“团结新桥”。现在的舞蹈中亦还保存着库车舞，可见古来此地的歌舞也是有名的。现在这里有些什么改变呢？驻此的中国人民解放军曾将库车山地中的石油标本给我们看，油质的纯度比乌苏的还好，可惜产量不丰。另有煤、铁、铜、石膏、岩盐、硫黄、明矾等标本，这些矿产在山地中都是俯拾即是，中国人民解放军正准备大量开发。

我徘徊在这古渡边也是新桥上，怀念着它过去的光辉，瞻望着它将来的远景，我仿佛看见那支浩浩荡荡的减租反霸大军正开过那人群拥挤的巴扎，为新的库车铺平道路。

从喀什看南疆

喀什是新疆古城之一，8月16日在库车工作完毕后，我们应王震将军之邀先去瞻仰古城。

一、回城巡礼

喀什那规模宏大的建筑，以及那奇异的服装等都给人以新鲜的感觉。它分回汉两城。

回城城中心的广场是他们活动的中心。在古尔邦节，人们穿着新衣来到广场，孩子们围着一个特设的大转盘轮流地坐上去旋转。大人们看着各种杂耍，或者三五成群地交谈着。

从广场伸展出去6条大街。赶巴扎的日子，人群仿佛在沸腾。街面上分门别类地开设着绸布店、小帽店、蚕丝店、做银饰的、卖铜器的和打“匹甲克”（维吾尔语为小刀之意，刀长五六寸或七八寸，刀柄雕刻精致的花纹。维吾尔族皆喜佩置于腰间）的店铺。人行道上摆满了各式的地摊，新旧杂陈，五光十色。这南疆的市容毕竟不同凡响呢！

广场南面的新盟俱乐部是南疆最大的一个戏院，里面有3000个座

人们在喀什市国营百货公司选购商品

位并有转台电灯等设备。维吾尔族群众经常在这里演出或看电影。另有苏侨俱乐部亦经常为维吾尔族群众放映苏联影片。这里还有天南日报社，每日出四开维吾尔文版报纸一张，为维吾尔族人民的文化娱乐提供保障。

我曾几次徘徊在这回城的街头，在那汹涌的人群中感觉到了他们透露出来的欢乐曙光。

二、边防军

我们来到了喀什的汉城，它的外表虽没有回城热闹，但令人感到一种庄严的气氛。王震将军正在这里主持喀什军区党代表会议，南疆的各路英雄齐集于此。这里是建设南疆的原动力。

我们见到了温文儒雅的喀什军区政委王恩茂将军和领导生产的吴志杰师长，以及守卫边境的陈占北连长等。王政委是王震将军最好的助手，我们曾经从他那儿听见了中国人民解放军保卫及建设南疆的光辉景象。我们更从英雄们的口中听见了许多具体的实例。我们这时才恍然大悟，为什么王震将军要我们先来喀什了。

那千军万马进军南疆的史诗，我这里只能用几句简单的话来表明。

1949年10月，中国人民解放军为了解放新疆的各族人民，在酒泉只停留了半个月后便继续前进了。我们的解放军从酒泉出发时只有400辆汽车，因此到了哈密、焉耆后便全部步行了。某步兵团从阿克苏到和田曾于15天内横贯1560里的大戈壁滩。这是一条从未开辟的路，比绕喀什大道要节省1000余里。到1950年4月，共用半年的时间，他们便已进驻南疆各主要地区。同时，他们又抽出一部分部队横越昆仑，进军西藏阿里区。

这几句话里包括中国人民解放军的千辛万苦，也包括中国人民解放军和各族人民的无限喜悦！

中国人民解放军到达南疆后，主要的任务是保卫边疆和建设边疆。他们兴奋地审视了南疆的地形，原来它特别有利于建设，可以成为祖国大后方的工业基地。

我不想多说他们是怎样做修复公路的工作的，但那大雪山中守卫者的英姿是必须一提的，以便了解帝国主义在我们的祖国边境还有些什么阴谋。南疆西南的蒲犁县[1]是边境上的重镇，它比山西省还大，人口却只有1万左右，大半为塔吉克族与柯尔克孜族两族。

这里四面都是大山，有云便下雪，六月雪是常事。每日午后起大风，风大到使人睁不开眼睛。中国人民解放军来边境后先修建营房，并打茅草、拾马粪，以烧热炕。他们又开荒种青稞及蔬菜，青稞的收成很好，蔬菜的成绩不佳，因此一般食物还是要从喀什运来。从蒲犁到喀什没有公路，只能用牲口运输。有时接济不上，常常就没有菜吃。尽管在这样的不毛之地，战士们的精力依然旺盛，在蒲犁边境上有6个关卡，原定每两个月换班一次，但他们经常主动地请求不换。

驻疆的中国人民解放军不仅是一支国防军，而且是一支生产军。战士们在集体劳动中发挥了无限的智慧，他们自己设计就地取材修起了一座177间的大营房，外表是那样美观，里面又是窗明几净。45岁的

---

[1] 蒲犁县，即今塔什库尔干塔吉克自治县。

老战士朱春林曾在天津、东北等地当过13年窑工，由他负责设计了3个大砖窑，为这座营房烧了全部的砖瓦。门窗与铁合页都是由他们自己的铁木工厂制造的。附近山中有一种泥土刷在墙上，便是美丽的天蓝色，除了玻璃外一切都是自制的。参加劳动的500名战士就要从临时搭起的帐篷里搬进去，享受自己劳动的成果了。吴师长把营长叫来说："你当初不是说什么也不懂，怕不能完成任务吗？现在又怎样搞的呢？"营长回答说："中国人民解放军没有克服不了的困难，群众的智慧是无穷的，战士们各个是专家！"

三、喀什名胜

香妃墓的外景和艾提尕清真寺相仿，但壮丽则过之。那高大的门楼和四角的圆柱全用蓝白相间的琉璃砖砌起，光辉夺目。上面的大圆顶已于3年前倒塌了，下面的墓地上整齐地排列着大小68座坟墓。那些坟墓原来都是用玻璃花砖砌起的，但当大圆顶塌下时压坏了很多。后来修过的，只是铺着土坯，便没有那美丽的外形了。前面第一排较小的两座，是香妃和她的母亲的坟墓，墓前竖着一块石碑，以为标识。其余66座，据说都是香妃的祖先们。墓地的四个角落都有台阶可登临屋顶上的小阁，墓外有建筑精美的大小清真寺2座，并有景物幽美的水池、果园等胜地，令人流连，不忍离去。维吾尔族人民景仰香妃的心情至今未衰，他们正准备重建那倒塌的大圆顶，每年古尔邦节，他们总是成群结队地前来扫墓。我深深地体会到他们这种深厚的民族情

新疆喀什的名胜——香妃墓

感。在今日民族平等的新时代,这种民族感情是被尊重的,民族间的友爱和睦不正像亲兄弟一般吗?

此外喀什的古迹还有回城东南角上的耿恭台和小阿图什的千佛洞。前者为全城最高处,登临其上可俯瞰全景。耿恭为后汉时的名将。后者在高山悬崖上共有3个石洞,原是古代文明在中西方文化交流上最好的宝藏。旧时代一去不复返了,古老的中国也已掌握在强大的人民手里,我们再不怕什么帝国主义国家的侵略了。

今天喀什在共产党的领导之下,各族人民将踏上光明的建设大道。它是西北重镇,它是后方工业建设的基地。从喀什瞻望全中国,我真感觉无限地喜悦。

和田的新生

从喀什南行，经过莎车后，我们渡过了南疆的第一大桥——叶尔羌河大桥。那桥的南端耸立着两块高大的匾额，上面写着“南出昆仑”“北入瀚海”。这又是一个新境界了。广袤无垠的戈壁滩显得愈加辽阔，远远地被旋风卷起来的沙柱子像一座座山头似的高耸入云。我们已到达了南疆南端塔克拉玛干沙漠的南缘。从此沿着昆仑山北麓东南行，便进入和田专区。和田专区包括皮山、墨玉、和田、洛浦、策勒、于田、民丰7个县。和田专署设在和田县。我们一部分同志留在专署所在地工作，另一部分同志又远去策勒、于田等地。

一、和田的手工业

古老的和田仿佛边疆的一颗明珠，它辉煌的手工业长久以来便被人们称道着。著名的和田玉、和田地毯、和田蚕丝业等的发展历史说明着和田社会的变化。

和田原是产玉的名乡。从昆仑山上流下来的玉龙喀什河和喀拉喀什河流过和田、墨玉两县，为和田人民带来了美丽的玉石。前者亦名白玉河，以产白玉著名；后者又叫墨玉河，以产墨玉著名。据说另外还有一条绿玉河，但现在已不知河身所在了。人们守候在河畔就会发现从昆仑山上冲下来的晶莹的玉石。玉工菊曼说："寻找玉石并不是一件容易的事，我们经常等十天半个月也没有拾到一块。有时在月夜下，玉石忽然来了，那就必须连夜寻找，否则第二天又不见了。"晶莹的玉石，大如石墩，小如鹅卵。在库车所见的两块千斤以上的大玉，在和田反而少见。

和田东街上的一条著名的玉石巴扎显得冷清了。过去有七八十家玉工，现在只剩了四五家。他们费尽心血雕琢出来的玉杯、玉镯、玉戒指以及文房四宝等，不是广大人民所需要的，现在只剩了图章和烟嘴等还有些销路。真正以玉石雕刻出来的东西不多，一般都以"卡瓦石"来代替。"卡瓦石"是凿自洛浦东山上的玉石，它亦分黑、白、绿3种，但不如和田玉的质坚而色润。一个玉工用"卡瓦石"雕刻一套酒杯（10只）需要7天，价值约在3.5万元到7万元之间。图章或烟嘴的每个售价为3500元，一人一天可做10个。玉工们的生活是非常艰苦的，现在只有转业一途了。玉石业的好转只有等待将来人民生活水平提高之后。因此，玉石巴扎的暂时没落却象征着和田的新生。

鲜艳美丽的和田地毯曾经闻名遐迩。和田地毯过去虽和和田玉一样是为地主、贵族阶级服务的，但它却有着发展前途。过去维吾尔族地主阶级是用它来挂在墙上、垫在床上、铺在地下的，而现在已经把它发展为正规的地毯业了。羊毛与棉线都是本地出产的，所以成本不高。当我们走进专署接办的地毯工厂时，那已织成和未织完的各式美丽地毯真叫人爱不释手。维吾尔族人民喜欢鲜艳的色泽，如大红、大绿、正紫、深蓝、金黄等色，他们能把这些色彩搭配得那样和谐而别具风格。毯子的花样有少数民族图案、苏联洋花和中国古花三大类，以第一类最受欢迎。全厂共有织工400余名，每月可出丈六、丈二、八五、四六等大小尺寸不同的毯子六七十条。以四六毯为例（四尺宽、六尺长），两人12天可以织成一条，价格为35万元。工会主席关逊尼牙孜说："现在工人的生活虽然还没有得到很大改善，但已有了保障，所有的成品都由省贸易公司负责收购，运到迪化销售。他们欢迎各地前来订货，任何花纹、任何尺码都可以定织。北京苏联大使馆大客厅里的一条大地毯，便是和田厂出品的。"

丰收时刻

和田的地毯业已经有上千年的历史。织毯工人仅和田县即有1500余人，据说洛浦县还要多。现在除了在工厂工作的以外，其余都是家庭手工业者。由于本地没有销路，加上交通不便，地毯业的发展暂时还有困难。这般美丽鲜艳的和田地毯能够远销到关内就好了。

蚕丝业在汉唐时便传入和田了。和田蚕丝业的兴衰充分说明了和田政治上的征候。最可惜的是40年前被斯坦因在和田古都城附近丹丹乌里克沙漠中盗窃去的有关蚕丝业起源的一幅版画。那幅版画上画着一位头戴高冕的中国公主，旁边放着一篮蚕茧和一辆纺丝车，另外有一个侍女跪着以手指冕。[1]据说这位公主就是把蚕丝业传入和田的第一人。当时由于禁止蚕种出口，她把蚕种暗藏于帽内携出。和田人民为着感谢她，奉她为神明，并在古城附近修建了庙宇来纪念她。这虽然属于古文物的事情，但与蚕丝业有关。和田蚕丝业有着多么美丽的一个起源啊！

和田蚕丝业据说在唐朝时已经盛行，后来又传入了印度种。但此后，因为养育不善，故产量不高，丝织品极为落后。远的不去说了，从现在具有史籍可考的1935年说起。

在盛世才前期，和田蚕丝业得到苏联的帮助，曾经有过一个极盛时

[1] 此画见向达译《斯坦因西域考古记》插图第31幅。

期。1936至1941年苏联曾大量输入蚕种，免费发给农民饲养。最初每年为一两盒，最高曾达10万盒。1941年南疆（包括和田专区6个县及莎车、叶城，共8个县）生丝产量曾达51万斤。1942年生丝出口达25万斤。

盛世才后期反动劣迹暴露，苏联蚕种即未再输入。但在这时期，曾由内地聘来专家、技术人员30余人。他们曾在和田设立了蚕丝试验场，并曾到各地指导农民养蚕制种工作，大量推广了中国种。同时，在各重点地区设立了织绸厂。因此，那时的产量虽不高，但对缫丝及织绸的技术有所改进。

1946年冬，聘来的技术人员纷纷返回口内。国民党反动统治变本加厉，贪污横行。蚕种场发出的蚕种，不经检查，不论有病无病，一概用强迫手段发给农民饲养，农民把它叫作“哄人种”。从此和田的蚕丝业便一落千丈了。1950年据和田专区的统计，仅产生丝8000余斤。

我们参观了和田郊外新疆省立的和田蚕丝试验场，这是接收过来的一个场子。接收时该场只剩了蚕种3000余张，现在又已培养到3万张。该场的工作人员正在仔细地用显微镜检查蚕种，好的储存起来，坏的全部烧掉。该场负责人说：“新疆如果再不解放，此地的蚕种就要灭绝了。”

该场的蚕种现有苏联种及中国的中农29与华字7、8、9、10等中国种。中国种较苏联种抽丝多，并且丝质洁白，但其缺点是抵抗力弱，不如苏联种之耐寒热，容易饲养。因此，维吾尔族群众都愿意饲养苏联种。现在该场正在试验中苏交配种，交配到第三代后，可以吸取两种之长处改良蚕种。

农民饲养一盒或一张蚕种的收益等于四五亩地的收入。他们在新中国成立前曾经把桑叶打下来喂了羊，桑皮剥下来卖给造纸的人。但今年不同了，今年他们又信心百倍地爱护着桑树，争着养蚕。农民司买哈艾提说：“今年养了一盒蚕种，我就买了一头牛。我来年打算养10盒，一个月不睡觉呢！”

和田织绸业还显得落后，有待于内地的技术人员前来协助。现在织出的有白绸、手绢、百合绸及夹线绸等。后一种独具民族风格，那红绿蓝相间的宽条花纹显得多么艳丽和谐！此绸质地厚实，维吾尔族男子都用以制作外面穿的袷袢，维吾尔族女子都喜欢外来的、轻盈的印花绸。

此外，和田的手工业还有棉纺、制革、造纸、制帽、采金、冶铸及织羊毛等。其中以棉纺业最有发展前途，因为和田气候温和，适于种棉，并且这是人民生活的必需品。驻此的中国人民解放军又大量收购羊毛，运输出口，并设立了洗毛场。这对提高维吾尔族人民的经济收入也有很大的帮助。洗毛厂的女工一边在水池里脚踏手洗着羊毛，一边歌唱道："中国人民解放军来了，我们能够劳动生产了，我们的生活好起来了。"

二、和田的减租反霸运动

去年9月上旬到达和田的时候，这里正在重点试办减租反霸工作。和田虽是边疆上的一颗明珠，但古老的和田的翻身，不是一件容易的事。直等到经过这次减租反霸运动，它才扳倒了千年的大石，苏醒过来。

和田农村中的剥削关系有农奴制、租佃制以及高利贷3种。后二者除了剥削程度比关内更为严重外（一般地租在70%以上），其方式是和关内相同的。但第一种是和田农村特有的现象。这里的大地主都有几千亩土地，甚至达万亩以上的。他们经营这些土地不是靠租佃关系，而是靠比租佃关系更为残酷的农奴制来剥削农民。地主将占有的大量土地分出一小部分给农民耕种，种了这一点儿地的农民就必须无偿地给地主耕种绝大部分的土地。同时他们也失去了自由，不能随便脱离关系，并且可以被地主任意买卖。这是封建前期的农奴制社会的现象。这在关内已经是千年以上的陈迹，就是在南疆其他各地也都少见。我现在引用墨玉县扎瓦区第一乡的情况来具体说明这个问题。

扎瓦区一乡是封建势力最集中的地方。这里的一切政治、经济、宗教上的权力都被掌握在几家"霍加"[1]的手里，其中尤以买买提力汗霍加、艾合买提汗霍加为代表人物。

该乡原是一个荒凉的戈壁滩，后来因为有了水，劳动人民才逐渐地把它开辟了出来。买买提力汗霍加的曾祖父本为传教士毛那阿訇的随

---

[1] 霍加，对地主乡绅的尊称。

员。毛那阿訇在这里建立了教经堂,劳动人民从此要将耕种所得的一半交给教经堂。毛那阿訇死后,买买提力汗的曾祖父便继承这笔财产,传到买买提力汗手里,已有9000亩地、60户农奴。艾合买提汗霍加原是个贼娃子,他依靠马虎山的一个副官——国民党反动统治时期的伪法院长的势力,把朝觐未回的阿里木汗的2000亩地和70多户农奴霸占了过来,于是成为当地的一个大地主。

霍加们自称为圣人的后代,他们要当地的老百姓每日前来请安,他们荒谬地说:"霍加用过的东西谁都不许用,谁用了手就会烂;霍加说过的话,谁都不许说,谁说了嘴就会长疮;霍加走过的路,谁也不许走,谁走了脚就会跛;霍加坐过的地方,谁也不许坐,谁坐了屁股就会肿;霍加看过的东西,谁也不许看,谁看了眼睛就会瞎。"

农民无偿地给霍加种地,分全劳动与半劳动两种。全劳动的需要整年累月地给地主劳动而没有一点自由;半劳动的在10天中,5天给地主劳动,5天给自己劳动。全劳动的可分到12~15亩地,半劳动的可分到1~12亩地,但地权仍属于霍加。农民给地主种地除了种子由地主供给外,其余农具、肥料及口粮等皆由农民自出,而全部收成都属于地主。他们白天给霍加劳动,自己的地只好在晚上偷偷地耕种,有时被霍加知道了还要毒打一顿。农民分来的荒地刚刚种熟就要被霍加收回去,高价转租给中农,再分的还是荒地。有时正是农忙的时候,霍加要造房子,农民只有抛下自己的庄稼,老远地去背石头,搬木料。有时农民还需出石灰,全劳动20秤、半劳动10秤,没有的就以苞谷折合。这样,农民们便永远还不清地主的债,几十年、一辈子都得给地主当农奴。肉孜阿洪在控诉时说:"我家就这样给霍加当了一辈子奴隶,我至今没有吃的,只好吃桑子。"巴吾提是全劳动,分到了17亩地,一家7口都得给地主劳动。因此,自己的地就无法照顾,每年青黄不接的时候总是没有吃的,要向霍加借。这样年年借,年年还不清。他已当了17年农奴了。霍加的庄园里样样俱全。几十家农奴分门别类地给他种地、榨油、做靴子、烧饭、喂羊、喂马、放骆驼,甚而捶背捶腿也有专门的。另外霍加还养着一些狗腿子专门给他做生意,管钱财,鞭打农奴。霍加们吃饭、穿衣、走路、大小便都要农奴服侍。农民们控诉说:"霍加除了里面的裤子自己穿外,其他一切不动。搀扶的时候嫌我们手粗,要垫上棉

各族群众学跳秧歌

花。有时棉花没垫好,就是一顿打骂。”霍加的庄园里还私设着各种刑具,大梁上挂着铁滑轮,地下摆着格杀勿论棍、大头棒及各种大小的皮鞭等。

从霍加庄园里清查出来的几箱卖身契约,更充分说明了封建前期农奴制社会的残迹。这些契约大半都是由于农民还不起地主的债,而自愿将亲生儿女卖给地主时立的字据。这些字据上都特别注明:“我儿如在工作期内死亡,买主不负责任,但如有逃亡等情,由我负责。”有的是永远卖绝的,有的是卖二三十年的——到1960年或更远的年代才满期。另外有一张是地主立的字据,上面写着:“农奴乌沙尔等3人原是我父留给我的动产,我现在把他们释放,从我的动产中除去。”但这3个农民都已是70岁以上的年纪了。

农民们控诉后,一个个地睁大着眼睛望着毛主席像。他们好像愣住了似的想着他们的心事,那衷心感激的心情是难以描述的。他们说着无穷无尽的感激话:“我们天天祈祷救星来,现在果然来了。这救星就是毛主席!”“我们过去像戈壁滩上的一条虫,没吃没喝快要死去了,感谢毛主席把我们救活了。”“今天我们减了租反了霸,好像快枯死的草得到了甘露,从此可以长得茂盛了。”

我们后来又在和田三乡、五乡参观了减租反霸运动,其情形大致相似。那愤怒的火焰,那欢乐的新生,使他们的泪水淹没了笑容,笑声里又带着呜咽。他们所受的痛苦之深,在关内参加过土改的人是想象不到的。他们那种获得新生的感觉真像是从古墓中又回生的人!

三、和田的新生

新生的和田农村很快地呈现出一片新气象。我们同行的向达教授曾建议:北京历史博物馆正要举办封建前期农奴制社会陈列室,但没有实物标本,那些霍加的家谱、刑具、卖身契约等都是最能代表那个时期的实物标本,希望即能运京。农民们解脱了千年的镣铐后,立即生龙活虎地干起活来。在农民们飞舞的坎土曼下,玉龙喀什河畔的大荒滩立时变成了可耕的土地和新田园,几百间房子修盖起来了,几万棵果树、桑树、杨树种植起来了。过去没地和少地的农民从这片新田园上得到了自己的土地。这还仅仅是减租反霸后的新气象。

另外,如上所述的,和田辉煌的手工业已从为地主贵族阶级服务转变到为广大人民服务。它的发展前途虽然还有一个相当困难的时期,但毕竟走上了坦途。我们实在觉得无限地欢喜。

和田长久以来之所以停滞在封建前期的农奴制社会的原因,主要是:新疆南路湮没,以致它与世隔绝。现在新藏公路修通,而它由皮山又可直达印度、巴基斯坦等地,又为国际通路的要道。同时它的经济基础良好:一方面是气候温和,适宜于农耕,又不缺水;一方面是有着深厚的手工业基础。新生的和田有着无限灿烂的前途,这颗古老的边疆上的明珠从此将发出崭新的光芒。

莎车、阿克苏、拜城杂记

我们在和田工作完毕后，便循原路往回走了。回程中的所见所闻和过去所未谈到的几个地方，至今回旋在我们的脑海。这虽是些零星的回忆，但却是几件非常新鲜的事呢！

一、维吾尔族的话剧

能歌善舞的维吾尔族也是话剧演出的能手。在莎车及拜城黑孜尔镇上的两次演出都给我以深刻的印象。南疆正在进行减租反霸运动，因此，这两剧的内容都是有关减租反霸的。维吾尔族把自己的生活搬上舞台，那份生动的感染力是非常魅人的。我从他们的话剧中更熟悉了他们的生活。

在莎车演出的是苏联作家编写的《富农与雇工》。苏联人民在革命前所遭受的压迫，大致与新疆各族人民不久之前的情况相仿。因此，这个剧本在此时此地演出有着一定教育意义。它受到当地人民极大的欢迎。

莎车本是南疆四名城之一。莎车回城的人民公园为南疆第一大公园，我们那天在这个公园里做了抗美援朝的传达报告后，晚上便来到隔壁的新盟俱乐部的露天剧场里看戏。阵阵的荷叶清香与玫瑰花香不断袭来。舞台上临时安上了电灯，灯光布景俱全。新盟文工团的演出细腻极了。

这是一个五幕剧。第一幕，描写大巴依家的荒淫无耻的生活。舞台上除了满是精美的和田地毯铺设的房间外，另一角上还布置了一个葡萄园。大巴依有了三妻四妾侍候外，又在调戏一个雇工的美丽的妻子。第二幕，描写巴依们围坐着共谋迫害雇工。第三幕，雇工被诬赖偷了巴依的东西，被吊打得死去活来，之后被乡长关在黑牢中。第四幕，雇工的妻子披上锦缎上场了，她被巴依霸占后苦念着雇工。巴依的三妻四妾想尽方法陷害她，把她新生的婴儿泡在滚水中烫死。巴依回来大怒，想把她置于死地。第五幕，这可怜的人儿跳井死了。这时雇工忽然越狱前来相会，但太晚了。雇工怀着深仇宿怨离去。

我们虽然言语不通，但都能理解其中的大意。我望望四周的观众，大半都是白天听报告的人。他们像白天一样有时流着眼泪，有时又燃烧着熊熊的怒火。

在拜城黑孜尔镇上的演出有着另一番情景。那也是一个晚上，在那荒僻的小镇的广场中心一个土台子上，由该地减租反霸训练班的学员们临时搭建了一个舞台。四盏豆油灯高挂在四角的柱子上，周围挂起幕布分成了前后台。演员就是当地的积极分子和减租反霸训练班的学员们。远近的老乡们听说有戏看都扶老携幼地来了。我真想不到，在这样简陋的地方有着那样精彩的演出。

这也是一个减租反霸的戏，共两幕。第一幕，将地主和农民的生活强烈地对照着表演出来；第二幕，把新中国成立前夕地主的恐慌与新中国成立时农民们的欢乐对照着表演出来。这本来是非常平常的事情，但由于这是真实的生活，他们演来竟那样深刻动人。终场时台上台下舞成一片的景象，更显示了今日维吾尔族群众的幸福生活。

能歌善舞的维吾尔族群众有着非凡丰富的艺术才能，他们将随着生活条件的改善与建设的进展而创造出更美妙的艺术来！

二、农民的发明与战士的创造

我们曾参观了莎车郊外的农村，这里流传着一些农民们的新发明：苜蓿草上长麦子，骆驼刺上长西瓜，桑树上结棉花。

骆驼刺是沙漠中生长的一种植物；苜蓿草在荒瘠的土地上便可种植；桑树在莎车郊外很多，因为这里也是养蚕区。我们沿着白杨环绕的村庄与流水潺潺的农田走了很久，想亲眼看看这奇迹和发明这奇迹的人。最后找到了一位叫阿不都拉阿洪的农民，他兴奋地指着门前一片麦子间杂着苜蓿草的庄稼说："我的新试验就在这里面啊！"的确，其中有十几棵麦子长得特别好。他为我们详细地介绍了他的新发明。

"我是专门管接树的。过去曾经给地主把桃树接在柳树上，秋桃接在夏桃上，或者把不结桑子的桑树接在结子的桑树上，只要活了，都能改良品种。新中国成立后，我们12个人一小组，种着一片土地。有一天我试着将削尖了的麦秆插在苜蓿秆上，外面用桑皮包上，几天后果然活了，长得又快又肥。后来我又把麦粒放在苜蓿的根中，试验了10棵，也都活了。这十几棵麦子便是我接种试验的结果，它们比普通麦子抵抗力强，能够抗旱、抗风、抗虫，用不着浇多少水就可以活了。过去我们连苞谷都吃不上，现在已能吃上白面了，我就有闲空来搞新玩意了。"

我真想不到在这边疆的沙漠田中发现了"米丘林"(即米丘林学说)，这虽然有待于科学的论证才能普遍推广，但新中国成立后，农民们的无穷智慧得以发扬，这是多么可贵的事啊！

关于骆驼刺上边长西瓜，据驻此的中国人民解放军谈：他们确曾从骆驼刺上摘下个西瓜来。我认为这是完全可能的，因为西瓜在沙地里才能长得好，它的性质是和骆驼刺有些相近的。至于桑树上结棉花，我想只是传说而已。桑树是木本，棉花是草本，怎么能够接种呢？但据阿不都拉阿洪说："桑树上是可以接棉花的。"也许他正在想着试验或者已经试验，但我们终究没有看见实物，同时其他的人也说不出所以然，所以至今还是一个谜。

在阿克苏西门外有一个180亩地的大园子，过去是国民党反动统治时代的一个军官买下来想作为私人花园的。但树木还未栽上，时代

中国人民解放军种植的哈密瓜也获得了丰收

已经变了，现在已作为中国人民解放军某师师部的耕地。某师的师长说："我们现在不需要什么花园，要的是劳动生产。"里面种着稻、麦、棉花以及各种菜蔬等。农忙时，师长带头，师部的所有干部都前来参加劳动，平时只要4个人管理就够了。一年所得可供给师部食用。这里面并没有什么新发明，我爱的是那肥硕丰盛的果实。他们因为精耕细作、管理得法，所以各种收获都要比别人高。我们前来参观时，正是向日葵收获的季节。向日葵籽堆成了高山，每个结籽的花托儿都有几个人头大。师部的战士们把这里当作自己的家园，他们常常和附近的维吾尔族农民们联欢，彼此交流着生产经验，把多余的生产品送给农民。

阿克苏是有名的塞外江南，它以生产大米著名，大米的颗粒比一般都大。在这富饶的土地，在这柳暗花明的美景中，由于某师的积极建设，现在街头已经有了电灯。这是在南疆的街头唯一有电灯的地方。

如果说到战士们的创造，那真是太多了。他们在戈壁滩上挖着几百公里的大渠，他们要化戈壁为绿洲。他们修建着大工厂、大农场，他们要把新疆推向工业化。人们只要记着一条规律："在中国人民解放军面前没有克服不了的困难。"那么就会理解到战士们的创造是多么地丰富。我现在要说的是在拜城的一件小事。拜城近郊的山中矿产丰富，有煤、铁、铜、锡等。“拜城”维吾尔语为丰富之意。驻此的中国人民解放军某团的战士们在山中挖出了铁砂，当地的老百姓都是用土法冶炼，他们想要用新法来改进，但掌握科学技术毕竟不是一件容易的事，尤其是农民出身的战士。有一天，该团的政委从《科学技术通讯》上看见了用通天炉炼铁的简易方法，便告诉了战士们。战士们在想：怎样搞个通天炉来才好。但一时无从取得，他们便想仿照杂志上的图样来自造，但通天炉需要用耐火砖，耐火砖又从哪里搞来呢？正好有一个从迪化来的人告诉了他们耐火砖的制造方法。他们居然把耐火砖制造出来了，于是通天炉也按着图样试造成功了。但遇到困难的是铁砂放在炉里熔化后铁流总不能从炉门口流出来，他们一次次地试验，一次次地记录下铁砂的数量、火力的大小、时间的长短，但都失败了。他们曾把5次试验的详细记录寄给《科学技术通讯》，但至今没有回音。第六次，有一个战士用铁棍从上面捅进去，终于缓缓地流出了一点铁流。他们恍然大悟，这是空气压力不够的缘故。当然这试验还是没有成功，他们还在继续试验着。

我之所以提这件事的原因：第一，人们可以知道边疆战士是如何盼望关内的技术人员去帮助他们解决困难。该团的政委告诉我，他们只要分配到一个学技术的大学生就满足了。第二，《科学技术通讯》的负责同志如果想到边疆战士在那样艰苦的条件下如何迫切地盼望着一封回信来解决问题，也不至于弃而不顾了吧。（那封信后来也许回了）第三，边疆战士伟大而坚毅的创造精神表现在任何一件具体的小事上，都值得我们歌颂。

三、克孜尔的千佛洞

我以前曾经提到，南疆沙漠中丰富的文物宝藏几乎全部被英、日、德、俄等“考古家”一网打尽了，其中尤以斯坦因盗窃最多。但我们这次在距拜城克孜尔镇30里外的千佛洞中，竟看见了一个比较完整的洞，令人惊喜交集。

这里的千佛洞是与库车的千佛洞一脉相连的，前者在渭干河上游，后者在渭干河下游。这里住着5户人家，共27口人，他们几乎很少与外界来往，自己种着田地、养着鸡犬。老乡们带我们攀登高山，遍历各洞。在第一山洞中有韩乐然先生的石刻题词，记述他在此工作的梗概。其题词如下：

“余读德勒库克等《新疆文化——宝库》及《斯坦因西域考古记》，知新疆蕴藏古代艺术品甚富，遂有入新之念。于1946年只身来此。观其壁画琳琅满目，均有重要艺术价值，为我国各地庙洞所不及。可惜大部墙壁被外国考古队剥去，实为文化上一大损失。余在此试临油画数幅，留居15天，即回关内做充实准备。翌年4月19日携赵宝棋、陈天、樊国强、孙必东二次来此。首先编号，计正附号洞75座。而后分别临摹、研究、记录、摄影、挖掘，于6月19日暂告段落。为使古代文化发扬光大，敬希参观诸君特别爱护保管。最后于12号洞下挖出一完整洞，计6天，60工。壁画新奇，编为特一号。”

那所谓的75座洞已不是什么完整的洞了，不过比我们在其他各地所见的残迹要稍微多些。我们在这里看见了六朝藻井的遗迹，几个完整的塑像，和残留的不同的壁画。那个完整的洞深埋在山脚下，韩君曾在洞门口做了一道木门。老乡们刨去了门前的流沙，我俩才能进去。里面的光线非常黯淡，靠着几支手电棒的光才把它照亮。那顶上的全部佛传故事绘画得精致极了，从释迦牟尼的降生到死都有着极复杂的过程。色泽依然鲜丽，保持着当年的原状。据向达教授鉴定，这是唐以前的作风，两壁的菩萨像与供养人像却因泥土风化的关系已经有些损坏。这里的老乡们十分懂得爱护古物。我们看完后，他们又把门关上，用流沙覆盖起来。

富饶的南疆和南疆热情的维吾尔族人民，还有那无坚不克的战士们，永远令人怀念着。以上所述的虽是几件小事情，但也是那般动人，令人留恋不舍。南疆正在前进中，它将是屹立在祖国边境上的最美丽的大花园。

著名的吐鲁番盆地

已经9月下旬了，吐鲁番盆地里仿佛还在过着盛夏。这里是世界最著名的洼地，它的最低处低于海平面154.31米。它的三大中心——托克逊、吐鲁番、鄯善3个县，不仅物产丰富，还充满了汉唐以来的古迹。坎儿井和葡萄沟尤为闻名遐迩。我们怀着无比兴奋的心情踏上了这向往已久的吐鲁番盆地。

一、和坎儿井工人谈话

到达吐鲁番的当天，我们曾和此地的坎儿井工人进行谈话。我这里必须首先说明：什么叫作坎儿井？

这是一种地面直井与地下暗渠相结合的水利灌溉工程。吐鲁番盆地的水源大部依靠博格达山峰上的积雪。但盆地是那样地酷热：当雪水从山间流到中央平原地带时，几乎全部消耗于蒸发或者渗透到地层下面去了。怎样才能利用这些水源呢？当地的人民发明了坎儿井水利工程。

这是一项艰巨而伟大的工程，它的开掘方法与采矿工程中开平巷的方法相仿。在离田园20公里的中央平原或山脚砾石地带先选一地面坡度最大的线,在这线下挖一暗沟:一端露出地面;一端深入地下,直达水源处。暗沟的坡度必须小于地面,这样才能使水源缓缓地流出地面。每挖暗沟三四丈,或五六丈,必须在地面凿一直井以做输出泥沙和通风之用。暗沟有长8里、10里、或二三十里的,因此每一暗沟在地面出现的直井口便从十数个到几十个不等,最多的有达一二百个的。暗沟越挖越远,直井也就越开越深,最深的达30余丈,当然也有没挖到水源而半途而废的。这种直井口在平时是被用沙砾堆成馒头似的小山丘封闭起来的,每届春季清除暗沟中的淤泥时才开启。它的口宽不及2尺,长可4尺许,可容一人上下。下面的横渠则可容两人通行。我们在吐鲁番城外一望无际的沙漠中所看见的一串串连接成直线的小山丘,那便是伟大的坎儿井工程的标志。

维吾尔族工人塔依尔今年45岁了,他一家子祖祖辈辈都从事挖掘坎儿井的工作。"过去所有的坎儿井都是属于地主的。"塔依尔愤懑地说,"地主垄断水利剥削农民的情况,比起地租来还要狠得多。农民托乎提租了地主乌斯满能浇4亩瓜地的坎儿井水,每亩水租就是9斗麦子,占瓜地总产量的45%。有时水租和地租合起来就要超过总产量的75%以上。我们工人同样遭受着地主残酷的剥削。我们每年冒着生命危险替地主修井——有时上面的绳子不牢固,就有摔死的危险;有时里面岩层塌下来,就有被压死的危险。但我们得到的是什么呢?讲定的工资是一石五斗苞谷,地主却从来不肯付现。经过我们三番五次地要求,地主总说苞谷没下来不肯给。最可恨的是,地主借口我们要工资就向农民拼命勒索租子。农民交不上租子,地主就不给水用。我们拿不到工资就只有用重利向地主借来吃,我们的工资就在重利剥削下变得无影无踪了。这样闹得工人与农民两不满,而地主却成了老财。"塔依尔那因挖井而受伤的身体上还残留着深深的伤痕。

地主剥削的年代就要过去了。比塔依尔小20岁的弟弟阿不都尔就体验着今日的幸福生活,这年轻力壮的小伙子兴奋地接着哥哥的话说:"共产党来了就好了。今年县人民银行贷给了款,我们把10余年未出水的童家井给修复了。工人们真是高兴得什么似的,他们白天90个工,夜晚70个工,日夜赶修,仅仅四天半,这废弃已久的老井就出水了。

劳动了几辈子，从来没有权使用一滴水，而今天我们工人有了自己的井。”在他那明亮的目光中、手舞足蹈的神情中，不知蕴藏着多少欢乐！

吐鲁番县人民政府曾号召修复废弃的旧井。凡参加修复旧井的工人都有权管理这井，他们供给农民用水的价格是每浇地一亩，一次收费1.5万元。农民们都愿使用工人的井。他们曾经自动集资请工人们修复了另外一口旧井。据说全县待修复的旧井还有13口，今年可全部予以修复了。

吐鲁番减租反霸办法上的规定：水租不得超过所灌溉土地常年总产量的30%，但这在农民还是一笔不小的负担。因此，他们热切地盼望和工人合作来修复旧井，并且盼望1953年的土地改革来解除他们的束缚。

吐鲁番的坎儿井有320口，修井的工人约有千人上下。我从他们那欢乐的面庞和劳动的热情上看出，他们将使这作为吐鲁番各族人民生命线的坎儿井更好地为人民服务。阿不都尔说：“我们能够有今天，完全要感谢毛主席和共产党。我们怎么可以不加倍努力工作呢！”

二、葡萄沟

葡萄沟是一个风景非常美丽的地方，在依山傍水的一条十余里的山沟中铺满了葡萄田。两岸白杨参天，柳树覆荫，绿荫深处点缀着无数维吾尔族人家的小土屋，门前的溪水潺潺地流着，孩子们三五成群地玩耍着。我们经过一段酷热的沙漠来到此地，顿觉暑气全消了。

9月，正是葡萄的收获季节，我们看见了各式各样的葡萄。产量最多而最有名的是叫“吐尔甫”的水晶葡萄，它无籽，色白，味极甜，专为晒葡萄干之用，因为它晒干后可以保持原状，经久不坏。其次为“马奶”，长圆，色青绿，与关内所见者相同。另外，还有红葡萄、圆葡萄、白葡萄、黑葡萄、“贝加克”和“红加”等6种。其中又以红葡萄最为名贵。红葡萄亦名“红马奶”，因产量不多，且不易保存，一般仅作为款待宾客之用。“红加”是作药用的，也有用于抓饭内。其他各种就没有什么特殊的地方了。

这里种植葡萄的方法亦和关内不同，我们称它为“葡萄田”是名副

新疆盛产葡萄，特别是吐鲁番的葡萄沟所产的葡萄品质最好

其实的。一亩地中大致可以种植十二三棵葡萄。每棵葡萄都高不及二尺，用短木桩支撑着，其枝叶向四周蔓延，累累的果实俯拾即是。春天人们把葡萄树从土里挖出后，就予以剪枝并上肥料。这样可以使得葡萄在6月开花后长得肥硕壮大，同时在低处结果，也可以避免鸟类的伤害。在地主庄园里也有搭得很精美的葡萄架，那是为乘凉用的。我们看见了一间精细的葡萄绿屋，架子完全搭成了屋子的形式，门窗俱全，坐在里面真是阴凉无比。但在目前，这还与劳动人民无关，他们种植葡萄完全是为了收获。

葡萄沟里的农民们的生活正在渐渐改善。62岁的阿不都尼牙子乡长说："反动统治时代，公差过多，我们的牲口常常被拉走。现在人民政府实行着合理负担，有意见就可以提。过去每百斤葡萄干只换3斗麦子，今年8月王震将军亲自来到这里，把葡萄价格提为每百斤换5斗麦子。我们的生活好过了。过去我们要把葡萄干驮到吐鲁番，再转到迪化销售，现在可以不出门，由贸易公司前来收购了。"他是一位中农，一家13口人种着八亩八分地，每年可收葡萄干1500斤。

最令人感兴趣的是晒葡萄干的方法了。在空旷的高地上，或者附近的山岭上，他们用土砖修建了一座座仿佛碉堡似的房子，有的像两层楼似的。这种房子四壁是镂空的，里面用树枝搭成架子，顶上亦用树枝纵横地覆盖起来。树架上挂满了成串的葡萄后，便把门用泥土封上。经过40天，屋里的葡萄便成为晶莹甜美的葡萄干了。这种晒葡萄的房子由于在高处，气候干燥，空气流通，从来没有苍蝇、蚊子的打扰，是非常合乎科学原理的。那刚晒干的、美丽的葡萄干真是又干净又芬芳。

在当地的零售价格,每斤为人民币3500元。它比过去美国在中国推销的“美女”牌葡萄干不知要好过多少倍了。

这般精美的葡萄干为什么没有大量推销到关内来呢?主要是交通问题。毛主席在庆贺天兰路通车的题词中有“继续努力修筑兰新路”的号召。这伟大的号召对新疆各族人民将是多么大的鼓舞。葡萄干大量销行全国的时候,葡萄沟人们的生活也将大大地提高了。

三、从古到今

吐鲁番盆地在汉唐时代曾为古西域政治、经济、文化的中心,因此这里充满了辉煌的古迹。吐鲁番县城亦分为回汉两城,回城为商业中心,汉城为县人民政府所在地。两城相距2公里,在回城中有关帝庙,在去汉城的路上有文昌宫。

我们曾经走出吐鲁番城外,沿着火山东行32公里到达胜金口。那远远地呈现在面前的一脉红色山岭,令人想起了《西游记》中的火焰山。在胜金口有一块唐僧的拴马台,还有无数的古庙。在残破的遗迹中,依稀可辨古代的大土砖。此外还有4个千佛洞残留着一些斑驳的壁画。胜金口是吐鲁番通往哈密的隘口,只有几户人家,但来往的车辆很多。我们又从胜金口沿着蜿蜒的火山南行到达吐峪沟,这已是鄯善县境了。吐峪沟的风景仿佛葡萄沟,但前者比后者还要深邃幽静。当地的维吾尔族巴郎子听见远客来临,争先恐后地前来带路。我们顺着一条铺满了葡萄田的山沟走上去,只见两岸的崇山峻岭中布满了数不清的千佛洞。但除了少数洞中的壁画和塑像还比较完整外,大部分都已剥蚀殆尽。我们在高山岭上还挖掘出一些片言只字的古经,有印度文的,有汉文的。这可以想见当年此地古文化的盛况。胜金口与吐峪沟都有很多古迹,但和南疆其他各地一样,早被40余年前斯坦因等人掠夺而去了。

从吐峪沟出来原想再往西南到高昌故城,但汽车陷于沙窝中,无法前进了,我们只好从原路折返吐鲁番。

这富饶的盆地虽然气候酷热,但各族人民自有避暑的办法。他们在6月、7月、8月气候最炎热的时候,白天便到地下室,等到太阳下山了

苏公塔

再出来活动。我们在县政府便看见了这样的地下室。屋顶是凸出在地上的，地面上也还留了一尺光景的空隙装置着窗子，以便在深深的地下室中透光与通空气，人们照样可以工作和活动。

从千佛洞中辉煌古壁画到伟大的坎儿井工程，从科学晒葡萄干的方法到阴凉的地下室……今天，压在他们头上的大石头被扳倒了，他们将发挥更大的智慧来创造新生活。著名的吐鲁番是世界上最低的洼地，它也将成为世界上最美丽的地方。

编辑说明

本书收录了储安平的《新疆新面貌》(《新疆旅行通讯集》)与浦熙修的《新疆纪行》两部书,重新命名为《新疆新观察》,并收录到“新疆探索发现系列丛书”中。

储安平的《新疆新面貌》,版本依据为作家出版社1957年1月初版本。因为储安平对新疆的采访报道陆续发表在《光明日报》《新观察》等报刊,报道的精选集名为《新疆新面貌》。

浦熙修的《新疆纪行》,版本依据为平明出版社1953年4月初版本。

《新疆新面貌》与《新疆纪行》两部书的写作时间大致相同,反映了同一时期(新中国成立初期)的新疆,特将其一并奉献给读者,可以对新疆的新起点——1949年和平解放,留下深刻印象。

这两部书的作者,当时都是以记者身份面对的新新疆,为了保持原著文风,对书中的表述未做修改,对书中质量单位公斤、斤和长度单位公里、里也未做统一,使用的数据均尊重原文,保留原数据,并加了编辑注。